AL
TERI
DADES
NA
POESIA

RISCOS, ABERTURAS, SOBREVIVÊNCIAS

SUSANA SCRAMIM
ORGANIZAÇÃO

AL
TERI
DADES
NA
POESIA

RISCOS, ABERTURAS, SOBREVIVÊNCIAS

ILUMINURAS

Copyright © 2016
Susana Scramim

Copyright © desta edição
Editora Iluminuras Ltda.

Capa e projeto gráfico
Eder Cardoso / Iluminuras
sobre *Terugziende Dwaalster*, c1944-45 (Steen IV), Victor Delhez
gravura em madeira, modificada digitalmente

Revisão
Bruno d'Abruzzo

CIP - BRASIL. CATALOGAÇÃO NA FONTE
SINDICATO NACIONAL DOS EDITORES DE LIVROS, RJ

CIP-BRASIL. CATALOGAÇÃO NA PUBLICAÇÃO
SINDICATO NACIONAL DOS EDITORES DE LIVROS, RJ
E82

Alteridades na poesia : riscos, aberturas, sobrevivências / organização Susana Scramim. - 1. ed. - São Paulo: Iluminuras, 2016.
160 p. ; 23 cm.

ISBN 978-85-7321-491-8

1. Poesia brasileira – História e crítica.. I. Scramim, Susana.

16-29885 CDD: 869.91
         CDU: 821.134.3(81)-1

2016
EDITORA ILUMINURAS LTDA.
Rua Inácio Pereira da Rocha, 389 - 05432-011 - São Paulo - SP - Brasil
Tel./Fax: 55 11 3031-6161
iluminuras@iluminuras.com.br
www.iluminuras.com.br

ÍNDICE

Apresentação, 7
Susana Scramim

Intensificar a questão poética: o partido do
contra em Jean-Marie Gleize, 11
Marcos Siscar

Sendo visto por um boi que vê os homens, 23
Alberto Pucheu

Sobrevivências: a revista *Cavalo Azul* – notas de pesquisa, 35
Maria Lucia de Barros Camargo

Max Martins: riscos, rasuras, rastros, 43
Eduardo Sterzi

Poesia e vida em Arturo ou Câmbio de ideia n.
2 ou *Lo creo porque es absurdo*, 53
Jorge Hoffmann Wolff

Ela tem seus pensamentozinhos, repensando
o pensamento da poesia, 63
Luciana di Leone

Alteridades na poesia brasileira contemporânea.
Entre o outro, o ser e o agir, 75
Susana Scramim

A poesia não pensa (ainda), 91
Raúl Antelo

Sobre os autores, 157

APRESENTAÇÃO

Susana Scramim

Poderíamos afirmar, portanto, que a poesia é para o sofista o que a matemática é para o filósofo. A oposição do matema e do poema sustentaria, nas disciplinas que condicionam a filosofia, o trabalho incessante da filosofia para se separar de seu duplo discursivo, do que a ela se assemelha, e, por essa semelhança, corrompe seu ato de pensamento: a sofística. O poema seria, como o sofista, um não-pensamento que se apresenta no poder de linguagem de um pensamento possível. Interromper esse poder seria a função do matema. Por outro lado, e mais profundamente, supondo-se até que exista um pensamento do poema, ou que o poema seja um pensamento, esse pensamento é inseparável do sensível, é um pensamento que não se pode discernir ou separar como pensamento. Digamos que o poema é um pensamento impensável. Enquanto a matemática é um pensamento que se escreve imediatamente como tal, um pensamento que precisamente só existe na medida em que é pensável. Poder-se-ia afirmar, do mesmo modo, que para a filosofia a poesia é um pensamento que não é pensamento, nem mesmo pensável. Mas que, precisamente, a filosofia tem como único desafio pensar o pensamento, identificar o pensamento como pensamento do pensamento. E que deve, portanto, excluir de seu campo qualquer pensamento imediato, apoiando-se para isso nas mediações discursivas do matema.[1]

O grupo de pesquisa "Por uma Teoria da Poesia Moderna e Contemporânea", no seu quarto e último ano de trabalho, reuniu seus principais pesquisadores em dois seminários de pesquisa em 2015. Demos a esses seminários o nome "Estados de poesia: riscos, aberturas, sobrevivências". O primeiro foi realizado na Universidade Federal do Rio de Janeiro, com o apoio do Programa de Pós-graduação em Ciência da Literatura desta universidade, o segundo, na Universidade Estadual de Campinas, com o apoio do seu Programa de Pós-Graduação em Teoria e História Literária. Um dos pontos cruciais desses seminários foi curso oferecido pelo professor Raúl Antelo, consultor do grupo, intitulado "A poesia não pensa (ainda)". Esse curso foi desencadeador de um pensamento crítico e vital compartilhado por todos os seus participantes. Em seu curso, Antelo, propôs um vertiginoso deslizamento entre textos poéticos e teóricos, proporcionando a todos os participantes uma reflexão sobre a retomada das leituras de nossas bibliotecas como se estivéssemos todos envolvidos por uma placenta vital. Propôs com seu método de trabalho um modo dionisíaco de operar com as bibliotecas, com os arquivos e com a tradição literária. Propôs que há dois tipos de autores: os que acreditam que os homens pensam e que o pensamento define sua natureza e aqueles que julgam que os homens não pensam (ou ainda não pensam). Alain Badiou, em "O que pensa o poema?", afirma que os grandes poetas estão mortos, inserindo-os na linhagem dos seres que têm sua natureza definida pelo pensamento. Giorgio Agamben, para quem os homens estão incluídos na linhagem dos seres que não pensam

---

[1] Alain Badiou. "O que é um poema, e o que pensa dele a filosofia". In: *Pequeno manual de inestética*, trad. Marina Appenzeller. São Paulo: Estação Liberdade, 2002, p. 32.

ou, pelo menos, que *"ainda"* não pensam, inclui nessa mesma linhagem Averroes, Dante, Spinoza, Artaud e Heidegger, conseguindo, com isso, ler o poema como ruína *"ateológica"*, ou antes, *"teoalógica"*. Antelo, retomando como ponto de discussão esses dois modos de ler o texto poético como impossibilidade, propõe como alternativa uma outra possibilidade, a da imaginação, cujo procedimento consiste em errar por fragmentos de leituras, pela deriva de associações, e operar e reunir as imagens por semelhança.

No âmbito dos seminários foram apresentados textos de alguns dos pesquisadores do grupo a modo de diálogo com as questões teórico-críticas que vinham até então sendo discutidas entre seus participantes. Marcos Siscar questiona-se, em seu texto "Intensificar a questão poética: o partido do contra em Jean-Marie Gleize", sobre a especificidade do discurso produzido pelo poético em meio ao pensamento moderno e contemporâneo, isto é, interroga-se pela política da poesia e se ela teria lugar ainda? Conclui, de algum modo, que a impossibilidade de realização do poético como tal faz parte do moderno na poesia e, consequentemente, se coloca como impasse o ato de fundar-se, e de ter lugar. A poesia moderna seria, desde logo, uma contrapoesia, porque estaria inserida naquilo que Mallarmé, já nos anos que anunciavam o vindouro e problemático século XX, nomeou como "crise de vers", "colocada", nas palavras de Siscar, "não só como abertura de poesia, mas associando-se também a um determinado tipo de 'versificação' (termo que, para Mallarmé, remetia de modo amplo à análise de ritmos e de políticas, não apenas poéticos)". Assim sendo, à poesia restaria renunciar ao espetáculo, à festa com que o intelecto receberia seus inúmeros estímulos, ou mesmo, nos termos de Marcos Siscar, renunciar ao ridículo da poesia e aceitar sua tarefa de dizer o que nunca foi dito vigiada pela razão filosófica, ação essa que a leva para outros lugares.

O texto de Alberto Pucheu interroga sobre o ter lugar da poesia em relação a si mesma, ou seja, em relação à linguagem e ao seu pertencimento ao mundo. Para essa meditação retoma dois textos filosóficos fundamentais, os seminários de Jacques Derrida, "La bête et le souverain", e o livro O aberto; o homem e o animal, de Giorgio Agamben, confrontados com sua leitura de um poema de Carlos Drummond de Andrade, "Um boi vê os homens". Interessante relacionar o texto de Alberto Pucheu aos dois textos anteriormente comentados aqui, porque neles há um diálogo entre potência e resistência, entre o aberto e aquilo que se limita, entre linguagem e política e política e arte. Cito Pucheu: "... o poema de Drummond, lido desde hoje contraria a proposição agambeniana que diz: 'O homem é o senhor da privação porque mais que qualquer outro ser vivo ele está, no seu ser, destinado à potência. Mas isso significa que ele está, também, destinado e abandonado a ela, no sentido de que todo o seu poder de agir é constitutivamente um poder de não-agir e todo o seu conhecer um poder de não-conhecer'. Em Drummond, ao fim do seu poema, não apenas o homem não é 'o senhor da privação' nem, muito menos, ele o é 'mais que qualquer outro ser vivo' nem, tampouco, ele é o único a ter um 'poder de não-conhecer'; nele, homens e bois, homens e animais, estão igualmente abandonados à privação e ao não-conhecimento, fazendo com que homens e animais estejam do mesmo modo destinados à impotência que lhes cabe, da qual não podem fugir." No texto de

Pucheu, a força de resistir à impotência não cabe a uma iniciativa individual e deliberada, no de Antelo, em clave "acéphalica", a resistência adviria da força colocar-se no turbilhão, e no de Siscar para quem, em diapasão "desconstrucionista", o resistir ao acontecer de forma não disjuntiva é fruto de uma atitude "alterna" que ocorre quando há uma disposição em colocar-se ou em posicionar-se em meio aos fluxos.

Em meu texto, "Alteridades na poesia brasileira contemporânea. Entre o outro, o ser e o agir", interrogo sobre as funções da alteridade no âmbito artístico. Quando a arte promove desidentificações — de gênero ou de visões de mundo — e caminha para fora da tragédia, trata-se de uma maneira de operar a desidentificação do homem com sua humanidade que é também um modo de caminhar para o fora do humano, que para Hegel, segundo Bataille em "Hegel, a morte e o sacrifício", só adquire força quando ele declara sua finitude enquanto animal. Desse modo, o fora tem o sentido de identificá-lo com as coisas que o rodeiam. De igual modo, a ação de saída do verso e a saída do conhecimento racional não podem ser consideradas ações propriamente ditas e, sim, gestos de uma conservação de si em um estado intermediário. No entanto, isso acontece somente como ficção, pois sair do âmbito artesanal do verso é um gesto de abandono da própria intenção de autonomia da poesia. Ao operar essa passagem talvez uma outra pergunta seja mais pertinente do que a de questionar-se pelo que a poesia não é ou pelo que é ou não o homem, deveríamos nos perguntar, portanto, se a poesia e o homem deveriam ou não produzir atos tão radicalmente autônomos. E ainda desdobrando mais uma vez essa questão, o texto de Luciana di Leone se empenha em responder às questões: mas se no caso da filosofia, o gesto de pensar não parece ser discutível, para a poesia não tem sido tão fácil aceitar essa sua obsessão. Por que pensa tanto a poesia? O que ela pensa? Como ela pensa? Para isso, retoma alguns textos de Clarice Lispector, especialmente, Água viva e A vida íntima de Laura, buscando neles uma alternativa existencial para o pensamento (ou sua falta) na poesia. Argumenta que abdicar da soberania do pensamento não seria uma aposta da linguagem e seu descompromisso com o mundo ou um modo de inação ou improdutividade. Se a literatura não pensa, ou não produz, ou não serve para nada isso aprofunda a separação e a cisão entre uma esfera produtiva e uma improdutiva, evidentemente tal separação está inserida numa concepção hierarquizada da arte. A autora se refere ao modo de produzir do texto de Clarice Lispector como "os pensamentozinhos" nos quais reside e resiste uma atitude ética que abdica da soberania da razão controlada, mas também do seu total oposto: a da despesa. Tal modo de produzir rejeita as esferas autônomas, fazendo surgir do termo pensamento outros sentidos, revolucionários. A linguagem do texto assim orientado manifesta uma decidida e muito consciente busca pelo objeto não racional, a autora ainda destaca que trata-se uma busca "decidida" e "consciente" pelo "irracional", mostrando que a não-racionalidade ou o questionamento do pensamento procurado por essa escrita não é uma inconsciência, uma fraqueza nem uma opção pela loucura. Trata-se, ao contrário, de um uso da linguagem que recusa a separação entre racional e irracional.

Jorge Hoffmann Wolff em seu interessantíssimo ensaio no qual prosa e poesia, teoria e arte, biografia ("escrita otobiográfica") e ficção bailam e alternam posições normatizadas pela tradição, aposta numa leitura criativa da obra do poeta Arturo Carrera. Tal leitura situa a obra de Carrera num âmbito mais do que situacional, seja em relação à sua prática poética, seja em relação aos seus companheiros de geração, César Aira e Raúl Antelo, seja em relação à situação de sua poesia diante dos impasses do moderno. A leitura empenhada por Jorge Wolff desenha e recria um lugar, de resistência e combate, para a poesia que ele lê. Retomando uma formulação de Jean-Luc Nancy de que a poesia é a coisa feita do próprio fazer, ele desloca o caráter do poético para o "faire, la poésie", "fazer, a poesia" como "coisa feita do próprio fazer". E, dessa maneira, a poesia de Carrera é lida como algo que não tem necessariamente que fazer sentido e sim está sempre a se refazer, nunca coincidindo consigo mesma.

Eduardo Sterzi na instigante relação que tece entre a poesia brasileira contemporânea e a moderna encontra/recria um lugar teórico para refletir sobre o nosso presente, que é tomado como um outro modo de pensar o construtivismo, ou seja, é a poesia pensada como "descriação". Ao convocar a poesia Max Martins para operar tal reflexão, destaca como desencadeador desse processo o poema "Minigrama para Murilo Mendes", publicado em O risco subscrito, *e escrito à maneira dos* murilogramas *do autor homenageado. Esse procedimento que Sterzi denomina como "descriação" do poema e "criação de si", resume a dialética de refazimentos e desfazimentos subjacente também à poesia escrita por Max Martins nas décadas de 1970 e 1980. Tal experiência de passagem de um não-poema ou um pós-poema a uma existência em reflexão, "a criação de si", não deve ser compreendida como afirmação do "ser" e sim do existir no e pelo corpo da linguagem, que conduz o poema para um "eu" fora de si. Novamente, observa-se mais um ensaio, neste conjunto que está sendo apresentado aqui, em que se discute o quanto a linguagem da poesia se mantém equidistante de um discurso racional, construtivo e afirmativo.*

Maria Lucia de Barros Camargo, em seu já extenso e importante trabalho de estudar e mapear os periódicos culturais, cujos resultados acrescentaram importantes subsídios para os estudos da poesia brasileira contemporânea e moderna, aporta novas reflexões ao campo com seu texto sobre a revista de poesia Cavalo Azul, *tanto no conjunto dessas análises já consolidadas em seu projeto de pesquisa com periódicos como no âmbito da pesquisa com a poesia brasileira moderna. A revista, que fora criada e dirigida pela poeta Dora Ferreira da Silva, a partir de 1965, teve 12 números publicados ao longo de 24 anos. As relações entre poesia e filosofia, entre crítica e ficção, entre o discurso e a linguagem, entre o verso e a prosa, serão mais uma vez retomadas, no contexto das discussões aqui apresentadas, no ensaio de Maria Lucia de Barros Camargo.*

A aposta deste livro é dar a ver o modo pelo qual o pensamento imaginativo pode oferecer-nos outra compreensão do texto poético, potencializando, dessa maneira, a força interventiva da poesia, por meio das corporificações que opera do visível no presente.

INTENSIFICAR A QUESTÃO POÉTICA: O PARTIDO DO CONTRA EM JEAN-MARIE GLEIZE

> *On appendra, en attendant, et c'est tout le propos de ces quelques lignes, à se méfier des déclarations péremptoires, ou tout au moins à les tenir pour rélatives.*
>
> Jean-Marie Gleize (1992, p. 94)

Marcos Siscar

Unicamp

RELATIVISMO CONTEMPORÂNEO

No posfácio ao número especial "Envers la prose", da revista *Formes poétiques contemporaines*, Bénédicte Gorrillot analisa a discussão contemporânea sobre a "prosa" e enxerga nela um deslocamento, uma mudança de nível:

> [...] le plus intéressant est la façon dont le débat a changé de plan. Si l'on rencontre encore, sous la plume de tel ou tel, une justification du vers, résolue (Roubaud), plus ou moins parodique (Prigent), comme horizon d'une "prose qui n'attend que ça" (Alferi), ou assoupli en "mesure" (Hocquard); si l'on rencontre à l'inverse une justification résolue de la prose (Gleize), ou des deux (vers/prose) entremêlés débattant explosivement (Deguy); et même si l'on affronte un refus de se référer encore au couple infernal vers/prose (Bobillot), ce ne semble que plus rarement au nom d'une prétention à théoriser ce qu'est *la poésie* ou *le poétique,* pour tous, de façon essentialiste et normative.[1]

A mudança de plano refere-se, portanto, a uma suavização do essencialismo e da normatividade, a uma entrada da poesia (já em Ponge talvez, apesar da retórica de "aspecto autoritário") em uma espécie de "relativismo" da autoexplicação, uma tentativa de esclarecer as coisas para si própria. Nesse ponto, Gorrillot pergunta-se se "le relativisme qui n'a cessé de corroder la pensée philosophique et scientifique, au 20e siècle, aurat-il intégré, de façon plus manifeste, en ce début de 21e siècle, la

---

[1] Bénédicte Gorrillot. "Poésie-vers-prose: un gué millénaire (La faute à Aristote)". *Formes poétiques contemporaines*, v. 13 ("Envers la prose"). Paris: Presses Universitaires du Nouveau Monde, 2013, p. 213) "[...] o mais interessante é o modo como o debate mudou de plano. Se ainda encontramos, sob a pluma de tal ou qual, uma justificação do verso, resoluta (Roubaud), mais ou menos paródica (Prigent), como horizonte de uma 'prosa que espera apenas isso' (Alferi), ou suavizada em 'medida' (Hocquard); se, ao contrário, encontramos uma justificação decidida da prosa (Gleize), ou dos dois (verso/prosa) entremeados em debate explosivo (Deguy); e mesmo se nos defrontamos ainda com uma recusa da referência à dupla infernal verso/prosa (Bobillot), isso se dá cada vez mais raramente em nome de uma pretensão a teorizar aquilo que *é a poesia* ou *o poético*, para todos, de maneira essencialista e normativa." As traduções em nota são propostas pelo autor.

théorie littéraire et les déclarations métaphoétiques des poètes?"[2] Ainda que a pergunta possa ser lida de forma retórica, eu teria vontade de responder duplamente à questão colocada, interessado pelo efeito problematizante do ponto de interrogação que conclui a frase.

Por um lado, é verdade que há uma evidente preocupação, por parte de muitos poetas, e não apenas dos poetas, com a crítica ao idealismo dos universais e com o autoritarismo implícito no recurso às transcendências teóricas. Poucos se valem da ideia de verdade ou de verdadeiro, a não ser como uma instância do discurso (ou da "formulação", como dizia Ponge). Algumas vezes, aliás, essa instância só é evocada como horizonte de um pensamento sobre a alteridade que coloca em xeque, inclusive, o próprio sujeito que a enuncia. A preocupação em justificar proposições ocasionalmente enfáticas não deixa de ser um indício desse empenho que é o de evitar pressupostos destituídos da consciência de sua própria historicidade. Apesar da diversidade da discussão francesa, da sua alegada "pluralidade" de dicções e de interesses (que transformam o caderno de endereços do antologista em algo talvez mais decisivo que a situação pública da obra, como diz o prefácio de uma antologia de poesia contemporânea, publicada em 2001),[3] creio, de fato, que podemos pensar em convergências. É o que tentarei propor neste texto, de certo modo.

Mas, para isso, gostaria antes de imaginar uma situação em que a ideia do relativismo poético, da corrosão contemporânea de qualquer proposição sobre a poesia, não seja determinante daquilo que podemos dizer sobre o assunto, ou seja, sobre sua configuração contemporânea e sobre seu sentido como fenômeno da modernidade.

Seria interessante, então, responder à questão do relativismo também pela negativa: apesar da derrocada das vanguardas e do próprio significado da palavra "poesia" (do modo como a descreve Michel Deguy, por exemplo, em *Réouverture après travaux*), a retórica da oposição e do debate, e mesmo do embate, de ideias não deixa de manifestar-se, hoje. Pergunto-me se devemos tratá-la como fenômeno anacrônico, sobrevivência espúria em um mundo onde as "narrativas mestras" já não têm nenhum efeito. Embora evidentemente haja um deslocamento em relação ao modo como, no passado, eram feitas determinadas totalizações interpretativas, em vez de pensar em termos de esgotamento, preferiria constatar que essas manifestações (de debate e de embate) constituem a camada mais interessante e mais interessada da poesia atual, preocupada sobretudo com o efeito "político" de seus gestos. Digo apenas que muitos críticos e poetas que levam em conta a historicidade de sua visão de poesia parecem ter em vista mais imediatamente o dissenso, a potencialização da discordância, e não a acomodação das diferenças na superfície de uma situação relativizada, de uma pluralidade pacificada, de uma

---

[2] "O relativismo que não cessou de corroer o pensamento filosófico e científico, no século XX, teria se incorporado, de modo mais manifesto, neste início de século XXI, à teoria literária e às declarações metapoéticas dos poetas?"

[3] Michel Deguy; Robert Davreu; Hédi Kaddour. *Des poètes français contemporains*. Paris: ADPF Publications, 2001.

plasticidade ou de um hibridismo sem poder de reconfiguração. É, aliás, esse desejo de diferença, esse *desejo* de efetividade (que se autodenomina "político", em especial de política literária), aquilo que me chama a atenção na situação francesa da poesia.

Com o risco evidente da simplificação, vou me referir aqui a um único caso, o de Jean-Marie Gleize, que a meu ver ajuda a reunir alguns elementos desse desafio que é o de *fazer* a diferença sem cair na armadilha da identidade, ou na presunção da autoridade. Gleize, como todos sabem, é um autor que procura circunscrever um lugar "pós-poético" de fala e que, para fazer isso, reescreve a tradição de uma "não--poesia"; procura instaurar uma espécie de linhagem antipoética, fazendo escolhas e distinguindo, inclusive, dentro de determinadas obras, vetores diferentes de relação com "*lapoésie*" ("apoesia", numa palavra só, entendida como condição histórica e institucional; se é que isso existe, como diria o próprio Gleize).

Haveria o que se discutir em relação à noção de "antipoesia" ou, se quisermos, de *poesiamenos*, de *poesia fezes* (presente em autores latino-americanos como Nicanor Parra, Augusto de Campos ou João Cabral de Melo Neto, entre outros, desde os anos 1940 ou 1950), sobre a estratégia teórica de restrição da sua lógica a autores pontuais da tradição moderna ou, ainda, sobre as releituras dessa tradição caracte-rizadas por romper a lógica interna de obras como a de Baudelaire ou Mallarmé, a fim de fundamentar uma oposição estratégica entre poesia e antipoesia. Limito-me aqui a lembrar que, dentro desse projeto e dessa tradição, especificamente no caso francês, a figura de Ponge tem um inequívoco destaque. E é possível dizer que a obra e a atividade intelectual e institucional de Gleize têm sido cada vez mais claramente, cada vez mais programaticamente, de modo cada vez mais militante, uma tentativa de *herdar* a problemática e as posturas pongianas, de criar condições editoriais e institucionais para que Ponge assuma lugar de relevo na poesia francesa do século XX. Para Gleize, trata-se, como ele propõe, de liberar o poeta da alternativa Ponge realista/Ponge formalista, a fim de fazer surgirem outras questões.[4] Não creio, entre-tanto, que se trate apenas disso.

Se Gleize destaca o nome de Ponge, "*résolument*" ("decididamente"), talvez possamos falar aqui de uma "decisão" assumida, em determinado momento de sua trajetória, de fazer distinções e hierarquizações dentro de uma determinada narrativa da poesia francesa, de renomear ideias e procedimentos que fariam a diferença, hoje. Ponge é certamente o nome que está na base dessa decisão que envolve "polêmica" e "combate", como diz o autor; e, consequentemente, a defesa da centralidade desse nome — Ponge —, ainda que outros autores de relevância menos manifesta, dentro da tradição crítico-historiográfica francesa (como Denis Roche), mereçam menção especial de Gleize, dentro da mesma lógica de tomada de posição.

---

[4] Tarefa que, de certo modo, já participava da releitura que Derrida fazia de Ponge nos anos 1970, publicada em *Signéponge*.

O PARTIDO DO CONTRA

Decidir, para Gleize, é também assumir uma posição de contrariedade. A esse propósito, em "Écrire contre" (publicado em *Ponge, résolument*), Gleize destaca o Ponge engajado, a favor e contra, um poeta no qual se destaca esse "escrever contra":

> On soutiendra donc que Ponge se dégage consciemment de certaines données antérieures acquises: il y a bien choix de la prose *contre* le vers, et choix du poème ouvert *contre* une formule parfaite autosuffisante et qui reste cependant un fantasme éminemment désirable.[5]

"Escrever contra" é uma expressão de Ponge que Gleize identifica nada mais nada menos que com o próprio ato de escrever.[6] Há uma evidente tomada de partido, um *partido do contra*, em Gleize (como há um *partido das coisas* — "partis pris des choses" — em Ponge), que transcende em muito a mera questão exegética da obra pongiana. Se Ponge escreve contra a poesia, escreveria também contra si próprio, contra o poeta Francis Ponge. Gleize *convida* então seu leitor, explicitamente, a pensar Ponge em termos de uma estratégia de combate, ou seja, nas suas palavras, de "pensée stratégique de calcul de trajectoire, de choix polemiques, d'écriture de combat".[7] "J'y invite"[8] dando à interpretação do combate o aspecto performativo de um *convite ao combate*. Vemos claramente como o procedimento de leitura dá destaque a uma espécie de militância, de ativismo, a um tipo de "moralismo" (no sentido dos moralistas franceses), de "partidarismo" ambivalente, mas decidido e decisivo, guiado por perspectiva e energia bem determinadas:

> cette sorte d'ébriété lucide, tout entière du début à la fin entre proême et poème, sans lâcher jamais l'un pour l'autre... Mais surtout: la réitération hautaine des refus, la répétition de ce que Francis Ponge appelle, dans ce texte même ["... Du vent", 1976], ses "principes".[9]

O convite de Gleize para se ler Ponge no contexto da estratégia combativa (em torno da complexa palavra de ordem dos "princípios") ressoa no título do volume *Ponge, résolument*. A postura, de fato, se pretende firme, decidida, deliberada, resoluta. Difícil ler os textos de Gleize sem constatar a importância que essa dicção ou que esse *tom* crítico ganha, cada vez mais. Aquilo que é uma decisão política, de política literária, torna-se rapidamente, ao mesmo tempo, aspecto de estilo, retórica argumentativa e desafio de pensamento. Uma das características mais globais e

---

[5] Jean-Marie Gleize (org.). *Ponge, résolument*. Lion: ENS Editions, 2004b, p. 120. "Pode-se sustentar então que Ponge se separa conscientemente de certas referências anteriores estabelecidas: há de fato escolha da prosa *contra* o verso, e escolha do poema aberto *contra* uma fórmula perfeita autossuficiente e que permanece, entretanto, um fantasma eminentemente desejável."

[6] Jean-Marie Gleize (org.). 2004b, p. 119

[7] Jean-Marie Gleize (org.). 2004b, p. 124: "pensamento estratégico de cálculo de trajetória, de escolhas polêmicas, de escrita de combate".

[8] Jean-Marie Gleize (org.). 2004b, p. 124: "*faço esse convite*".

[9] Jean-Marie Gleize (org.). *Cahiers de L'Herne: Francis Ponge*. Paris: L'Herne, 1986, p. 14: "essa espécie de ebriedade lúcida, em seu todo, do começo ao fim, entre proema e poema, sem nunca abandonar um pelo outro... Mas sobretudo: a reiteração altiva das recusas, a repetição daquilo que Francis Ponge nomeia, nesse mesmo texto ['... Du vent', 1976], seus 'princípios'".

volumosas da escrita do autor vem desse caráter afirmativo, declarativo, categórico. A necessidade da decisão, da deliberação, nesse sentido, não se entende apenas como distância irônica (segundo a relativização que o autor defende explicitamente), mas imprime em sua escrita um dado sentencioso, deliberadamente enfático e declarativo, ao qual se associam aspectos retóricos e gráficos, como declarações sintéticas, trechos sublinhados, letras maiúsculas, e daí por diante. Boa parte de seus livros recorrem a essa postura discursiva que não deixa de aproximar-se da semântica do combate armado (como a que aparece no ruidoso título *Toi aussi, tu as des armes*, frase misteriosa de Franz Kafka usada como título de um livro assinado por alguns não-poetas, entre os quais Jean-Marie Gleize).

Não é preciso mais do que a militância e a metáfora armamentista que ela requisita para perceber a recuperação e o deslocamento da estratégia de *vanguarda* (palavra, originalmente, como se sabe, também de uso militar). O caráter categórico das posições assumidas comunica, assim, com a retórica do "manifesto", com a qual Gleize não deixa de flertar em mais de uma oportunidade, chegando a usá-la no subtítulo de um de seus livros.[10] Embora considere as vanguardas "ce que l'on peut appeler le modernisme assertif, dogmatique et militant",[11] a retórica da vanguarda não deixa de ser constitutiva dessa outra que pretende superá-la. A fenomenalidade daquilo que se *manifesta* torna-se uma espécie de "gênero" ao qual se filiam (ainda que interpretadas na condição de ironia estrutural) suas efetivas e enfáticas decisões críticas.

Vários dos livros de Gleize comunicam com essa retórica do manifesto. É o caso também de *Simplification lyrique* (1987), com base na problematização do "diário íntimo" (transformado em "diário ínfimo") ou, ainda, de *Altitude Zéro: poètes, etcetera: costumes* (1997), do qual vários textos são retomados em *Sorties* (2009). A radicalização da ideia de uma escrita *em ação* é claramente visada e transportada dos dispositivos retóricos aos dispositivos da discussão sobre a vida literária, de uma escrita que busca um *impacto*.[12] A palavra de ordem da "ação", familiar a leitores de Ponge, é pontual e incisiva em Gleize. E *agir* (qualquer que seja a *restrição* imposta ao termo) se identifica com a estratégia da militância. Eu lembraria apenas que tal militância não se dá exclusivamente na reinterpretação da poesia francesa, mas na tentativa de conexão com tradições de prestígio, como a americana. No posfácio a *Pied bot*, livro de Charles Bernstein, Gleize aproxima a revista L=A=N=G=U=A=G=E (fundada

---

[10] Jean-Marie Gleize. *Le principe de nudité intégrale*. Manifestes. Paris: Seuil, 1995a.

[11] Jean-Marie Gleize. *Sorties*. Paris: Questions Théoriques, 2009, p. 400: "aquilo que poderíamos chamar de modernismo assertivo, dogmático e militante".

[12] Christophe Hanna (autor ligado ao grupo da editora Questions Théoriques, como Gleize), em *Poésie action directe*, nomeia esse movimento do discurso poético como "une certaine technique de la parole", que deveria ocupar um lugar "dans la série des langages socialement efficaces" (Christophe Hanna. *Poésie action directe*. Paris: Al Dante & Éditions Léo Scheer, 2003). Em perspectiva, a "élaboration d'une poésie pratique, cherchant l'impact politique" (Hanna, 2003, p. 9), ou seja, voltada para a ação.

por Bernstein e Bruce Anchewz), a *Tel Quel* e ao coletivo *Change*.[13] O esforço crítico é também o de construção de famílias poéticas, com a reivindicação, relativamente surpreendente, de um "contexte franco-americain" ("contexto franco-americano"), como o nomeia Gleize, ou seja, citando Hocquard, "de nombreuses convergences d'idées et d'approches des problèmes d'écriture".[14]

Dentro desse movimento crítico, embora tenham claramente pontos em comum, Gleize declara visar muito mais a uma "ação", a uma "prática", do que exatamente à discussão de uma teoria ou de história da poesia. Não me parece impossível aproximar tal proposta à prática de vanguarda do início do século XX, do modo como a interpreta Peter Bürger (2008), por exemplo: como exercício de autocrítica, por meio da qual a poesia supera a mera autorreflexão e a própria instituição poesia. Tal interpretação não está distante da maneira pela qual Gleize talvez preferisse de ser lido, na tentativa de virar a página da poesia entendida como lirismo institucionalizado, atribuindo a isso um outro nome que não o de "poesia". Apesar disso, tudo o que diz e faz não deixa de constituir, de modo evidente e ostensivo, uma teoria, uma história, uma "lição" sobre a poesia. E a insistência da asserção militante escancara a aporia que é a de fazer uma crítica às totalizações (o sentido, a obra, a poesia, a instituição) de uma perspectiva que pressupõe um lugar ainda mais radicalmente totalizante: o da poesia *como um todo*, a reiteração de um discurso que questiona num único gesto a tradição, a situação e o destino do gênero. Nesse sentido, pergunto-me se *escrever contra* não significaria, em muitos casos, reduzir a complexidade, minimizar a diversidade e o próprio jogo interno da tradição que se combate.

É óbvio que se trata de um autor perfeitamente consciente e advertido sobre essa objeção; tanto que o acolhimento da contradição do gesto é não apenas admitido como também requisitado, aceito como necessário, parte da própria *energia da contradição*. Afinal, o ato de *contradizer* não deixa de ter um sentido ativo, gramaticalmente transitivo, como um movimento de contraposição a alguma coisa em específico. O problema é que o deliberadamente contraditório, quando se coloca em relação de oposição especificamente consigo mesmo, dificilmente consegue ser mantido em nome de uma lógica ou de uma coerência de pensamento. O leitor de Gleize deve, então, aceitar na equação uma parte de delírio, ou de loucura: "*Car c'est en tant qu'elle est unique, incompréhensible, comme une sorte de folie, que cette exigence doit entrer dans le livre pour y manifester sa loi*".[15] A referência à loucura ou ao delírio não remete, evidentemente, a um aspecto psicológico, mas a uma proposta discursiva que designa a linguagem como ponto de partida e como lugar a ser transformado.

---

[13] Não deixa de ser pertinente, nesse contexto, lembrar a publicação de uma antologia da poesia americana, em 1986, por Emmanuel Hocquard e Claude Royet-Journaud. Gleize, em Charles Bernstein. *Pied bot*, trad. Martin Richet. Nantes: Joca Seria, 2012, p. 145.

[14] Jean-Marie Gleize, em Bernstein, 2012, p. 146: "numerosas convergências de ideias e de abordagem de problemas de escrita".

[15] Jean-Marie Gleize. *Neon, actes et légendes*. Paris: Seuil, 2004a, p. 23; grifos do original: "*Pois é na medida em que é única, incompreensível, como uma espécie de loucura, que essa exigência deve entrar no livro para manifestar aí a sua lei*".

RADICALIDADE CONTRAPOÉTICA

O que Deguy (1986) diz sobre Ponge poderia ser estendido ao caso de Gleize: são poetas que apontam um problema pelo qual continuam a ser afetados, necessariamente. Se o fato é quase banal, na tradição de ruptura da arte do século XX, em situações como essa, especificamente, destaca-se a importância da expressão da "preferência", da centralidade retórica da opinião. Assim como em Ponge, essa preferência (ou essa decisão) é tematizada e faz parte do projeto de constituição do discurso autoral — especificamente como uma aporia, a aporia da "exigência", no caso de Gleize. Mas a questão de base, a meu ver, não deve ser apagada. Ponge, para Deguy, é alguém que "ne se veut pas 'poète', et il met au-dessus des autres un poète, une oeuvre de poèmes: Malherbe. Ponge a le sens de sa responsabilité suprême".[16] E completa:

> Il ne se veut pas 'poète'; il soupçonne infiniment la poésie, la poésie rique de tomber et tombe incessamment dans le *ridicule*. Il souffre comme personne du ridicule où ne cesse de tomber la poésie. Il fait gloire à Malherbe de l'avoir *désaffublé*.[17]

Ponge presta homenagem a Malherbe por tê-lo "désaffublé": isto é, de tê-lo desvestido, de tê-lo livrado de um traje ridículo ou extravagante. De certo modo, Malherbe é aquele que permite a Ponge fazer sua *toilette*, a limpeza do ridículo que é o de ser poeta.

A situação, que se coloca também como horizonte da escrita em Gleize e em toda a poesia que propõe uma militância antipoética, ou contrapoética (como prefiro nomeá-la), não é recente. O Baudelaire de *Spleen de Paris*, no bem conhecido "Perte d'auréole", evoca o ridículo do poeta que se adornaria com o velho prestígio da poesia, agora enlameado pela vida moderna. Trazer a poesia para a esfera do "mortal", como sugere o texto, significa saber rir da própria auréola caída ou de quem ouse vesti-la novamente. Uma leitura mais atenta do texto poderia mostrar que Baudelaire estende essa camada de ironia ao próprio leitor que, inadvertidamente, se identifica com o interlocutor (tratado como companheiro de moral duvidosa) e que pretenda tirar do texto uma lição, por exemplo, a lição histórica sobre a perda do sublime moderno. Que tipo de *lição* é essa que combina tão bem com a derrisão e com a perversão? Que lição tirar daquilo que paradoxalmente se mantém tão próximo da lama? O ridículo não deixa de ser, para o poeta moderno, uma experiência da contradição.

O aparente desafio da contrapoesia contemporânea — que permanece questionando aquele tipo de lirismo que se veste do antigo prestígio — é o da capacidade

---

[16] Michel Deguy, "Ponge ou la préférence". In: Jean-Marie Gleize (org). *Cahiers de L'Herne: Francis Ponge*. Paris: L'Herne, 1986, p. 431: "não se quer 'poeta', e coloca acima dos outros um poeta, uma obra de poemas: Malherbe. Ponge tem a noção de sua responsabilidade 'suprema'".

[17] Michel Deguy. 1986, p. 432: "Ele não se quer 'poeta'; ele suspeita infinitamente a poesia, a poesia corre o risco de cair e cai incessantemente no *ridículo*. Ele sofre como nenhum outro do ridículo em que não cessa de cair a poesia. Ele glorifica Malherbe por tê-lo *despojado*."

de *lavar-se* de seu ridículo poético com o sabão da contradição. Não seria esse um outro modo (bem mais elaborado, e por isso mesmo bem mais efetivo) de reivindicar um lugar isento de impureza? Talvez a pergunta seja simplista. A resposta, entretanto, não é nada tranquila e as obras em questão não deixam de lidar com ela. Mas, ainda assim, creio que a reiteração da pergunta é importante, no sentido de avaliar as diferentes modalidades de *abertura*, de *saída*, de *política*. Qual é o lugar da alteridade, por exemplo, num discurso da limpeza? De que maneira, com que tônus e em que contextos cada autor trabalha com a ideia de contradição e de aporia? Se a preocupação fizer sentido, a questão mais interessante não seria exatamente que *visão de poesia* estaria sendo combatida ou sugerida, por determinados autores, hoje, mas de que modo cada um desses autores é afetado pela aporia que é a de afirmar o ridículo da poesia de dentro da própria linguagem e basicamente de dentro do mesmo espaço institucional que ela já vem ocupando (a edição, a universidade, determinadas instâncias da mídia, da performance, do espetáculo).

Considerando esse mesmo cenário por outro viés, seria possível se perguntar se o gesto militante de ênfase opositiva, como o de Gleize — contraditório, não obstante contrariado — que transforma a poesia em problema para o pensamento e para a ação intelectual, aponta de fato para uma *saída* da poesia, desde algo que supostamente já *não é bem* poesia, ou na direção daquilo que fatalmente ainda seria uma *recaída* de poesia. Quaisquer que sejam as precauções, esses marcadores pressupõem sempre um lugar heterogêneo, um lugar não marcado dentro do jogo discursivo. Quanto a mim, prefiro pensar que a contrapoesia contemporânea desdobra, desloca e modifica um traço geral da modernidade, que não é exatamente um pano de fundo, mas talvez um de seus elementos mais proeminentes, ou seja, a sua *radicalidade* crítica.

Em volume de natureza "didática", publicado em 1995, Gleize reúne uma coletânea de textos clássicos sobre a poesia, à qual sucede uma generosa seção de ensaios contemporâneos. No final da apresentação, o organizador afirma:

> Revenant une dernière fois sur ce parcours, je m'aperçois que toutes nos questions y figurent en creux et en plein, en plus et en moins, en très pâle ou en criard. Cette anthologie est un dépôt de savoirs, et de techniques. Il suffit de relire, et de déduire. Nous avons sous les yeux la poésie en poèmes, et en vers, comptés ou libres. Et puis le poème en prose. Reste à déduire la prose en poeme, et la prose en prose. Il me semble que toutes ces déductions ont été effectuées. Sinon acceptées. Reste donc à les justifier, à les comprendre, à les proposer.
>
> En *attendant* [grifo meu], chacun devrait pouvoir le vérifier, ce livre permet d'intensifier la question poétique.[18]

---

[18] Jean-Marie Gleize. *La poésie. Textes critiques: XIVᵉ - XXᵉ siècle*. Paris: Larousse, 1995b, p. 19: "Voltando uma última vez a esse percurso, percebo que todas as nossas questões estão ali configuradas pela ausência ou pelo excesso, pelo mais ou pelo menos, pálidas ou chamativas. Esta antologia é um arquivo de saberes e de técnicas. Basta reler e deduzir. Temos sob os olhos a poesia em poemas e em versos, contados ou livres. E então o poema em prosa. Resta deduzir a prosa em poema e a prosa em prosa. Parece-me que todas essas deduções foram efetuadas. Senão aceitas. Resta, portanto, justificá-las, compreendê-las, propô-las. *Enquanto isso* [enquanto esperamos; grifo meu], como cada um deveria poder verificar, este livro permite intensificar a questão poética."

O raciocínio não é complicado: a tradição já continha as questões do presente, mas é preciso saber lê-las inclusive nas entrelinhas, nos "ocos", no inconsciente digamos dessa tradição; pelo mesmo tipo de mecanismo, é preciso saber deduzir a possibilidade de uma "prosa em prosa" daquilo que já está colocado pela tradição, por exemplo, no poema em prosa. Como inclusive essa dedução já foi feita, restaria justificar seu interesse, compartilhá-la, torná-la persuasiva. Se concordarmos com o fato de que, após 20 anos de sua enunciação, diversas obras contemporâneas (como a de Gleize, justamente) já realizaram esse esclarecimento, a última frase poderia muito bem ser esvaziada do valor teleológico da espera e da expectativa ("En attendant, chacun devrait pouvoir le vérifier, ce livre permet d'intensifier la question poétique"); ela passaria a designar exatamente aquilo que o esforço da contrapoesia *realiza*, não só no momento histórico da publicação do livro, mas desde então e sobretudo hoje, no momento em que, aparentemente, aguardamos o advento de uma "prosa em prosa"; ou seja, a última frase nada mais é do que o performativo de uma intensidade: no fundo, a espera e a militância continua sendo, como sempre foi, um modo de "intensificar a questão poética", de assumir uma radicalidade que tem feito parte da tradição moderna. Quando Prigent fala de sua visão de poesia como "radicalização da questão da *literatura*" ("ce que j'appelle 'poésie', c'est une sorte de radicalisation de la question de la *littérature*")[19] creio que remete a um movimento desse tipo. E, embora haja diferenças importantes, essa radicalidade, que coloca a poesia diante de uma experiência limite (a experiência da mortalidade, por exemplo), não me parece ser incompatível nem mesmo com o chamado "lirismo", ao qual Jean-Michel Maulpoix (2009), por exemplo, num gesto aparentemente defensivo, crê necessário acrescentar o adjetivo "crítico".

Invertendo novamente a proposição, com base nos termos de Gleize, poderíamos ainda dizer que, diante daquilo que se apresenta hoje como debate (o debate *em torno da* poesia, ou nos limites da poesia), permanecemos indefinidamente na situação de *espera* da "prosa", ou seja, não apenas no sentido do combate a determinada "formalidade" da tradição poética, mas, de modo mais amplo, de uma melhor *ideia da escrita*, que possa também configurar um modo mais vivo de inserção no real. Por essa razão, a formulação em princípio provisória ("intensificar a questão poética") reforça o sentido da radicalização crítica que muitos poetas, não apenas franceses, não apenas contemporâneos, não necessariamente críticos, imprimem à discussão ao tomar posição a *favor* ou *contra*. Algo como uma proposição crítica, ou autocrítica, está aí em jogo e não se esgota na sua própria formulação dos problemas que lhe dizem respeito. Quando Alféri fala da prosa como *horizonte*, como perspectiva da escrita; quando Maulpoix fala do aspecto "crítico" ou mesmo das tentativas recentes de "agravação"; quando Gleize acelera a questão poética até que a poesia perca seu nome; quando Deguy extrema sua concepção poético-filosófica de *mundo*, até que esta venha a ombrear a ameaça ecológica — temos aí alguns exemplos daquilo que

---

[19] Christian Prigent. *L'incontenable*. Paris: P.O.L., 2004, p. 10.

me parece um movimento da poética moderna, que é o de levar determinadas situações às últimas consequências, ou seja, *levá-las ao limite* (ao confronto com a morte, com o fim, com seu vazio, com sua fragilidade ou com sua própria ineficácia).

Vários desses projetos têm em comum o fato de darem vigor à discussão poética (aquilo que continuamos chamando "poesia", "poeta", "poético"), oximorizando, "pela ausência ou pelo excesso" (Gleize), a relação que a poesia tem consigo mesma e com os demais discursos sociais. Estes, aliás, é preciso constatar, frequentemente se esforçam não apenas em dar-lhe adeus, mas francamente em dispensá-la. Poderíamos nos perguntar se o risco a que o jovem Mallarmé enxergava na incorporação da poesia pelas instituições republicanas teria resultado, como ele temia, na neutralização e na subordinação do campo artístico; se, além disso, mais visivelmente em espaços culturais como o brasileiro, não estaríamos hoje em um processo de franca dessolidarização não só em relação à poesia, mas às artes como um todo, pela via da adesão ao dispositivo concorrencial e substitutivo; se a situação da poesia em termos de sua presença ou ausência no currículo escolar não seria um momento desse processo, que se coloca aparentemente em ritmos diferentes, do século XIX para cá, na França e no Brasil. Em vez de pretender dar a resposta esperada a essas questões, que talvez nem sejam as questões mais esperadas, limito-me a constatar o antigo litígio de que resultam, preferindo dar destaque e dar sentido àquilo que faz com que alguns de nós sejamos hoje, talvez, leitores interessados por tal discussão — a discussão "contrapoética", ainda nos casos em que ela se manifesta aparentemente fora dos dispositivos mais tradicionais da poesia.

Pergunto-me se não poderíamos buscar nesse horizonte uma proposta mais afinada com a reconhecida impossibilidade da poesia moderna em realizar-se como tal, em fundar-se, em *ter lugar*. Toda poesia é uma contrapoesia, se pudermos chamar de poético esse campo no qual a "crise de vers" é nomeada, exercida, radicalizada, colocada não só como abertura de poesia, mas associando-se também a um determinado tipo de "versificação" (termo que, para Mallarmé, remetia de modo amplo à análise de ritmos e de políticas, não apenas poéticos).

Nesse sentido, para chegar à questão da "contrapoesia", não me parece que se trate de eleger os verdadeiros antipoetas, ou não-poetas, nem tampouco de destacar aqueles que, resistentes, modernos "malgré eux, à leur corps défendant",[20] transformam a "antimodernidade" em "filão de resistência" à modernidade social (como diz, em outro contexto, Antoine Compagnon, 2005). Para dramatizar ou agravar ainda mais o desafio de ter seu lugar, seria preciso, em suma, descrever a natureza, os impasses e o tipo específico de postura que cada contrapoeta tem com relação ao ridículo da poesia.

---

[20] "apesar deles mesmos, a contragosto".

REFERÊNCIAS BIBLIOGRÁFICAS

BERNSTEIN, Charles. *Pied bot*, trad. Martin Richet. Nantes: Joca Seria, 2012.

BÜRGER, Peter. *Teoria da vanguarda*. São Paulo: Cosac Naify, 2008.

COMPAGNON, Antoine. *Les antimodernes: de Joseph de Maistre à Roland Barthes*. Paris: Minuit, 2005.

DEGUY, Michel. "Ponge ou la préférence". In: GLEIZE, Jean-Marie (org). *Cahiers de L'Herne: Francis Ponge*. Paris: L'Herne, 1986.

_____. *Réouverture après travaux*. Paris: Galilée, 2007.

DEGUY, Michel; DAVREU, Robert; KADDOUR, Hédi. *Des poètes français contemporains*. Paris: ADPF Publications, 2001.

DERRIDA, Jacques. *Signéponge*. Paris: Seuil, 1988.

GLEIZE, Jean-Marie (org.). *Cahiers de L'Herne: Francis Ponge*. Paris: L'Herne, 1986.

_____. *Simplification lyrique*. Paris: Seghers, 1987.

_____. *A noir. Poésie et littéralité*. Paris: Seuil, 1992.

_____. *Le principe de nudité intégrale. Manifestes*. Paris: Seuil, 1995a.

_____. *Altitude Zéro: poètes, etcetera: costumes*. Paris: Java, 1997.

_____. *La poésie. Textes critiques: XIVe – XXe siècle*. Paris: Larousse, 1995b.

_____. *Neon, actes et légendes*. Paris: Seuil, 2004a.

_____ (org.). *Ponge, résolument*. Lion: ENS Editions, 2004b.

_____. *Sorties*. Paris: Questions Théoriques, 2009.

GLEIZE, Jean-Marie et al. *Toi aussi, tu as des armes: Poésie & politique*. Paris: La Fabrique Éditions, 2011.

GORRILLOT, Bénédicte. "Poésie-vers-prose: un gué millénaire (La faute à Aristote)". In: *Formes poétiques contemporaines*, v. 13 ("Envers la prose"). Paris: Presses Universitaires du Nouveau Monde, 2013.

HANNA, Christophe Hanna. *Poésie action directe*. Paris: Al Dante & Éditions Léo Scheer, 2003.

MAULPOIX, Jean-Michel. *Pour un lyrisme critique*. Paris: José Corti, 2009.

PRIGENT, Christian. *L'incontenable*. Paris: P.O.L., 2004.

SENDO VISTO POR UM BOI QUE VÊ OS HOMENS

Alberto Pucheu

Quando um animal vê os homens, interpelando-os, e quando alguns dos homens que se percebem, de fato, vistos por um animal que os viu acusam tal olhar (como um boxeador acusa um golpe que lhe acerta em cheio o plexo solar), o que um poeta, levando esse ter sido visto às últimas consequências, traduz do barbarismo extremo de um animal que o enxergou com a fundura opaca ou com a superfície cristalina de seu olhar para nós predominantemente incompreensível? Tal tradução poética marca a passagem dos filosofemas preponderantes sobre os animais para os poemas escritos desde os animais, escritos desde uma língua bárbara com seus sentidos bárbaros e desde a relação intrínseca e necessária que há entre homens e animais, desde algum animal singular, desde um incapturável, do qual o homem não consegue nem pode se afastar. Emprestando uma fala à completa alteridade de um boi, ou a um boi enquanto uma completa alteridade, ao barbarismo extremo de um boi, o poema de Drummond é desses que buscam ultrapassar tanto os animais enquanto adjetivações ou predicações humanas quanto o guarnecimento das fronteiras estanques habitualmente colocadas de maneira dualista entre humanos e animais. Nele, não é um boi que, como na maior parte das vezes em nossa história filosófica e científica em relação aos animais, é passivamente apreendido pelo olhar humano, mas, antes, são os homens que são incomodamente vistos e surpreendidos pelo olhar daquele habitualmente colocado à margem da cultura e dos assuntos humanos quando não se trata de instrumentalizá-lo, à margem das autodesignações que os homens realizam de si. Ao fim do poema, enquanto o homem é abertamente pensado, um boi parece ficar resguardado em sua inacessibilidade e em sua inapropriabilidade.

Se, com base em Derrida, pelo menos a princípio, poderia parecer não se tratar, por uma facilitação do uso da prosopopeia, de outorgar a palavra aos animais, na medida em que tal atitude atribuiria a algum animal aquilo que, humano, ele não tem, aquilo de que ele teria sido privado, como se a linguagem lhe faltasse sendo-lhe finalmente restituída em um gesto antropo e logocêntrico, com base no próprio Derrida, como afirma Ginette Michaud, a prosopopeia pode ter seu escopo imensamente ampliado, sendo entendida, às avessas, como um acolhimento aos animais, como "uma tentativa de reagir ao mau tratamento filosófico do animal, [...] dando-lhe um possível abrigo poético na literatura, o único lugar, talvez, em certo sentido, que pode oferecer hospitalidade a essa animalidade". No poema de Drummond, dar hospitalidade a um animal é escutá-lo em sua língua inacessível, traduzida para nós pelo poeta, naquilo que ele tem a dizer sobretudo não sobre si, mas sobre os humanos: no movimento de desantropomorfização de quem fala nas palavras de um boi, importa, num primeiro momento, esse transferir-se do poeta para uma alteridade inapreensível desde a qual o homem, esse que, ao menos na modernidade, em geral, objetifica, assujeita, intervém e violenta, recebe, ele mesmo, o pensamento provindo daquele lugar de alteridade que o leva a se perceber visto de modo inteiramente inesperado, contrapondo-se à sua almejada superioridade. A transferência para uma completa alteridade desde a qual se torna possível um ponto de vista e uma escuta desse outro, ainda que mantendo o outro de um outro resguardado, acaba por tornar um boi um espelho inabitual no qual o suposto próprio do homem se manifesta a ele de maneira muito mais ingrata do que, de seu narcisismo, ele gostaria, um espelho inabitual no qual o homem passa a ser refletido com uma imagem historicamente mais condizente do que a que habitualmente faz de si, um espelho que reflete, antes, o impróprio do homem, um espelho que reflete uma diferença capaz de alterar o homem. A animalização da linguagem empreendida em "Um boi vê os homens" coloca os humanos diante desse olhar de um animal que, olhando-os, os vê, fazendo-os (chocados com a quebra do privilégio histórico que tiveram de ver sem serem vistos) ver a estranheza de estarem sendo vistos por um outro, vendo-se através desse outro que os vê. Sem esse ver alheio que provoca o incômodo em quem só agora se vê sendo visto, se é, ao menos, bastante míope, para não dizer, majoritariamente cego. Estes, o de ver e o de se ver visto anormal ou anômalo por um animal que o vê, o de ver e o de se ver visto impropriamente por uma alteridade que o altera, são alguns dos gestos poéticos por excelência, que, aliás, estão por todos os lados da poesia.

Escutemos o poema "Um boi vê os homens", de Drummond:

> Tão delicados (mais que um arbusto) e correm
> e correm de um para outro lado, sempre esquecidos
> de alguma coisa. Certamente, falta-lhes
> não sei que atributo essencial, posto se apresentem nobres
> e graves, por vezes. Ah, espantosamente graves,
> até sinistros. Coitados, dir-se-ia não escutam
> nem o canto do ar nem os segredos do feno,
> como também parecem não enxergar o que é visível
> e comum a cada um de nós, no espaço. E ficam tristes
> e no rasto da tristeza chegam à crueldade.
> Toda a expressão deles mora nos olhos — e perde-se
> a um simples baixar de cílios, a uma sombra.
> Nada nos pelos, nos extremos de inconcebível fragilidade,
> e como neles há pouca montanha,
> e que secura e que reentrâncias e que
> impossibilidade de se organizarem em formas calmas,
> permanentes e necessárias. Têm, talvez,
> certa graça melancólica (um minuto) e com isto se fazem
> perdoar a agitação incômoda e o translúcido
> vazio interior que os torna tão pobres e carecidos
> de emitir sons absurdos e agônicos: desejo, amor, ciúme

(que sabemos nós?), sons que se despedaçam e tombam no campo
como pedras aflitas e queimam a erva e a água,
e difícil, depois disto, é ruminarmos nossa verdade.

Com um ponto de vista de um bovino traduzido pelo poeta, o antropozoopoema traz à tona uma alteridade radical: são exatamente os homens que se querem certos de sua exclusividade superior que estão colocados em questão pelo olhar bovino, pelo olhar inumano, pelo olhar *an-humano*, desde o qual, trazendo-o para si e se misturando a ele enquanto uma alteridade em experimentação, perdendo exatamente o "si mesmo", o poeta escreve. Com base na interpretação provinda dessa alteridade, no caso, bovina, que interpela os homens, estes são percebidos em suas finitudes e fragilidades. Paradoxalmente — e certamente esta é uma das excelências do poema —, a impossibilidade de um boi existente falar por si mesmo na linguagem verbal humana acaba dando uma credibilidade muito maior à crítica ao homem do que se ela fosse realizada por um humano qualquer. Quem fala no poema é exatamente quem não pode falar verbalmente em língua humana e quem não pode falar verbalmente na língua humana fala desde sua visão de mundo a respeito desse que, falante, já nasce com uma falta ou com uma falha que lhe é constitutiva. Deslocando-se para uma alteridade extrema, o poeta é, assim, o tradutor de um modo bovino de pensar em uma maneira demasiadamente estrangeira para os humanos de modo geral, que precisam de seus intérpretes para poder compreender senão o animal, ao menos, uma tradução de o quê um boi pensa dos homens.

Que, no Brasil e, em especial, para alguns mineiros, acostumados ao convívio com eles nas fazendas e pelos sertões, os bois falam em um modo deles, tornando-se audíveis e compreensíveis para todos pela tradução e interpretação de seus poetas, cujas traduções e interpretações se confundem com invenções ("invenções só lá dele[s] mesmo[s], coisas que as outras pessoas não sabem e nem querem escutar"), e não com representações que nos dariam acesso aos bois levando-nos a nos apropriarmos deles, testemunha "Conversa de bois", de Guimarães Rosa, publicado, em 1946, em seu livro de estreia, *Sagarana*, cinco anos antes, portanto, de *Claro enigma*, livro de 1951, em que se encontra o poema de Drummond, trazendo muitas afinidades com o respectivo conto:

> Que já houve um tempo em que eles conversavam, entre si e com os homens, é certo e indiscutível, pois que bem comprovado nos livros das fadas carochas. Mas, hoje-em-dia, agora, agorinha mesmo, aqui, aí, ali, e em toda a parte, poderão os bichos falar e serem entendidos, por você, por mim, por todo o mundo, por qualquer um filho de Deus?!
> — Falam, sim senhor, falam!... [...]
> [...]
> — [...] Mas, e os bois? Os bois também?...
> — Ora, ora!... Esses é que são os mais!... Boi fala o tempo todo.

Se, ainda hoje, hoje em dia, agora, agorinha mesmo, aqui, aí, ali, e em toda parte, os animais e, sobretudo, os bois, falam em um modo deles, eles precisam certamente da tradução e da interpretação inventivas dos poetas para serem entendidos por você, por mim, por todo o mundo, por qualquer um. Esse entendimento, é bom ressaltar, ainda como no conto de Rosa, nos leva, depois, a "recontar diferente, enfeitado e acrescentado ponto por ponto", que é a maneira em que, ainda segundo o conto, o pensamento e o contar "assim até fica[m] mais merecido[s]". É, então, pelos poetas (no sentido amplo dessa palavra) que, hoje em dia, se escuta as conversas dos bois, traduzindo ou recontando diferente e por acréscimo (como quem conta um conto aumenta um ponto) suas falas atualmente bárbaras e suas maneiras de ver os homens, pensando-as. No conto de Rosa, um dos bois afirma ser a criança quem pensa quase como os bois, podendo entendê-los melhor do que os homens, que, de modo geral, não os entende; o vínculo entre poetas e crianças, entre o mundo poético e a infância é notório e, na estória, o modo de chamamento bovino da criança, além de mostrar como os bois veem a criança, mostra, igualmente, o devir bovino dela:

> — O bezerro-homem sabe mais, às vezes... Ele vive muito perto de nós, e ainda é bezerro... Tem horas em que ele fica ainda mais perto de nós... Quando está meio dormindo, pensa quase como nós bois... Ele está lá adiante, e de repente vem até aqui... Se encosta em nós, no escuro... No mato-escuro-de-todos-os-bois... Tenho medo de que ele entenda nossa conversa.

Chegando ao fim do conto, esse "ainda mais perto" entre criança e os bois se intensifica quando estes negam seus nomes em nome do "enorme", do "grande e forte", e o boi Dançador diz ser ele próprio Tião, Tiãozinho, a criança, mostrando esse devir criança dos bois e o devir bovino da criança. Entender o boi seria se apropriar dele, acessá-lo, e é disso que o boi Dançador tem medo que a criança possa fazer, mas criança não faz isso, criança não se torna senhor de ninguém, criança devém outro, um outro inapropriável.

No título "Um boi vê os homens", a linguista Lilian Ferrari chama a atenção para um boi indefinido e qualquer que, em sua diferença e singularidade, percebe os limites do que nos homens constitui sua definição, seu mesmo e sua generalidade, salientando ainda ser tal recurso que "garante a imprecisão necessária para que a compreensão do ponto de vista boi/poeta se sustente". Entrando em um devir bovino, fazendo a experimentação desse devir, mesclando-se, ao outrar-se, com o bovino que é um outro, descentrando-se e se alterando com ele, ao conseguir assumir (poeticamente, ressalta-se, ou seja, imprecisamente) o ponto de vista de um outro que é o referido animal em mesclagem com o poeta, este, ou melhor, o boieta, nos deixa ser vistos e pensados por um boi, por um indeterminado, por um inapreensível por nós que é externo a nós e, ainda, nos constitui. O boieta que fala no poema se coloca como um ponto intermediário impreciso de experimentação entre homens e bovinos. Se um boi é habitualmente inacessível aos humanos, se os homens são inacessíveis a si mesmos, Ferrari percebe que o poema "abre dupla possibilidade de ponto de vista. Por um lado, o título — 'Um boi vê os homens' — sugere que se trata do ponto de vista de um boi, por outro lado, quem de fato escreve é o poeta.

Trata-se, portanto, de um caso de mesclagem de pontos de vista, em que o poeta vê os homens pelos 'olhos' do boi. Ou melhor, o poeta vê os homens pelos 'olhos' do boi-poeta. É a partir daí que se constituem os espaços contrafactuais em que a humanidade se apresenta como inapelavelmente carente de 'atributos essenciais'".

Se, na leitura hegemônica da história os humanos estão ancorados na exclusividade do excesso especial tardiamente atribuído ao homem enquanto animal ígneo, animal técnico, animal linguageiro, animal racional, animal conhecedor, animal político, animal extático, animal erótico ou qualquer outro dos muitos acréscimos usados para demarcar seu afastamento dos outros animais — que, apesar de tudo, nunca conseguiu ser completamente atingido —, no poema de Drummond, a falta, a carência, a privação, a pobreza e o vazio são constitutivos da leitura que a mesclagem entre o poeta e o boi (o boieta) faz dos homens e vão sendo mostrados em planos distintos do poema. Nele, a ignorância — a ser assumida — do homem acerca de si e de sua relação com a natureza e com os animais é salientada. Em um primeiro plano imediatamente direto, nos versos 3 e 4, está escrito que "[...] Certamente, falta-lhes/ não sei que atributo essencial [...]"; do verso 19 ao 21, é dito: "[...] o translúcido/ vazio interior que os torna tão pobres e carecidos/ de emitir sons absurdos e agônicos: desejo, amor, ciúme". Tanto no primeiro exemplo quanto no segundo, o *enjambement* do terceiro para o quarto verso e o do vigésimo para o vigésimo primeiro são intensivos. Eles estão ali para, pela interrupção do fim do verso, deixar o leitor na pausa que atribui a marca do homem à falta do que lhe seria mais essencial e à carência que, com o vazio interior e a pobreza, ficam ecoando em suas suspensões. Depois de a ênfase dada à falta e a carência, aprendemos que falta exatamente aos homens um "atributo essencial" qualquer (a corroborar a falta anunciada) e que, de seu vazio, de sua pobreza e de sua carência, eles sentem necessidades de emitir "sons absurdos e agônicos", derivados de seus desejos e afetos, que, entretanto, solitários, inconsequentes, nervosos e destrutivos, "[...] se despedaçam e tombam no campo/ como pedras aflitas e queimam a erva e a água". Por essa falta, por essa carência, por essa pobreza e por esse vazio constitutivos, aos homens, apenas a ânsia, o provisório e o superficial, a "impossibilidade de [eles] se organizarem em formas calmas,/ permanentes e necessárias". Assumir essa falta, que confere a ignorância que o homem tem de si e do animal, é uma das determinações do poema, sendo importante frisar o fato de ser um animal quem demarca uma não essencialidade humana ou de ser por ele que ela é demarcada, como se o poema dissesse ao homem que nada do que é humano lhe é (ao homem) íntimo.

Em um segundo plano do poema, além de um traço da essencialidade de que os homens são privados, a falta, a carência e o vazio se mostram de modos parciais. Inquietos, os homens estão "[...] sempre esquecidos/ de alguma coisa", "[...] não escutam/ nem o canto do ar nem os segredos do feno", "[...] parecem não enxergar o que é visível/ e comum a cada um de nós [...]", "Nada nos pelos [...]", "e como há neles pouca montanha". Os elementos da negatividade se fazem presentes na memória, que eles não têm, e nos sentidos, contemplados pela (falta de) audição, pela (falta de) visão e pelo tato (nadificado). De novo, sobretudo nos dois primeiros exemplos, os *enjambements* intensificam a ideia que está sendo apresentada, mostrando, pela quebra, que o fato de sermos esquecidos e de que não escutamos se tornem praticamente absolutos, não precisando nem mesmo dos complementos, que, entretanto, virão. Nessa absolutização da falta demarcada pelos *enjambements*, esse segundo plano do poema se confunde com o primeiro, podendo ser, ainda, o desdobramento daquele mesmo plano. Com a falta do essencial e dos sentidos precários (beirando a inexistência), em vez de sermos os mais do que valorizados animais políticos, somos incapazes de enxergar o "comum a cada um de nós", incapazes de fundar, consequentemente, uma comunidade, apesar do que poderia parecer à primeira vista. Invertendo a constantemente retomada leitura heideggeriana por filósofos e outros comentadores, aqui, não é o animal quem tem pouco mundo, mas os homens que têm "pouca montanha".

No alto aproveitamento linguístico que faz do poema, Lilian Ferrari salienta que as negações que marcam "a inexistência de determinadas características na entidade observada [...] sugere que aquele que observa apresenta essas características. É possível inferir, portanto, que há um ponto de vista implícito, a partir do qual é natural escutar o canto do ar e os segredos do feno, enxergar o que é visível, ter muitos pelos e se organizar em formas calmas, permanentes e necessárias", acrescentando ainda que "aquele que estabelece os julgamentos comparativos é forte, calmo e lento, expressivo em várias partes do corpo, alegre e transparente, com extremidades resistentes, úmido, retilíneo, rico e sem carências". É bem verdade que tais características são inferências e sugestões — jamais revelações — a partir de quem, no poema, permanece resguardado, parcialmente revelado, como dito, apenas por inferições e sugestões. De modo similar, um dos bois de "Conversa de bois" afirma em certo momento: "O nosso pensamento de bois é grande e quieto... Tem o céu e o canto do carro... O homem caminha por fora. No nosso mato-escuro não há dentro e nem fora..." Em Drummond e em Rosa, o homem caminha por fora, jamais se assegurando da perspectiva dos animais sobre eles mesmos, que, entretanto, os contamina.

A colocação tensiva entre a sugestão ou inferição da plenitude animal e a afirmação taxativa da carência humana é uma das questões que retornam em alguma poesia do século XX, designando o homem, como no poema "Snake", do admirável *Birds, beasts and flowers* de D. H. Lawrence, de "*the second-comer*", o segundo a chegar, o que chega depois, o que, diante da primazia do animal que chega antes, chega depois (não, enquanto sua suposta imagem, de Deus, mas o que chega depois) da cobra à canaleta de água, ou seja, o que chega depois dos animais que chegaram antes, o vindo após a cobra e após os animais que o antecederam, o vindo após a serpente que, surpreendentemente, vem beber água na mesma canaleta que o eu dito do poema chegando antes dele, o vindo após a queda do paraíso e vindo após outra queda, a provocada por Darwin, ratificando, em diferença, a primeira. No seminário *La bête et ele souverain*, demandando uma ética e uma moral correspondentes — e esse traço é lido por Derrida no poema "Snake" de algum modo contra o "domínio" bíblico —, "*the second-comer*" é o que simplesmente chega depois de um outro, ressaltando que esse outro, entretanto, é o outro "*quel qu'il soit*", o outro quem quer que seja, quem quer que seja o outro é um outro, um outro que chegou antes, um outro de quem se chegou depois, independentemente de "sua dignidade, de seu preço, de seu estatuto social". Enquanto em "Snake" chega-se tardiamente, literalmente depois da serpente, em outros poemas de Lawrence, essa secundariedade continua, ainda que de modo distinto, a retirar o homem de seu lugar primeiro e privilegiado, colocando-o em posição desconfortável diante de outros animais. Em "Lizard", "Lagarto", Lawrence determina essa secundariedade do homem caracterizada pela falta que lhe é constitutiva em contraposição à plenitude do lagarto:

A lizard ran out on a rock and looked up, listening
no doubt to the sounding of the spheres.
And what a dandy fellow! The right toss of a chin for you
and swirl of tail!

If men were as much men as lizards are lizards
the'd be worth looking at

(Em tradução de Mário Alves Coutinho:

Um lagarto saiu de uma rocha e olhou para cima, escutando
sem dúvida o som das esferas.
Que criatura elegante! O correto jogar do queixo para você
e o torcer da cauda!

Se homens fossem homens como os lagartos são lagartos,
valeria a pena olhar para eles).

Do mesmo modo, com igual formulação, em "Flowers and men", a secundariedade se expande ao vegetal: "Flowers achieve their own floweriness and it is a miracle./ Men don't achieve their own manhood, alas, oh alas! Alas! [...]" (Mário Alves Coutinho traduz: "As flores conquistam sua própria florescência e é um milagre./ Os homens não conquistam sua própria humanidade, ai de mim!"). Como se juntasse as ideias dos dois poemas anteriormente citados, em *Morality*, tanto os animais quanto as flores demarcam a precariedade do homem: "Man alone is imoral/ Neither beasts nor flowers are [...]" (na tradução de Coutinho, "Somente o homem é imoral/ Nem os animais nem as flores o são.").

A relação de Lawrence com os animais e vegetais provém da crítica de um tempo de autocentramento dos homens, de um tempo em que os homens olham para os homens sem que ninguém mais consiga ver, de um tempo em que os homens, ainda segundo o poeta, quiseram triunfar sobre seus próximos até, como agora,

ALBERTO PUCHEU

estarem cansados deles e, com tudo perdido, como afirma no poema "Dies Irae", cada palavra ter se tornado nauseante, morta:

> [...] Our epoch is over,
> a cycle of evolution is finished,
> our activity has lost its meaning,
> we are ghosts, we are seed;
> for our word is dead
> and we know not how to live wordless [...]"

(Em tradução de Mário Alves Coutinho:

> [...] Nossa época acabou,
> um ciclo da evolução chega ao fim,
> nossa atividade perdeu seu significado,
> somos fantasmas, somos sementes;
> nossa palavra está morta
> e não sabemos como viver sem palavras [...]").

Em um tempo de palavras mortas, em um tempo de mundos mortos, em um tempo *wordless* e, acrescento, *worldless* (*mountainless*, diria o poema de Drummond a respeito dos homens), como fazer a experiência do sem palavras, como experimentar, mais uma vez, uma infância, uma alteridade, uma ignorância radical?[1] Em um tempo em que se trata de fazer a experiência do sem palavras, da experiência da ausência do que nós, humanos, entendemos por palavras, certamente, os animais, *álogon*, têm muito a nos dizer através de suas ausências de nossas palavras e dessa possibilidade encontrada, que lhes é hospitaleira: pela tradução dos poetas que mostram que, se os animais não têm palavras como as nossas, tendo-nos levado a chamá-los de *álogon*, ainda assim, eles têm uma outra língua, bárbara, aberta tão somente a invenções, traduções, sugestões, inferições, que garantam sua inacessibilidade e inapropriabilidade.

Se, como nos poemas de Lawrence, no poema de Drummond, se tem a inversão da história filosófica preponderante, ou seja, se os homens são apresentados enquanto carentes e os bovinos podem, ao menos temporariamente, ser inferidos enquanto plenos, se um animal tem, ele mesmo, características que faltam aos homens, é certo que, de sua alteridade, ainda assim, em agenciamento ou mesclagem com o poeta, por sua tradução, ele fala, um boi é uma instância que leva o homem a se separar de si pela alteridade que lhe é constitutiva, mesmo tendo um boieta por gatilho de tal segregação. Esse disparo de alteridade ou esse ponto intermediário que cinde os homens levando-os a se colocarem na cisão que os projeta ao fora de si e, consequentemente, à ausência de saber sobre si, parece ser a consequência maior do

---

[1] No poema "Conceit", "Presunção", aparece, como em muitos outros momentos, essa derrocada do conhecimento: "And I am not interested to know about myself any more,/ I only entangle myself in the knowing" (em tradução de Mário Alves Coutinho: "E não estou mais interessado em saber sobre mim,/ Somente embaraço a mim mesmo no conhecimento").

SENDO VISTO POR UM BOI QUE VÊ OS HOMENS

poema que toma o próprio do homem como ausente e inapreensível. Fora de si, ou seja, fora do humano, e fora, igualmente, do animal, fora da linguagem e fora de sua ausência, fora do espiritual e fora do corporal, fora do sobrenatural e fora do natural, fora do biológico e fora do simbólico, fora do político e fora do apolítico, fora do inteligível e fora do sensível, fora da liberdade e fora do determinismo, fora daquele que supostamente é desvelado e fora daquele que supostamente se mantém velado, fora do jogo do pensamento que confere o ser de tudo o que é — dentro apenas de, como nomeia Agamben, uma "zona de não-conhecimento" ou de uma "zona de in-conhecimento" ou de uma "zona de ignoscência" que, sobretudo, a poesia e uma filosofia poética preservaram e preservam, de algum modo, como o que Derrida chama de "completamente outro", de o "mais outro que qualquer outro", de o "completamente outro que é todo outro".

Drummond, entretanto, não para aí, indo mais longe. O verso final do poema traz o que era inteiramente inesperado; a surpresa imediatamente explícita é o fato de ser a primeira e única vez em "Um boi vê os homens" que, de modo direto, o respectivo animal não fala dos homens, mas, na utilização da primeira pessoa do plural, muito para além das inferências e sugestões anteriores, diretamente de si e dos bovinos de modo geral. Se, ao longo do poema, atravessamos o modo como ele vê os homens, agora, ao seu fim, com esse modo já sabido pelo leitor, o que um boi fala de si e dos bovinos? O último verso intensifica ainda mais o vazio ignoscente dos homens ao torná-lo epidêmico, ou seja, ao fazer com que, diante dele, diante dessa presença humana tão fragilizada, incapaz e infeliz, um boi seja tomado por uma dificuldade de permanência em seu próprio modo de ser: apesar de os bois não saberem dos desejos e dos afetos humanos (sobretudo, de seu amor e de seu ciúme), eles sabem que, diante da carência, da falta, da privação, da pobreza e do vazio humanos, "e difícil, depois disso, é ruminarmos nossa verdade". Antes de o poema acabar, ele anuncia que há ainda algo a ser dito, um acréscimo, determinado pelo "e" e pelo "depois disso". Se os homens vêm depois dos animais, quando estes vêm depois daqueles que vieram depois dos animais, se torna difícil a digestão de suas verdades. Difícil para os bovinos digerirem sua verdade depois disso, depois de tudo o que foi dito sobre os homens. Ao fim do poema, pela carência dos homens, parece que, do ponto de vista do boieta, desse possível incomum mesclado entre homens e animais que não é mais nem homem nem animal, também os bovinos passam a ter dificuldades de lidar com suas verdades e plenitudes, como se, ruminando a vida dos homens, de algum modo, finalmente, ainda que a contrapelo, empáticos a ela, ou melhor, contagiados por ela, eles se transformassem naqueles que, com suas verdades perdidas, também passam a ter de ruminar seus vazios, faltas, pobrezas, carências e desconhecimentos. No diagnóstico que fazem dos homens e na assunção final de uma falta mútua de qualquer atributo essencial, bois (animais) e humanos carecem de um sentido que lhes seja constitutivo. Disponível a eles, comum a eles, apenas, e sobretudo, uma privação, a privação de qualquer essência positivada, a privação de

31

terem de ruminar a miséria do que jamais vem para o âmbito do sentido, a miséria que escapa à possibilidade de verdade. Os homens não sabem, nem os bois. Se ao fim do poema não há uma diferenciação do animal com base no homem (excessivo), eis a indiferenciação entre o animal humano e o não-humano, que não é dada, entretanto, *a priori*, mas alcançada, enquanto percurso, ao fim do poema, quando um não-saber radical (a ausência da verdade de humanos e bovinos) se sobrepõe ao previamente sabido.

Poderia trazer para essa conversa em que bois veem os homens — e a si mesmos — o que Derrida, na décima seção de seu curso *La bête et le souverain*, no dia 6 de março de 2002, diz de Paul Celan, retirando a majestade ou a soberania da poesia na medida em que ela, pensando os limites do saber e conseguindo deles escapar ou ultrapassá-los, "suspende a ordem e a autoridade de um saber assegurado, seguro de si mesmo, determinado e determinante": "É como se, depois da revolução poética que reafirmava uma majestade poética para além ou por fora da majestade política, uma segunda revolução, que corta a respiração ou a leva ao encontro do todo outro, viesse tentar ou reconhecer, tentar reconhecer, ver, sem nada conhecer nem reconhecer, tentar *pensar* uma revolução na revolução, uma revolução na vida mesma do tempo, na vida do presente vivo. Esse discreto, inaparente, minúsculo e microscópico destronamento da majestade excede o saber. Não para homenagear qualquer obscurantismo do não-saber, mas para preparar, talvez, uma revolução poética na revolução política e, talvez assim, uma revolução no saber do saber" (p. 366).

Com homens e bois imersos na privação, com ambos na impossibilidade de terem um próprio ou um atributo essencial a ser ruminado, com ambos vivendo uma dificuldade de verdade, não havendo ao fim uma cesura biológica nem comportamental nem cognitiva especial demarcada para uma mútua exclusão, o poema de Drummond, lido desde hoje contraria a proposição agambeniana que diz: "O homem é o senhor da privação porque mais que qualquer outro ser vivo ele está, no seu ser, destinado à potência. Mas isso significa que ele está, também, destinado e abandonado a ela, no sentido de que todo o seu poder de agir é constitutivamente um poder de não-agir e todo o seu conhecer um poder de não-conhecer". Em Drummond, ao fim do seu poema, não apenas o homem não é "o senhor da privação" nem, muito menos, ele o é "mais que qualquer outro ser vivo" nem, tampouco, ele é o único a ter um "poder de não-conhecer"; nele, homens e bois, homens e animais, estão igualmente abandonados à privação e ao não-conhecimento, fazendo com que homens e animais estejam do mesmo modo destinados à impotência que lhes cabe, da qual não podem fugir. Escapando igualmente das perspectivas antropocêntrica e zoocêntrica, o poema de Drummond critica a tradição tanto por ela ter caracterizado os animais com base em alguma prevalência biológica que lhes determinaria, quanto por tê-los caracterizado com base no que, comparativamente aos homens, lhes faltaria, enquanto aqueles teriam um excesso, além do fato de criticar igualmente qualquer atributo essencial dado pela tradição aos humanos e aos animais.

Em um texto clássico sobre o assunto, John Berger coloca esse desconhecimento mútuo entre humanos e animais com base no olhar recíproco como a surpresa similar, ainda que não idêntica, que um sente pelo outro e em cada um: "o animal escrutina-o [o homem] através de um abismo estreito de não compreensão. Por isso, o homem pode surpreender o animal. E o animal — mesmo o domesticado — também pode ainda surpreender o homem. O homem está olhando igualmente através de um abismo similar, mas não idêntico, de não-compreensão. E é assim para onde quer que ele olhe. Ele está sempre olhando através da ignorância e do medo. Quando ele está *sendo visto* pelo animal, ele está sendo visto como seu entorno é visto por ele. Essa sua recognição é o que faz o olhar do animal familiar. Ainda assim, o animal lhe é distinto e não pode nunca ser confundido com o homem. Comparável ao poder humano, mas nunca coincidente com ele, um poder é, então, adicionado ao animal. O animal tem segredos que, diferentes dos segredos das cavernas, montanhas e mares, são endereçados especificamente aos homens".[2] Nenhuma identidade completa nem, tampouco, nenhuma oposição *a priori* entre animais e homens, mas, antes, algo incomum e por fora da linguagem (o abismo do desconhecimento) se torna prioritário e decisivo.

Com o espanto da aporia poética trazida pelo poema de Drummond, ampliada ainda mais em seu fim, a assunção de nossa ignorância como necessária ao pensamento que acolhe, no vazio, na falta e na carência, a inacessibilidade e a inapreensibilidade do que, muito precariamente, se chama tanto de animal quanto de homem, sem que se tenha um nome adequado para cada um, sem que se tenha um nome adequado para esse fora de um e de outro, sem que se tenha um nome adequado para essa alteridade radical e para esse incomum, que, aqui, via o poema de Drummond, ferindo as normas da língua, sob o preço de uma estranheza e sob o risco de uma ridicularização, como pareceu necessário, foi chamado de boieta. Referindo-se a um boi e a um poeta, boieta é o fora do homem e o fora do boi, o outro do homem e o outro do boi, o boi que fala poeticamente, o boi que fala a falta de um atributo essencial aos homens e, ao fim, também a eles. No fim das contas, sem suas verdades que faltam, tanto o boi quanto os homens são impotentes em atribuir algo de essencial a si e ao outro. Como diz o boi Canindé do conto de Guimarães Rosa, "O homem não sabe". Nem os bois.

---

[2] No conto "Conversa de bois", do livro *Sagarana*, Guimarães Rosa diz que a irara, a cachorrinha-do-mato "estava como que hipnotizada, pela contemplação do bicho-homem e pelos estalidos chlape-clape das alpercatas de couro cru".

ALBERTO PUCHEU

REFERÊNCIAS BIBLIOGRAFICAS

AGAMBEN, Giorgio. *O aberto; o homem e o animal*. Trad. André Dias e Ana Bigotte Vieira. Lisboa: Edições 70, 2012.

ANDRADE, Carlos Drummond de. "Um boi vê os homens". In: *Claro enigma. Poesia e Prosa*. Rio de Janeiro: Nova Aguilar, 1992.

BERGER, John. "Why Look at Animals". In: *About looking*. Massachusetts: University of Massachusetts, 1980, pp. 1-26.

DERRIDA, Jacques. *Séminaire La bête et le souverain*, v. I (2001-2002). Paris: Galilée, 2008.

DERRIDA, Jacques. *Séminaire La bête et le souverain*, v. II (2002-2003). Paris: Galilée, 2010.

FERRARI, Lilian; PINHEIRO, Diogo. "Ponto de vista, mesclagem e contrafactualidade: da narrativa cotidiana a um poema de Drummond". *Periódico Idioma*, n. 27, 2º semestre 2014, UERJ, Instituto de Letras; Centro Filológico Clóvis Monteiro.

LAWRENCE, D. H. *Alguma poesia*. Sel., trad. e introd. Aíla de Oliveira Gomes. São Paulo: T. A. Queiroz Editor, 1991. Edição bilíngue.

LAWRENCE, D. H. *Poemas de D. H. Lawrence*. Sel., trad. e introd. Leonardo Fróes. Rio de Janeiro: Alhambra, 1985. Edição bilíngue do centenário.

LAWRENCE, D. H.; BLAKE, William. *Tudo que vive é sagrado*. Sel., trad. e ensaios Mário Alves Coutinho. Belo Horizonte: Crisálida, 2001. Edição bilíngue.

MICHAUD, Ginette. "On a Serpentine Note". In: *Demenageries; Thinking (of) Animals After Derrida*. Ed. Anne Emmanuelle Berger e Marta Segarra. Nova York: Rodopi, 2011.

ROSA, João Guimarães. "Conversa de bois". In: *Sagarana. Ficção completa*. Rio de Janeiro: Nova Aguilar, 1994.

SOBREVIVÊNCIAS: A REVISTA *CAVALO AZUL* NOTAS DE PESQUISA

Maria Lucia de Barros Camargo

Se o trabalho com revistas literárias e culturais brasileiras desenvolvido no NELIC — Núcleo de Estudos Literários e Culturais da UFSC — através do projeto "Poéticas contemporâneas" já tem quase 20 anos, a necessária inserção da revista *Cavalo Azul* no rol dos periódicos ali mapeados e estudados apenas se inicia. A demora em nos aproximarmos dessa revista, cujo primeiro número foi lançado em 1965, possivelmente decorre dos mesmos entraves de recepção que a cena literária brasileira oferece aos poetas de tradição simbolista, espiritualista, surrealista, ou, em outros termos, poetas que não ocuparam o *main stream* da poesia moderna brasileira, dividido, desde final dos anos 1950, entre os experimentalismos de linguagem e o engajamento político, ambos com seus variados vieses. Falo aqui de uma ausência.

Dois números da *Cavalo Azul* — o 3 e o 4 —, capas em tom único, azul-marinho, sem ilustrações, mal se destacando no título o trabalho gráfico de Wesley Duke Lee, entraram em nosso acervo no final dos anos 1990, graças à generosidade de Rita de Cássia Barbosa, pesquisadora da obra de Carlos Drummond de Andrade. Mesmo já aposentada de seu cargo de professora de Literatura Brasileira na UFSC, Rita de Cássia Barbosa continuava a ser grande colaboradora do NELIC, nos auxiliando tanto no desenvolvimento da metodologia de indexação dos periódicos, quanto no desenvolvimento de nosso acervo, doando-nos parte de sua coleção particular de revistas literárias. E aqueles dois volumes lá ficaram, repousando na estante, sem maiores informações, à espera de leitores.

É curiosa, para não dizer sintomática, a falta de informações sobre essa revista e a dificuldade para encontrá-la, para compor a coleção completa. Hoje, após sistemáticas buscas em sebos, conseguimos adicionar os números 8, 9 e 11-12 aos dois que dispúnhamos e conseguimos uma cópia digitalizada do número 1. As referências mais precisas são aquelas dadas por sua criadora e diretora, a poeta Dora Ferreira da Silva (1 jul. 1918-6 abr. 2006), que assina Dora Marianna, ou ainda Dora Marianna Ferreira da Silva, quando na posição de diretora da revista. Refiro-me especificamente a duas entrevistas mais recentes, ambas com a participação de Donizete Galvão como entrevistador, e publicadas pelas revistas *Cult*[1] e *Agulha*.[2] Excetuando-se essas

---

[1] Donizete Galvão. Entrevista de Dora Ferreira da Silva, Revista *Cult*. São Paulo, maio 1999. Disponível em: <http://www.jornaldepoesia.jor.br/dgp5.html>. Entrevista realizada a propósito do lançamento do volume *Poesia reunida*, pela editora Topbooks.

[2] Donizete Galvão e Floriano Martins. "Dora Ferreira da Silva: diálogos sobre poesia e filosofia, recordando Vicente Ferreira da Silva". *Agulha, Revista de Cultura*, n. 36. Fortaleza/ São Paulo, out. 2003. Disponível em: <http://www.jornaldepoesia.jor.br/dgp6.html>.

MARIA LUCIA DE BARROS CAMARGO

informações, que registram corretamente o ano de criação da revista — 1965 — e a existência de 12 números (lembrando que o último é um número duplo, publicado por Massao Ohno, datado "primavera de 1989", e exibindo na capa o belo cavalo azul do guache pintado por Picasso em 1906, "O Banhado"), não é raro encontrarmos referências equivocadas sobre a revista.

Uns dizem que foi criada em 1963, mesmo ano da morte trágica e precoce de seu marido, o filósofo Vicente Ferreira da Silva, vitimado por um acidente na "estrada de Santos" (como costumávamos chamar a Via Anchieta naqueles anos); outros informam que a revista teria sido criada um ano após a morte de Vicente, ou ainda que o próprio Vicente teria sido um dos editores da *Cavalo Azul*, como afirma Luiza Franco Moreira: "Dora trabalhou de perto com o marido, Vicente Ferreira da Silva, editando com ele duas revistas, *Cavalo Azul* e *Diálogo*".[3] Estranha afirmação de Luiza Franco Moreira que, inclusive, entrevistou Dora em 1995. Estranha porém reveladora: a revista é muito pouco conhecida em sua materialidade: raras bibliotecas a possuem e provavelmente nenhuma a tem completa — em contato recente com a filha de Dora, Inez Ferreira da Silva Bianchi, reafirmou-se essa informação de que ninguém tem a coleção completa, sequer a própria família, e os que conhecem todos os seus números o fizeram de cópias que tentam driblar a dispersão. Essa revista parece funcionar como uma sorte de espectro.

Se a falta de periodicidade regular pode ter sido um empecilho para a constituição de coleções, especialmente por bibliotecas — afinal, foram 12 números em 24 anos —, a falta de visibilidade crítica a que esteve submetida a rede de poetas em que podemos inserir Dora e a *Cavalo Azul* teve, certamente, o principal papel nesse apagamento, o que deu à revista essa sorte de sobrevivência fantasmática.

Em nosso acervo de periódicos, duas outras revistas muito diferentes entre si nos chamavam a atenção, de distintos modos, para Dora e a *Cavalo Azul*, e também nos alertavam para outras coincidências, tudo a exigir que nossos olhos nelas se fixassem. Uma delas é a *Revista de Poesia e Crítica*, criada e dirigida por Domingos Carvalho da Silva em meados da década de 1970, quando já era professor na UnB, assim como Eudoro de Souza, ambos amigos do casal Dora e Vicente, ambos com ligações com a Universidade Federal de Santa Catarina. Eudoro de Souza, o conhecido helenista e tradutor da *Poética* de Aristóteles, juntamente com seu compatriota Agostinho da Silva, também frequentador da casa de Dora e Vicente, amigo de Dora por toda a vida e colaborador na *Cavalo Azul*, participou da fundação da Universidade de Santa Catarina, que antecedeu a criação da Universidade Federal de Santa Catarina em 1960. Nosso curso de Letras é tributário de ambos, que vieram para Florianópolis em 1955 e daqui foram para a recém-inaugurada Brasília, participando da fundação e instauração da Universidade de Brasília, de onde Agostinho seguiu para

---

[3] Luiza Franco Moreira. *Meninos, poetas e heróis. Aspectos de Cassiano Ricardo do Modernismo ao Estado Novo*. São Paulo: Edusp, 2001, p. 70.

a Universidade Federal da Bahia, em Salvador, antes de retornar a Portugal. Da passagem por esta Ilha de Santa Catarina, há uma memória que é preciso restaurar.

Já Domingos Carvalho da Silva, também nascido em Portugal como Eudoro de Souza e Agostinho da Silva (Domingos nasceu em 1915, assim como Vicente, e veio para o Brasil em 1925), certamente foi colega de Vicente no curso de Direito nas arcadas da São Francisco e poeta atuante na cena literária paulistana das décadas de 1940 e 1950, tanto por meio da *Revista Brasileira de Poesia*, que editou conjuntamente com Péricles Eugênio da Silva Ramos (outro colaborador da revista de Dora), quanto do Clube de Poesia, apenas para dar alguns exemplos, e costuma figurar nas histórias literárias como aquele que teria cunhado o termo "geração de 1945" durante o I Congresso de Poesia de São Paulo, em 1948, do qual foi um dos organizadores.[4]

Domingos chega a nós, na UFSC, de maneira indireta: seu filho, Antonio Fabio Carvalho da Silva, professor do prestigiado curso de Engenharia Mecânica desde final dos anos 1970, gentilmente nos doou uma coleção da *Revista de Poesia e Crítica*, e, mais recentemente, nos permitiu o acesso ao arquivo de Domingos, em cuja vasta correspondência, que inclui cartas de Carlos Drummond de Andrade e João Cabral de Melo Neto, encontramos também algumas cartas de Dora a ele endereçadas.[5] Mas, mesmo na coleção de Domingos, se a *Diálogo* está completa e há livros de Dora, inclusive autografados, não encontramos um exemplar sequer da *Cavalo Azul*.

Em outra vertente e outro tempo, encontramos Dora na revista *Azougue*. Lançada no final de 1994, *Azougue* surge como um *fanzine* irreverente e "feito à mão" por um grupo de estudantes universitários em São Paulo, adotando a fórmula "poema, história em quadrinhos e *rock'n'roll*". Apesar da periodicidade irregular e da progressiva perda de seu ar *underground* (que culmina na edição, em 2004, de um livro organizado pelo próprio editor da revista, Sérgio Cohn, com 500 páginas e capa dura, em homenagem aos 10 anos de *Azougue*), a revista se caracteriza também por publicar, em todos os números, uma entrevista ou depoimento com pequena antologia de poemas de um "homenageado". Nada de ensaio crítico explícito, nada de manifestos, apenas a voz dos poetas eleitos, escolhidos entre os "esquecidos" ou "preteridos" pela crítica nos anos 1960 e 1970, ou seja, aquela linhagem de poetas imaginativos — diferentes entre si, é verdade —, mas que se inserem numa outra tradição, preferentemente oriundos da tradição surrealista. Assim, ressurgem, nas páginas de *Azougue*, poetas como Roberto Piva, Orlando Parolini, Afonso Henriques Neto, Rodrigo de Haro (também florianopolitano), Celso Luiz Paulini, Rubens Rodrigues Torres Filho e, claro, Dora Ferreira da Silva, antes da edição do *Poesias reunidas*. Esses poetas frequentavam a casa de Dora e Vicente, participando

---

[4] Cf. Stegagno-Picchio, Luciana. *História da literatura brasileira*. 2. ed. Rio de Janeiro: Nova Aguilar, 2004, p. 591.
[5] Esta correspondência está sendo estudada em outro projeto de pesquisa que envolve a pesquisadora Laíse Ribas Bastos.

das reuniões. Na já mencionada entrevista a Donizete Galvão publicada pela *Cult*, Dora explica que

> Não era um salão literário como o de D. Olívia Penteado. Era o contrário de um salão. Tudo muito informal, sem periodicidade. Juntavam-se as pessoas mais díspares e as coisas aconteciam espontaneamente. Muitas vezes, o Vicente fazia conferências ou lia parte dos seus escritos. Gilberto Kujawski escreveu um artigo sobre esses encontros. Os poetas liam seus poemas (entre outros, Carlos Felipe Moisés, Rodrigo de Haro, Roberto Piva e Rubens Rodrigues Torres Filho nos anos 1960). Ouvíamos música. Quando o Vicente se impacientava, era eu que fazia sala.

Pode-se dizer que os poetas que frequentaram o "anti-salão literário" da Rua São Clemente 324 é o mesmo que ressurge em *Azougue*. E a cada dia estou mais convicta de que foi a redescoberta feita pela *Azougue* que propiciou a reedição das obras poéticas de Dora Ferreira da Silva e de Roberto Piva, se é que não teve também influência na decisão do Instituto Moreira Salles de comprar os arquivos de ambos e de, no caso de Dora, publicar os seus três últimos livros.

As revistas *Diálogo* e *Cavalo Azul* estão muito ligadas e o estudo de uma exigirá o estudo da outra, em próxima etapa. Voltando à entrevista de 1999, lemos que

> A revista *Diálogo* foi fundada pelo Vicente com a minha colaboração. Ele era a alma, o espírito e o centro da revista. Tínhamos colaboradores de todos os lados. Depois da morte de Vicente, não tinha mais sentido continuar a revista sem ele. Foi daí que surgiu a revista *Cavalo Azul*. Foi inspirada nos cavalos etruscos que conduzem os mortos para o outro mundo. Mais uma vez aparece um mitologema: orfandade e viuvez trabalhadas de maneira parecida. É espantoso como a palavra diz a coisa, vai ao núcleo do imponderável. Para editar *Cavalo Azul*, tive a ajuda do Vilém Flusser e do Anatol Rosenfeld. Foi uma colaboração bem estreita. Guimarães Rosa colaborou com um conto magnífico chamado "As garças". Veio três vezes a esta casa da Rua José Clemente. As pessoas eram avisadas por telefone e todos compareciam. Um homem fascinante, muito aberto. Sempre alegre, elegante como um diplomata. Quando pedimos uma foto, mandou uma em que estava vestido esportivamente, montado em um cavalo e olhando para trás. Foi a partir dessa foto que escrevi o poema "A Guimarães Rosa", que está em *Andanças*.[6] Dedicamos o n. 8 inteiro de *Diálogo* à sua obra. Havia uma disponibilidade maior naquela época para esses encontros.

O primeiro número da revista exibe, na página 1, uma singela apresentação, uma explicação do título: "CAVALO AZUL, nossa radicação, nossa pertinência à Terra. Mas os antigos já sabiam que o cavalo é e não é desta terra: as pontas das quatro patas tocam levemente o chão, para alçar voo."

Não é descabido pensar que Vilém Flusser, também grande amigo de Vicente e de Dora, e que participa como colaborador em seis números da revista, tenha tratado do nome escolhido para a revista, que se tornaria também o nome do centro de estudos de poesia criado por Dora em sua casa na rua José Clemente, 324, sede também da redação da revista. Nos arquivos de Flusser disponíveis para consulta, há

---

[6] *Andanças* foi o primeiro livro de poemas de Dora, publicado em 1970 em edição da autora, reunindo a poesia de 1948 a 1970, e agraciado com um prêmio Jabuti. Dora já era conhecida pela tradução das *Elegias de Duíno*, de Rilke.

SOBREVIVÊNCIAS: A REVISTA *CAVALO AZUL* – NOTAS DE PESQUISA

um datiloscrito de uma página e meia, intitulado "Cavalo Azul", que explica mais detalhadamente o nome da revista e do qual, provavelmente, foi extraída a pequena apresentação que acabo de citar. Nessa inédita apresentação da revista, Flusser parte da noção de crise em seu sentido etimológico — escolha — para situar o seu/nosso tempo como aquele em que a crise é uma situação existencial, portanto angustiante e aventurosa. Não nos esqueçamos: a revista foi lançada em 1965. Flusser considera, nesse texto, que

> O Brasil é uma das partes do Ocidente nas quais a crise do Ocidente procura mais insistentemente desfecho. É angustiante e aventuroso viver-se no Brasil atualmente. [...] As manifestações da civilização brasileira são manifestações de crise aguda. Um dos símbolos da crise é o cavalo azul, mediador entre dois reinos. Nas pinturas etruscas transporta as almas de uma vida para a outra. O cavalo é uma forma de ser que, se vista simbolicamente, é e não é "desta terra". Desafia a gravidade à qual está sujeito. Toca, levemente, a terra com a ponta dos quatro pés, mas somente como que para alçar voo. O cavalo azul quase já alçou voo. No cavalo azul a cavalidade está prestes a romper as algemas da particularidade. Simboliza, nessa cavalidade extrema, aquele estágio da crise que rompe as algemas. É por isso que foi escolhido como símbolo desta revista. O propósito da revista está implícito na análise da nossa situação de crise. Pretende ser um dos palcos, nos quais as manifestações da civilização brasileira se apresentam em sua procura de critério novo. Essa procura se processa em muitos campos de realização, e parte de múltiplos planos. Arte, ciência, literatura e filosofia são alguns desses campos. Engajamentos e desprendimento são os planos de partida. A todos eles está aberta esta revista. Todas essas tentativas têm uma meta comum: superar a crise. Estabelecer um cosmos novo em nosso redor, e dar novo significado às nossas vidas. Esta é a meta da civilização brasileira como uma das pioneiras do Ocidente. E o propósito dessa revista é o de ser útil nesse empreendimento. Convida pois a todos que com ela compartilhem o senso de urgência, que com ela colaborem ativa ou passivamente na perseguição da meta. É uma meta que não será alcançada por nossa geração, mas, talvez, pela seguinte. Mas ter meta, não é isto sinônimo de ter um propósito na vida?[7]

Não cabe aqui especularmos os motivos pelos quais esse "editorial" não foi publicado, restando dele apenas o instante do limiar, o estar a ponto de partir, o estar entre dois mundos. Também não cabe analisar a visão de Flusser nesse texto confrontada a outros textos do mesmo autor, nem tampouco verificar o quanto desse projeto para a revista e para o país pode ser cumprido. Deixo essa tarefa para outro estágio da pesquisa e para ficar um pouco mais no título escolhido.

Como a leitura sempre pede derivas, não me parece descabido ler o título da revista também ligado a outras referências, que se somam: como não pensar nas séries de cavalos azuis pintadas por Franz Marc que, juntamente com Kandinsky, publicou em Munique o *Almanaque O Cavaleiro Azul*[8] (*Der Blaue Reiter*), em 1912. A publicação foi antecedida pela exposição de 1911, em que o grupo, rompido com formações anteriores de que participava, se apresentou como "Primeira Exposição

---

[7] Disponível em: <http://www.flusserbrasil.com/art188.pdf>.
[8] *Almanaque O cavaleiro azul* (*Der Blaue Reiter*). Editado por Wassily Kandinsky, Franz Marc; organização Jorge Schwartz; posfácio Annegret Hoberg; tradução Flávia Bancher. São Paulo: Edusp/ Museu Lasar Segall/ Ibram-MinC, 2013.

dos editores do *Blaue Reiter*", e incluía, além de Kandinsky e Marc, Macke, Delaunay, Rousseau e Schoenberg. Essa mostra percorreu várias cidades da Europa e, no início de 2012, uma segunda exposição dos "Editores", com obras apenas em papel, era inaugurada (Munique e Berlim) e em maio publica-se o almanaque. Jorge Schwartz, na apresentação da bela edição brasileira de *O Cavaleiro Azul*, cita um texto de Kandinsky, de 1930, no qual o pintor rememora a revista e explica: "O nome *Der Blaue Reiter* nós criamos sentados à mesa posta para o café, sob o caramanchão do jardim em Sindelsdorf; ambos amávamos o azul. Marc gostava de cavalos, eu de cavaleiros. Então o nome surgiu por si mesmo. E o fabuloso café da senhora Maria Marc teve um sabor ainda melhor".[9] É o mesmo Jorge Schwartz quem, mesmo considerando a versão de Kandinsky para a escolha do nome um tanto simplificada, chama a atenção para os magníficos cavalos azuis de Franz Marc. Dois deles podem ser vistos impressos nas páginas 79 e 80 da edição brasileira do *Der Blaue Reiter*, mas são muitos os quadros com essa imagem — diferentemente dos cavalos etruscos, os cavalos azuis de Marc não necessariamente fazem a travessia entre dois mundos. Vale lembrar, entre outros, o quadro de Franz Marc, "A torre de cavalos azuis", de 1913. *O Almanaque* teve um único número publicado em duas edições (1912, 1914) e, segundo as memórias de Kandinsky, o início da primeira guerra impediu a continuidade do projeto. Na capa do *Almanaque*, com base em uma xilogravura colorida de Kandinsky, um cavaleiro trajado de azul montado um cavalo também azul — o branco e o preto completam a imagem. A segunda edição, em capa dura, usa a mesma gravura, a que se acrescenta um vermelho. Outras edições mais requintadas foram também impressas, como se pode ler no posfácio da edição brasileira.

Mas o que interessa de fato é que, mesmo nas bibliografias mais comuns sobre o grupo, destacam-se o interesse pelas artes primitivas e pela intuição infantil, ligadas ao potencial das associações simbólicas e psicológicas da cor, da linha, da composição. Destacam-se ainda as ligações com a música, especialmente por meio de Schoenberg, membro do grupo e participante da exposição de 1911. E não podemos nos esquecer do livro de Kandinsky, *Do espiritual na arte*, publicado em Dresden em 1920.

Na exposição *Kandinsky* em exibição em circuito do Centro Cultural Banco do Brasil, de fins de 2014 a meados de 2015, os informativos ensinam ao público que "no movimento *Der Blaue Reiter*, Kandinsky antecipa em quase um século a tendência mais do que atual de confrontar a obra de arte contemporânea com os artefatos da arte primitiva, em particular aqueles da arte xamânica". E destacam também a relação entre Kandinsky e Schoenberg, a quem o pintor presenteou com uma série de xilogravuras — as Sonoridades — às quais adicionou poemas. Diz o informe: "a maioria de xilogravuras de Sonoridades contém um programa iconográfico, cavaleiros, dragões, anjos com trombetas (...)" De fato, encontramos nas páginas do *Almanaque* desenhos infantis, pintura religiosa bávara sobre espelho,

[9] *Almanaque O cavaleiro azul*, p. 14.

a composição cênica de Kandinsky "Uma sonoridade amarela", com desenhos medievais, dragões, máscara de dança, além das páginas que estampam a pintura expressionista do grupo. Há — na exposição e no *Almanaque* — um imaginário que passa pelas relações com o mito, que funde o legível, o visível e invisível, dotados de grande musicalidade. Nada disso é estranho a Dora e à *Cavalo Azul*.

Tais associações potencializam a leitura da revista, que por sua vez, são as escolhas de Dora, suas afinidades eletivas, sua memória, suas oscilações. Antecipa as revistas de poetas dos anos 1990 — não é uma revista de grupo, não é formadora de um grupo, é uma revista de uma poeta, Dora Ferreira da Silva, que se assina Dora Marianna como diretora da revista e Dora Ferreira da Silva como colaboradora. Nos números consultados — 1, 3, 4, 8, 9, 11/12 — é possível distinguir algumas constantes, algumas eleições: a lembrança de Vicente, que se desdobra número a número na publicação de inéditos; as escolhas filosófico-poéticas, com textos de Heidegger e com as traduções de Jung feitas por Dora, sendo que o ensaio "Psicologia e Poesia" aparece em dois números distintos, com algumas diferenças na tradução, o que mostra a intensa frequentação desse texto por Dora; a colaboração frequente de Milton Vargas e de Vilém Flusser; a participação múltipla de Constança Marcondes César e de Edmar José de Almeida, que desenhou as capas dos números 8 e 9, bem como os poemas e as traduções, entre outros, de Celso Luiz Paulini, Maria José de Carvalho, Domingos Carvalho da Silva e José Paulo Paes. Para traçar um quadro mais amplo, será necessário encontrar e compulsar os outros números de *Cavalo Azul*.

Para concluir essas breves considerações, gostaria de sugerir o que talvez possa nos ajudar na leitura dessa revista enquanto um objeto cultural cujo sentido atravessa o momento em que foi publicado e pode, quiçá, contribuir para a leitura da própria poesia de Dora — afinal, creio que ambas estão fortemente vinculadas, e o lançamento da *Cavalo Azul* não deixa de ser uma sorte de ensaio para que a poesia de Dora finalmente se envolumasse, para lembrar a expressão de Mario de Andrade. Embora publicasse seus poemas e traduções desde os anos 1940 em revistas e em suplementos de jornais, relembramos que seu primeiro livro de poemas só vem a público em 1970, cinco anos após a criação da *Cavalo Azul*.

Imagino que Dora teria gostado de ler um livrinho que Giorgio Agamben publicou em 2007, um ano após a morte dela — refiro-me ao ensaio *Ninfas*,[10] no qual o filósofo italiano reflete sobre a imaginação, sobre a vida das imagens, associando a noção de imagem dialética tal como pensada por Walter Benjamin, e a noção de *pathosformel*, de Aby Warburg, a fórmula do *pathos*, feitas de tempo e de memória, destino espectral da imagens — se assim é, a vida das imagens é sempre *Nachleben*, sobrevivência, e a tarefa, talvez das artes, é liberar as imagens de seu destino espectral, segundo Warburg lido por Agamben. Em Benjamim, a imagem dialética é sempre uma suspensão, um umbral entre a imobilidade e o movimento. Um estar entre,

---

[10] Giorgio Agamben. *Ninfas*, trad. Renato Ambrosio. São Paulo: Hedra, 2012.

como o cavalo azul etrusco apreendido por Flusser e por Dora, ou o momento da crise, da indecidibilidade, dizia Derrida.

Agamben ainda associa a imagem dialética de Benjamin com o pensamento de Warburg e sua leitura do ensaio de Vischer sobre o símbolo, em que o "espaço próprio (do símbolo) se situa entre a obscuridade da consciência mítico religiosa, que identifica mais ou menos imediatamente imagem e significado, e a claridade da razão que os mantém distintos" — "uma zona nem consciente, nem inconsciente, nem livre, nem não livre, na qual, no entanto, está em jogo a consciência e a liberdade do homem" é nesse lugar que se dá o encontro com as imagens, com as *pathosformel*, com a Ninfa, imagem arquetípica. Agamben nos ensina também que a discussão sobre a Ninfa, travada em correspondência entre Warburg e Jolles, remonta a Paracelso e seus espíritos elementais, as ninfas sob o signo de Vênus e do amor. "Como não reconhecer aqui um topos por excelência da poesia amorosa?", pergunta-nos Agamben.

Para concluir — e aqui simplifico bastante, volto às palavras de Agamben:

> A história da humanidade é sempre história de fantasmas e de imagens, porque é na imaginação que se dá a fratura entre o individual e o impessoal, o múltiplo e o uno, o sensível e o inteligível e, ao mesmo tempo, a tarefa de sua dialética recomposição. As imagens são o resto, a marca de tudo que os homens que nos precederam esperaram e desejaram, temeram e recusaram. E considerando que é na imaginação onde algo como a história se fez possível, é também na imaginação onde esta deve decidir-se de novo, uma vez e outra vez, sempre.[11]

Ou seja, se a historiografia warburguiana constitui a tradição e a memória das imagens e, ao mesmo tempo, a intenção da humanidade de libertar-se delas, de abrir, além do intervalo entre a prática mítico-religiosa e o signo puro, o espaço de uma imaginação já sem imagens — que é (referindo a *Mnemosyne*) a despedida e o refúgio de todas as imagens, pensar a *Cavalo Azul* como esse traço do passado que se refaz, como uma sobrevivência, um anacronismo no "bom sentido" (diz outro leitor de Warburg e Benjamin, Didi-Huberman), talvez seja um bom caminho para reler e trazer de novo à vida essa existência fantasmal. Eis uma bela tarefa.

[11] *Ninfas*, p. 63.

MAX MARTINS: RISCOS, RASURAS, RASTROS

Eduardo Sterzi

> E que rastro ou rosto é essa
> palavra
> > (ou outra)
> > > ostra
> > > > (ou astro)?
>
> Max Martins, "A asa e a Serpente". In: *O risco subscrito*.

Nos versos iniciais do "Minigrama para Murilo Mendes", escrito à maneira dos *murilogramas* do autor homenageado, Max Martins resume a dialética de refazimentos e desfazimentos subjacente também à sua própria poesia nesta época, a passagem dos anos 1970 aos 1980:

> O poeta se refaz / Se lavradiz
> O verso se desfaz / Se movediz[1]

Note-se que, nesse retrato do Murilo extremo de *Convergência* que é também uma fenomenologia da criação poética como descriação do poema e recriação de si, não se pressupõe nenhum fazer originário como base do poema: o poeta já começa seu trabalho — sua *lavradicção*, seu dizer que é cultivo e extração, impressão e corrosão (em suma, multiplamente *lavra*) — pelo ato tardio de se *re*fazer. Tardividade que, de resto, explica que o verso, seja em Murilo, seja no próprio Max, menos se faça do que *se desfaça* — e que, por meio dele, se instaure um modo *movediço* de dizer. Com razão, Antonio Candido flagrou na poesia de Murilo (assim como, acredito que com menor acerto, na de Drummond) a "superação do verso" em proveito da "figura total do poema".[2] Há poetas que, como Murilo e Max, chegaram tarde ao mundo, e até mesmo, em alguma medida, à modernidade (que já é, em si, um chegar tarde), resta uma experiência de linguagem que consiste, desde o princípio (isto é, *desde o fim*), em *se desdizer*, em colocar a própria palavra em questão, em explorar as falhas e lacunas da escrita como espaços de possibilidade: experiência fundamentalmente negativa que, porém, não coincide com o silêncio, mas, sim, com a *imagem*; isto é,

---

[1] Max Martins. "Minigrama para Murilo Mendes". In: *O risco subscrito* (1980), hoje em *Poemas reunidos 1952- 2001*. Belém: Editora da Universidade Federal do Pará, 2001, p. 256. (Cito a partir desta edição enquanto a publicação da nova *Poesia completa* de Max em onze volumes, iniciada em 2015 com organização por Age de Carvalho, não se completa. O volume referente a *O risco subscrito* — de que o presente ensaio, em versão reduzida, será o prefácio — está previsto para 2016).

[2] Antonio Candido. "Inquietudes na poesia de Drummond" (1965). In *Vários escritos*. São Paulo: Duas Cidades/ Rio de Janeiro: Ouro sobre Azul, 2004, p. 97.

EDUARDO STERZI

experiência de uma palavra que se quer antes *visível* do que audível ou apenas legível (lê-se, com efeito, no mesmo poema: "A palavra se desdiz/ *Ver*-diz").[3]

Benedito Nunes elogiou, no Max Martins da fase que começa com *H'era* e culmina em *O risco subscrito*, a capacidade de "equilibrar-se entre grafia e entonação verbal, entre verso e contra-verso, entre canto e contra-canto", em suma, entre "o visual e o discursivo".[4] Antonio Manoel dos Santos Silva, por sua vez, observou que a "estranheza" de *O risco subscrito* nasce dos "constantes ensaios de conciliação entre o visual e o audível, entre o traço e o som, entre a espacialização dos versos pela página e a obsedante reiteração fônica".[5] Ora, o que se sugere aí — nesse flagrante de "constantes ensaios de conciliação" que, porém, não resultam realmente em qualquer forma de harmonia ou equilíbrio (a não ser, talvez, o do funâmbulo),[6] mas em "estranheza" — é que, nessa poesia, até o audível se faz, antes de tudo, visível, até o som se faz traço, isto é, *imagem*.

Essa experiência da linguagem como imagem não se resume aos poemas de *O risco subscrito* que incorporam explicitamente elementos visuais como a caligrafia ("Subscrito"), a disposição imitativa das letras (mais explícita em "Mandala", "Os amantes" e "Travessia e residência") ou, bem mais frequente, o espaçamento e a espacialização. Atravessa, na verdade, todo o livro. No vocabulário do próprio Max Martins, marcado pelo estruturalismo, essa pulsão imagética, capaz de colocar a linguagem em questão, era chamada de *significante*. Recordemos que, indagado por um estudante se seus poemas, a despeito das dificuldades de interpretação, tinham um significado, Max respondeu: "Não. Todo poema tem um significante. O significado não é importante. O significante é que faz um poema. O significante está sempre vivo. O significado varia".[7] Essa vida do significante — essa vida da *imagem na palavra*, como variação, multiplicidade, abertura, confusão, "Babel feliz"[8] — é também garantia de sobrevivência da poesia, como diria Max por meio de uma frase de Edmond Jabès traduzida e montada por ele numa espécie de poema-antologia publicado junto aos seus *Poemas reunidos*: "Quando os homens estiverem de acordo quanto ao sentido de cada palavra, a poesia não mais terá sua razão de ser".[9]

*

Se há verso ainda, em *O risco subscrito*, para além das figuras teórico-críticas do seu "esgotamento" ou "superação",[10] esse é, de acordo com palavras do primeiro

[3] Max Martins. "Minigrama para Murilo Mendes", op. cit., p. 256.
[4] Benedito Nunes. "Max Martins, mestre-aprendiz". In: Max Martins. *Poemas reunidos 1952-2001*. 2001, p. 43.
[5] Antonio Manoel dos Santos Silva. "Antes do traço, o som" (2007). *Vitrine Literária*, <http://vitrineliteraria.com. br/fala-viva/quase-desconhecidos/antes-do-traco-o-som/>.
[6] Cf. Max Martins. "É cedo (ou tarde) para o poema". In: *O risco subscrito*, 2001, p. 244: "Eu/ sou frágil/ embora ágil sobre o arame".
[7] Max Martins apud Élida Lima. *Cartas ao Max. Limiar afetivo da obra de Max Martins*. São Paulo: Invisíveis Produções, 2013, p. 48.
[8] Roland Barthes. *O prazer do texto* (1973), trad. Jacó Guinsburg. São Paulo: Perspectiva, 1993, p. 8.
[9] Max Martins. "Edmond Jabès: as palavras elegem o poeta". In: *Poemas reunidos 1952-2001*. 2001, p. 375.
[10] A poesia concreta, como se sabe, "d[eu] por encerrado o ciclo histórico do verso". Cf. Augusto de Campos, Décio Pignatari e Haroldo de Campos. "Plano-piloto para poesia concreta" (1958, com post-scriptum de 1961). In:

poema do livro, um "verso perverso".[11] Em que consiste essa *perversão*? É significativo que o próprio poeta, em seguida, nesse mesmo poema, intitulado "No princípio era o verbo", reproponha "verso perverso" como "verborragia", como se falasse de uma *hemorragia verbal* — afinal, estamos aqui no âmbito de um "verbo [que] se fez carne" (mais precisamente, "carne/ escrita") e que, assim feito, "se desfaz" em múltiplos escorrimentos: "a sua ferrugem", "a sua saliva", "o seu suor".[12] Escrita e vida são, aí, uma só, e não há, portanto, ao contrário do que sugere o título, nenhuma simples primazia do verbo, embora, em certa proporção, sim, uma primazia complexa. Afinal, essa poesia consiste, em larga medida, na postulação e exploração de uma dimensão carnal da palavra, em que se conjugam erotismo e finitude, como sua dimensão primeira. Élida Lima já propôs que a poesia, em Max Martins, é um "fenômeno erótico", que passa, porém, pela *desgenitalização* das palavras.[13] O poeta age, pois, como se "se colocasse no mesmo nível das palavras" — como se "sofresse o mesmo que elas".[14] Trata-se de um modo de escapar da "técnica" que se quer *depuração*,[15] propondo em seu lugar uma outra concepção de técnica, que parte da consciência de que não existe forma sem *pathos*, de que não existe poesia sem corpo, de que a poesia é também, entre outras tantas coisas, uma maneira de "dar corpo às palavras",[16] ou de desvelar a corporeidade como sua dimensão fundamental, apesar de todos os encobrimentos por um sentido que quer prevalecer, que se impõe a todos os demais aspectos da linguagem, sobretudo aos aspectos sensíveis, em certa medida buscando anulá-los ou pelo menos domá-los. *Os* sentidos, em suma, contra *o* sentido: sem vitória de uns ou outro no horizonte, mas, sim, com permanência na tensão — que é também tesão.

Benedito Nunes, antes, já assinalara que, a partir de *Anti-retrato*, "a temática do amor carnal" se tornou "o centro da obra de Max".[17] O "pleno advento da carnalidade", em alguns poemas do livro de 1960, teria conferido, segundo o filósofo, "porte cósmico" às "imagens da Natureza" aí encontradas.[18] Haveria "uma interdependência cada vez maior, a partir dessa fase, entre a tematização da poesia e a tematização do amor": "*Eros* e *Poiesis* serão a cara e a coroa do mesmo trabalho de linguagem".[19] A "estreita relação entre sexualidade e linguagem" — a "equivalência entre Arte Erótica

---

Teoria da poesia concreta. Textos críticos e manifestos 1950-1960 (1965). São Paulo: Brasiliense, 1987, pp. 156-8. Cf. supra Antonio Candido sobre Murilo Mendes. Benedito Nunes assinalou a propósito de *O risco subscrito*: "Não abolido, o verso permanece, conservando sua força enunciativa, com a ressonância de rimas ocasionais [...]" ("Max Martins, mestre-aprendiz", op. cit., p. 43).

[11] Max Martins. "No princípio era o verbo" In: *O risco subscrito*, op. cit., p. 209.

[12] Max Martins. 2001, p. 209.

[13] Élida Lima. *Cartas ao Max*, 2013, p. 17 ("você desgenitaliza as palavras").

[14] Élida Lima. *Cartas ao Max*, 2013, p. 27.

[15] Élida Lima. *Cartas ao Max*, 2013, p. 27: "Barras, traços, espaços, nada disso é uma ação puramente técnica, mas é antes o inevitável, mas antes conciliação".

[16] Nuno Ramos. "Os mundos paralelos de Nuno Ramos", entrevista a Noemi Jaffe, *Folha de S.Paulo*, 20 set. 2009, suplemento *Mais!*, p. 5.

[17] Benedito Nunes, "Max Martins, mestre-aprendiz". 2001, p. 27.

[18] Benedito Nunes, "Max Martins, mestre-aprendiz". 2001, p. 35.

[19] Benedito Nunes, "Max Martins, mestre-aprendiz". 2001, p. 35.

EDUARDO STERZI

e Poética" — pressupõe ou instaura uma verdadeira "carnalidade do mundo", que é também uma "universal analogia": "metáfora das metáforas", "corpo único, feminilizado, de que as coisas são as zonas erógenas, e que tende a fundir num só espaço a diferença entre o interior e o exterior".[20] Em suma: pela via erótico-analógica da poesia, não somente se vai do corpo ao cosmo e vice-versa, como também, sobretudo, se experimenta algo como uma indistinção entre os planos corpóreo e cósmico, semelhante àquela indistinção momentânea proporcionada pelo êxtase sexual, que comporta também uma indiferenciação súbita entre vida e morte. Lembremos que a epígrafe do livro imediatamente anterior a *O risco subscrito*, *H'era*, de 1971, é uma equação encontrada por Max Martins em Lawrence Durrell: "O sexo = o déficit".[21] Êxtase, sim: mas sem qualquer ilusão de plenitude. Êxtase: sair de si rumo à imanência (a carne do mundo), não à transcendência (seu descarnado).

*

Em *O risco subscrito*, a água — tanto a do mar quanto a dos rios — talvez seja a figura principal por meio da qual esse cosmo dissolvente se dá a ver; daí que a praia, zona liminar entre terra e água, seja, compreensivelmente, o cenário por excelência do drama aí proposto. "Praia-página", resume Max.[22] Não por acaso, em "Para sempre a terra", segundo poema do livro, o "verso perverso" é retomado numa formulação mais sintética — "per verso" — justamente quando se trata de relembrar o "Grande Banho" da juventude: "Agora eu vou ao mar/ — Ao Grande Banho dizia eu nos crepitosos dias da juventude/ quando/ *per verso*/ o mar/ com sua folia de refolhos/ doidivino/ vinha/ à minha porta".[23] O "Grande Banho" hoje não é mais possível, a não ser na forma de *rastro* da experiência passada, isto é, na forma de *escrita* ou *escritura* — em suma, de poesia: "Depois/ o mar se nauseou E esvaziou-me de sua máscara/ de heresia/ Da maresia/ ... e escriturei um rio/ O rio que ele esqueceu atrás da porta/ e era o meu nome/ o último/ e se perdeu/ Por fim/ restou-me um rastro/ áspero na pele/ E para sempre a terra/ neste vaso: vasa/ (do mar)/ Que navegar/ vogar/ negou-me a língua/ morta/ à minha porta".[24] Poesia: experiência, como já vimos, ainda *erótica*, mas já *mortuária*, da língua, como fica mais claro em outro poema, "Maithuna", cujo título, aliás, conforme observa o próprio autor numa nota, significa, em sânscrito, "união sexual": "a língua só ave/ freia o seu voo/ paira no ar/ sua fala/ e seu nome/ sua nódoa/ de homem/ desfaz-se na praia".[25] Ou, como se diz em "Travessia e residência": "Se o mar ladrava/ essa era a tua pátria ex-ilha/ exílio e concha/ oca como o nome/ dito homem".[26]

---

[20] Benedito Nunes, "Max Martins, mestre-aprendiz", 2001, pp. 35-6.
[21] Max Martins, "H'era" (1971), hoje em *Poemas reunidos*, 2001, p. 277.
[22] Max Martins. "Travessia e residência". In: *O risco subscrito*, 2001, p. 234.
[23] Max Martins. "Para sempre a terra". In: *O risco subscrito*, 2001, p. 212. Grifo meu.
[24] Max Martins. "Para sempre a terra". In: *O risco subscrito*, 2001, pp. 212-3.
[25] Max Martins. "Maithuna". In: *O risco subscrito*, 2001, p. 238.
[26] Max Martins. "Travessia e residência". In: *O risco subscrito*, 2001, p. 235.

MAX MARTINS: RISCOS, RASURAS, RASTROS

De resto, como não ler esta série de passagens como uma espécie de paráfrase poética das considerações finais de *As palavras e as coisas*, mais precisamente do momento em que Foucault afirma que o fascínio da literatura moderna pelo "ser da linguagem" — a "linguagem experimentada e percorrida como linguagem" — está ligado menos à morte de Deus, tal como descrita por Nietzsche, do que ao "fim do homem"? A poesia moderna e contemporânea irrompe, aí, como um exercício daquele *não-saber* que é uma nova forma — a forma mais radical, a forma extrema — do saber, e que parte precisamente de uma constatação semelhante àquela formulada pelo filósofo francês no desfecho de sua "arqueologia das ciências humanas": "Uma coisa em todo caso é certa: é que o homem não é o mais velho problema nem o mais constante que se tenha colocado ao saber humano. [...] Não foi em torno dele e de seus segredos que, por muito tempo, obscuramente, o saber rondou. [...] O homem é uma invenção cuja recente data a arqueologia de nosso pensamento mostra facilmente. E o fim próximo. Se estas disposições viessem a desaparecer tal como apareceram, se, por algum acontecimento de que podemos quando muito pressentir a possibilidade, mas de que no momento não conhecemos ainda nem a forma nem a promessa, se desvanecessem [...] — *então se pode apostar que o homem se desvaneceria, como, na orla do mar, um rosto de areia*" (*alors on peut bien parier que l'homme s'effacerait, comme à la limite de la mer un visage de sable*).[27] Poesia, em suma, como não-saber antecipador ou mesmo divinatório, exercício augural antes que inaugural: "Hoje", diz Max a um entrevistador, "eu encaro o poema como um jogo, um jogo existencial, um meio de autoconhecimento. [...] o meu poema é como uma pergunta que eu faço às palavras. É até uma espécie de religião, em que no altar-mor está o dicionário. Então, as minhas perguntas não vão aos filósofos e a nenhuma igreja, que eu não tenho, vão às palavras que eu jogo no espaço em branco do papel. E, naturalmente, o poema, dentro daquela sua ordem natural, não me basta. Eu sinto necessidade de sair das pautas um novo ritmo. Então venho fazendo experiências com as palavras ritmadas, inclusive com o espaço em branco do papel, o espaço em branco faz parte do poema, dá um ritmo também".[28] Experiência, portanto, menos do "ser" do que do *corpo da linguagem*. Que acaba por ser também o *im-próprio corpo do poeta*.

*

Não por acaso, *O risco subscrito* se abre com uma epígrafe de Edmond Jabès: "Tu es celui qui écrit et qui est écrit". Sentença traduzida pelo próprio Max Martins em outro lugar: "Tu és aquele que escreve e que é escrito".[29] Em suma, um *dictum* em que Max encontrou uma espécie de síntese de sua própria poética, que é também

---

[27] Michel Foucault. *As palavras e as coisas. Uma arqueologia das ciências humanas* (1966), trad. Salma Tannus Muchail. São Paulo: Martins Fontes, 1999, pp. 531, 533 e 536. Grifo meu.

[28] Max Martins, em entrevista, apud Élida Lima, *Cartas ao Max*. 2013, p. 46.

[29] Max Martins, "Edmond Jabès: as palavras elegem o poeta". 2001, p. 375. Uma nota esclarece: "Seleção e tradução-homenagem de M. M. a Edmond Jabès, falecido em janeiro de 1991" (p. 377). A mesma frase será citada também no poema 15 de *A fala entre parêntesis*, escrito com Age de Carvalho.

EDUARDO STERZI

uma ética na medida em que supõe uma escrita dupla, um espaço de abertura e interpenetração, em que *o eu-tu*[30] fala consigo mesmo ao mesmo tempo que fala com todos nós, exteriores-interiores à escrita (e ao poema). Ser é escrever e ser escrito. É *subscrever-se*.

A primeira epígrafe, porém, deve ser lida em combinação com a segunda, de John Cage — "I have nothing to say/ and I am saying it/ and this is poetry" —,[31] que complica a ideia de escrita como fundação do ser-poeta ao propor a poesia como *um dizer sem fundamento*, um ato de linguagem ao qual talvez caiba apenas dizer sua própria ausência de fundamento: *um dizer do nada*, no duplo sentido do genitivo, objetivo (não se diz nada no poema) e subjetivo (o próprio nada se diz no poema). Um ato vazio, poderíamos concluir — se não houvesse a terceira epígrafe, de Roland Barthes, para introduzir um novo elemento, que modula decisivamente aquele nada e aquele dizer (que, aqui, como na epígrafe inicial, se especifica como *escrita*): o *desejo*. "Et après?/ — Quoi écrire, maintenant?/ Pourrez-vous encore écrire quelque chose?/ — On écrit avec son désir,/ et je n'en finis pas de désirer":[32] escrita, sim, como ato tardio (*E depois?*, pergunta-se de início, para logo se reiterar: *escrever ainda?*); mas também, sobretudo, escrita como *ato de desejo*, como manifestação de um desejo *até agora* inextinto.

Talvez fosse o caso de, ao fim do percurso proposto nas epígrafes do livro, voltarmos a Jabès, a outra frase de Jabès traduzida por Max Martins: "O poema é a sede que o desejo de uma sede maior sacia".[33] No poema "Homo poeticus", essa ideia reaparece de modo mais conciso: "O poema é fome/ de si mesmo".[34] O *Homo poeticus* — o homem que se confunde com o próprio poema, que nele deixa o nada falar como afirmação do desejo de mais escrita e mais vida — é precisamente aquele que se deixa devorar pela palavra. Antropofagia, ainda?

Não por acaso, a leitura (da poesia, mas também do mundo tal como visto pela poesia) passa — segundo outro poema do livro — por "cortar a língua-linha do discurso-homem/ e seu novelo".[35] Escrever poesia, para Max, é proceder à desmontagem do humanismo: "Sou homem sem títulos,/ sou todo legenda", já escrevera em *H'era*.[36] Trata-se de confundir o corpo já não mais *somente* humano com a paisagem viva que, no entanto, é extensão de um "deserto" ou terra devastada: "Percebe-se

---

[30] Cf. "Enterro dos ossos". In: *O risco subscrito*, 2001, p. 218.
[31] Na tradução de Augusto de Campos: "Eu não tenho nada a dizer/ e o estou dizendo/ e isto é poesia". Augusto de Campos. *O anticrítico*. São Paulo: Companhia das Letras, 1986, p. 229.
[32] Na tradução de Leyla Perrone-Moisés: "E depois?/ Que escrever, agora?/ Poderia o senhor escrever ainda mais alguma coisa?/ A gente escreve com seu próprio desejo,/ e não se acaba nunca de desejar". Roland Barthes. *Roland Barthes* (1975). São Paulo: Cultrix, 1977, terceira capa. Essa tradução, a meu ver, perde o jogo exato estabelecido por Barthes entre os aspectos pessoal e impessoal da escrita. Proposta de retradução: "E depois?/ — Que escrever, agora?/ Você poderia ainda escrever algo?/ — Escreve-se com seu desejo,/ e eu não parei de desejar".
[33] Max Martins. "Edmond Jabès: as palavras elegem o poeta", 2001, p. 377.
[34] Max Martins. "Homo poeticus". In: *Poemas reunidos*, 2001, p. 251.
[35] Max Martins. "Um olho novo vê do ovo". In: *O risco subscrito*, 2001, p. 264.
[36] Max Martins. "Sou homem sem títulos". In: *H'era*, 2001, p. 306.

que de meus bolsos brotam ervas/ Com raízes no deserto".[37] O "verso perverso" é, antes, um "verso deserto".[38] Num poema que, significativamente, se intitula "O resto são as palavras" (e não o silêncio do desfecho hamletiano), pergunta-se: "Que sabes tu senão da geografia/ (magra até aos ossos)/ do deserto?".[39] A resposta: "Aqui todo começo/ e fim de tua viagem/ pioneiro e prisioneiro/ do teu próprio rastro".[40] Mas também: "Atrás da máscara/ não há rosto — há palavras/ larvas de nada".[41] No poema "Ver-O-Peso", do mesmo *H'era* imediatamente anterior a *O risco subscrito*, a superação do humanismo ganha, inicialmente, aspecto de crítica social: "a balança pesa o peixe/ a balança pesa o homem/ a balança pesa a fome/ a balança vende o homem".[42] No entanto, logo algo como uma metafísica da predação — ou, mais propriamente, da *devoração* —[43] subjacente à escrita do poema acaba por se impor ao poeta, deixando a crítica social em segundo plano: "come o peixe/ o peixe come/ — o homem?// [...]// está na lama/ está na lama/ é só escama/ a pele do homem".[44] O que é outra forma de expressar aquele desejo constante de extrapolação do humano (isto é: de transformação da própria noção de humanidade) enunciado já no primeiro livro de Max, *O estranho*: "Ser como o mar, voltando sempre/ sempre na praia".[45] Nessa poesia, como bem percebeu Élida Lima, "humano e inumano se transmutam o tempo todo".[46] Escrever é ser outro, arriscar ser outro (no limite, *ser coisa*), experimentar uma condição menor e, como a das ondas, intermitente, rítmica — menos um além que um aquém-do-humano: mais uma vez, *subscrever-se*. Tudo escreve, isto é, tudo subscreve: "Na praia/ o mar joga sua carta/ ágrafa".[47]

*

Mas poderíamos também recordar, como complemento à última frase citada de Jabès, aquele *koan* do mestre zen budista Hakuin que Max Martins transformou em epígrafe de um poema: "Um buraco sem fundo cheio de palavras". O poema, significativamente, se intitula "Rasuras".[48] A *rasura* é, de fato, um gesto fundamental da poesia de Max Martins, e isso em vários planos, do mais estritamente técnico ao mais amplamente, digamos, ético. Já sugeriu Antonio Manoel dos Santos Silva que

---

[37] Max Martins. "Sou homem sem títulos". In: *H'era*, 2001. p. 306.

[38] Cf. Max Martins. "Escrita". In: *O risco subscrito*, 2001, p. 249: "quem nos olha é só uma praia/ quem nos ouve é só uma praia/ e quem nos é   é só uma praia// e a praia é um só ver desvendo/ verso deserto".

[39] Max Martins. "O resto são as palavras". In: *O risco subscrito*, 2001, p. 222.

[40] Max Martins. "O resto são as palavras". In: *O risco subscrito*, 2001, p. 222.

[41] Max Martins. "O resto são as palavras". In: *O risco subscrito*, 2001, p. 222.

[42] Max Martins. "Ver-O-Peso". In: *H'era*, 2001, p. 307. Mais explicitamente em outro poema: "o não fome/ apaga o homem" ("O não da fome", op. cit., p. 310).

[43] Cf. Claude Lévi-Strauss. "Postface". *L'Homme*, 154-155 (2000), pp. 719-20 ("metafísica da predação"); Alexandre Nodari, "Como", *Sopro*, 78 (out. 2012), pp. 6-8 ("metafísica da devoração").

[44] Max Martins. "Ver-O-Peso". In: *H'era*, 2001, p. 308.

[45] Max Martins. "Poema sem norte". In: *O estranho* (1952), *Poemas reunidos*, 2001, p. 362. Max parece estar dialogando aqui com "O rio" de Manuel Bandeira: "Ser como o rio que deflui/ Silencioso dentro da noite" (*Belo belo* [1948], hoje em *Poesia completa e prosa*, organizada pelo autor. Rio de Janeiro: Nova Aguilar, 1996, p. 285). Mas também com o Valéry de "Le cimetière marin": "La mer, la mer, toujours recommencée".

[46] Élida Lima. *Cartas ao Max*, 2013, p. 142.

[47] Max Martins. "Travessia e residência". In: *O risco subscrito*, 2001, p. 236.

[48] Max Martins. "Rasuras". In: *O risco subscrito*, 2001, pp. 214-5.

o "processo criador" de Max consistiria num "processo de dissolução de formas e concepções [...] combinado com a reversão de expectativas ou, se quisermos, com as rupturas de sistemas, inclusive os sistemas que os próprios textos estabelecem em sua progressão discursiva".[49] O próprio poeta descreveu sua escrita como uma prática de incessante *abandono*: "Eu pus em funcionamento a minha poesia sem saber muito o que fazia, e fui abandonando, no decorrer do tempo, os adjetivos, os temas, os estilos".[50] Não se trata de deixar para trás apenas, conforme prega certa doutrina ascética da arte, os excessos, mas, sim, cada configuração de escrita, o *estilo* de cada momento e, se *le style est l'homme même*, também *aquilo que se é* ou que se foi. Mas podemos nos indagar, por outro lado, se *aquilo que se é* não é sempre um excesso, algo que sobra, que está a mais. Isto é: se a escrita poética não é sempre um itinerário em direção ao *que não se é* — não em direção à subjetividade, mas em direção à subjuntividade do *que poderia ser* e que, por isso mesmo, jamais é alcançado plenamente, dando margem a novos abandonos. A rasura, no fim das contas, acaba por rasurar inclusive a si mesma, num processo virtualmente infinito. "Que caminho é esse que o poeta escreve/ e desescreve/ dissolvendo-se/ neste espelho?", pergunta Max em "A asa e a serpente".[51] Bem viu Élida Lima que escrever, para Max, "não é só rasurar, é riscar, danificar, é tomar para si. Ao tomar para si, o poema danifica algo no estatuto do autor. Desgasta o nome dele".[52]

No procedimento de variação mínima entre palavras consecutivas, recorrente nessa poesia, escrita e rasura — *literatura* e *litura*, digamos — se confundem. Está por toda parte em *O risco subscrito*; apenas alguns exemplos, quase ao acaso: "*Epístola* e *pústula*", "sua *angústia* sua *acústica*", "E esvaziou-me de sua *máscara*/ de *heresia*/ Da *maresia*", "neste *vaso: vasa*", "se *afaga* e *afoga*", "deste *istmo: Isto*", "*fruto*/ *frustro*", "*ousava*/ *usava*", "em *trapos tropos* e ressalvas", "este *texto*/ que é *pretexto*/ é um *protesto*/ da *poesia-ilha*/ hoje no *exílio*?", "neste *paço*/ (ex-*paço*/ *poço*?)", "Todo horizonte quer uma *ponte*/ *ponta* de lança", "teu *país-paul*", "já me *inferem inserem*/ seus venenos", "E que *rastro* ou *rosto* é essa/ palavra/ (ou *outra*)/ *ostra*/ (ou *astro*)?".[53] O que aparece aí, na experiência do poema, é sempre "*resto* dum *rosto*",[54] isto é, escrita em permanente permutação. Há poemas que se organizam totalmente ou quase totalmente com base em variações desse tipo. O caso mais óbvio talvez seja o de "Falo, falho", cujo título não só poderia entrar na sequência anterior de exemplos, mas também é uma formulação lapidar do que está em questão nessa experiência de linguagem que se concebe, ao mesmo tempo, como erotismo e apagamento.[55]

*

---

[49] Antonio Manoel dos Santos Silva. "Antes do traço, o som" (2007).

[50] Max Martins. Em entrevista, apud Élida Lima. *Cartas ao Max*, 2013, p. 26.

[51] Max Martins. "A asa e a serpente". In: *O risco subscrito*, 2001, p. 229.

[52] Élida Lima. *Cartas ao Max*, 2013, p. 113.

[53] Max Martins. *O risco subscrito*, 2001, pp. 209, 212, 214, 217, 218, 219, 224, 228, 229, 230, 235, 243.

[54] Max Martins. "Um rosto"., In: *O risco subscrito*, 2001, p. 246. Grifo meu.

[55] Max Martins. "Falo, falho". In: *O risco subscrito*, 2001, p. 248. Na edição citada, o título aparece erroneamente como "Trapézio".

Outro poema baseado em rasuras e variações, embora com um resultado muito diversos dos anteriormente citados, é "Où sont, Villon?". Rasura-se, de início, o mais célebre poema de Villon, a "Ballade des dames du temps jadis", reduzindo-o a uma estrutura permutativa em que o elemento humano ou, mais propriamente, anedótico (as personagens, a fábula) é deixado de fora. A busca do poeta não é mais pelas damas de outrora, mas pela própria poesia —— pela poesia em sua pureza impossível, incontaminada de história e dor: "onde as neves do sonho/ o som sem nome ou sombra?".[56] Jabès, mais uma vez selecionado e traduzido por Max Martins, deixa claro que essa impossibilidade é intrínseca à linguagem: "As palavras têm os sons por sombra".[57] Num poema intitulado simplesmente "Poesia", Max nos fala de uma "flor de puro ar".[58] No entanto, "logo/ o mesmo ar" — que se revela, na verdade, "bolor" — "desintegra" a gasosa (aérea) flor, transformando o que era "poesia" em "pó".[59] Conforme se adverte em "As serpentes, as palavras", poema subsequente a "Où sont, Villon?" na ordem do livro, não há como domar as palavras; elas é que se impõem ("já as palavras/ é que me lavram"), presentificando "o entre tido não havido/ o não sido sucedido".[60] Poesia como ficção radical — isto é, como *potência* e *contratempo*: perturbação e abertura dos nexos lineares que ligam (e separam), também nos usos corriqueiros da linguagem, passado, presente e futuro. Daí que o título do poema imediatamente seguinte diga que "É cedo (ou tarde) para o poema": não com resignação, mas com enfrentamento, explorando um intervalo de "espera" que é "salto/ (queda no ar)/ do arame-álibi".[61] *Como viver e morrer a um só tempo?* — parece perguntar o poema (todos os poemas). Tudo consiste, aí, no "engate/ da serpente com a semente",[62] isto é, na capacidade de conjugar o veneno e a criação da poesia. Numa formulação lapidar, de novo: *verso perverso*. Noutra: *risco subscrito*.

---

[56] Max Martins. "Où sont, Villon?". In: *O risco subscrito*, 2001, p. 242.
[57] Max Martins. "Edmond Jabès: as palavras elegem o poeta", 2001, p. 377.
[58] Max Martins. "Poesia". In: *O risco subscrito*, 2001, p. 252.
[59] Max Martins. "Poesia". In: *O risco subscrito*, 2001, p. 252.
[60] Max Martins. "As serpentes, as palavras". In: *O risco subscrito*, 2001, p. 243.
[61] Max Martins. "É cedo (ou tarde) para o poema", 2001, p. 244.
[62] Max Martins. "As serpentes, as palavras", 2001, p. 243.

POESIA E VIDA EM ARTURO
OU CÂMBIO DE IDEIA N. 2
OU *LO CREO PORQUE ES ABSURDO*

Jorge Hoffmann Wolff

O cubismo sem a poesia é apenas
uma geometria defeituosa.

Triano

É preferível escolher
o impossível verossímil
do que o possível incrível.

Aristóteles

1.

Poesia e vida em Arturo. Que Arturo, se poderia perguntar? Decerto que nenhum romancista espanhol. Talvez a revista de arte concreta portenha de um único número da qual participou Murilo Mendes em 1944? Ou a estrela da constelação do Boieiro, a quarta mais brilhante do céu noturno? Aí sim, poderia ser, já que a revista e a estrela são desenho, signagem, criação de poeira, poesia cósmica em céu cubista. Nesse sistema de inclusões, entraria também o poeta argentino cujo sobrenome — ou apelido, como eles dizem —, Carrera, faz a língua estalar, não como um chicote, antes como uma parafusadeira elétrica, para no entanto dizer outra coisa: nem carreira, nem percurso, nem caminho, nem linha, nem fileira, nem corrida, mas um deslizamento murmurante no seio do próprio corpo escrito no qual poeta e ensaísta sussurram juntos, como uma pessoa só.[1]

Ainda que gozando do sempre renovado prazer de distorcer a poética aristotélica, é preciso me resignar, ao novamente mudar de ideia, à repetição e ao contínuo, vistos ambos porém como transformação: fiquemos aqui com o "impossível verossímil relato" de César Aira antes que com o "possível incrível poema" de Arturo Carrera (a essa altura, facilmente intercambiáveis), que fica para frente ou para trás, rumor do que re-vem. Tudo por uma questão de Ocupação do Tempo, que Aira — diga-se de passagem — considera ser a Chave Unificada da totalidade da obra de Raymond Roussel (cujo procedimento costuma empregar e distorcer em suas próprias no-

---

[1] Alusão aos *Ensayos murmurados* de Arturo Carrera (Buenos Aires: Mansalva, 2009), que tem recente versão brasileira, ainda que com outro título — *O homem mais portátil do mundo* (2014), pela editora carioca Circuito, em tradução de Marcelo Reis de Mello.

velinhas). Em Roussel, observa Aira, os quatro "romances de procedimento" se emparentariam com o restante dos livros escritos em versos rimados pelo escritor francês: ao se utilizar do dispositivo lírico, visto como primo-irmão de seu célebre dispositivo de escrita, Roussel teria apenas empregado outra técnica de sua mesma lavra, um método de poesia descritiva, surgido como espécie de avatar anacrônico do seu procedimento novelesco.[2] Caberia observar, então, e para começar, que essa sorte de digressão pode ser encontrada em qualquer *novelita* de César Aira.

De modo que volto a escrever, com a sua permissão e sem a permissão dos implicados, sobre um dos irmãos gêmeos de Arturo, Aira, e de sua relação com o fabuloso da poesia, assim como com o prosaico da poesia.[3] Quanto ao outro trigêmeo, Raúl Antelo, refiro-me de modo despudoradamente biográfico mas creio que não menos certo: um dos "trigênios vocalistas do sul" ao lado de César e Arturo, foi igualmente um *niño-lector*; também lê e escreve o tempo todo; também constrói constelações textuais; também opera por anamnese nas tramas do seu "entre-lugar sinestésico".[4] Quer dizer, são todos três — sem favor — poetas de vária-mesma índole. Um narrador poeta, um poeta narrador, um poeta ensaísta: ensaio-poesia-ficção.

2.

É conhecida a distância que tomam da poesia os membros do *Collège de Sociologie*, esse anticolégio de nome excêntrico porque nada ortodoxo, a começar pelo nome. O autor de *Les impostures de la poésie*, Roger Caillois, desde o título do ensaio de 1944 e desde a primeira frase do capítulo "Situation de la poésie", anuncia que sua predisposição sempre foi a de combatê-la, enquanto exacerbação dos sentimentos e pureza absoluta, antes de se deixar abandonar a ela. Seu contracânone, então, se resume a Charles Baudelaire, Jules Supervielle, Saint John Perse, e poucos mais. Poetas que ademais ele publica nas mesmas "Editions des Lettres Françaises" em que aparece o seu ensaio, edições estas feitas pela editora Sur de Victoria Ocampo, com fundos revertidos para as vítimas da guerra: em ação desde Buenos Aires, o assistencialismo humanista em sua busca desesperada de compensação com o programa biopolítico em seu momento culminante. O ensaio aparece na coleção "La porte étroite" dirigida pelo mesmo Caillois, durante os anos em que se exila na Argentina,

---

[2] Cf. César Aira. "Raymond Roussel: la clave unificada". *Carta* n. 2, Madri, primavera-verão 2011. Versão brasileira de Byron Vélez Escallón no "Dossiê Raymond Roussel" (org. Fernando Scheibe) em *Sopro 98*, Florianópolis, novembro 2013. Disponível em: <http://www.culturaebarbarie.org/sopro/n98.html#.VhGMxexViko>.

[3] Trata-se aqui de uma extensão ou de outra volta de parafuso em relação ao que apresentei antes no contexto do PROCAD; trata-se de outro câmbio de ideia e desta vez a propósito de apenas uma "geografia poética excêntrica", aquela de Aira. Cf. WOLFF, Jorge. "Câmbio de ideia. Sobre duas geografias poéticas excêntricas" [César Aira e Christian Bouthemy]. *Remate de Males*, v. 34, n. 1, Campinas, 2014. Disponível em: <http://revistas.iel.unicamp.br/index.php/remate/article/view/4166>.

[4] Como se pode ler em Raúl Antelo. *Maria com Marcel. Duchamp nos trópicos*. Belo Horizonte: Editora UFMG, 2010, p. 30.

dando continuidade, no meio do apocalipse, ao seu esforço para pôr em conexão prosa e poesia em concepção "a mais prosaica" possível do assunto:

> [...] j'imagine d'abord la poésie comme une sorte d'écriture qui, obéissant non seulement aux contraintes de la prose, mais encore à d'autres qui lui sont spéciales, nombre, rhytme, rappel périodique de sons, doit partant la surpasser en pouvoirs. Rien de plus prosaïque, comme on voit, que cette conception. Je demande ainsi que la poésie possède toutes les qualités, qu'on réclame de la prose, qui comprennent en premier lieu nudité, précision, clarté, et qui tendent toutes à faire qu'il n'existe pas d'écart entre la pensée et le langage.[5]

É por isso que, na concepção de Roger Caillois, no capítulo final do ensaio, e que lhe dá título, as imposturas são as do sublime bem arrumado e declamatório, e sintetizadas em basicamente três: magia, mística ou música: "Ce temps aura vu la poésie se vouloir tout ce qu'elle n'est pas: magie, mystique ou musique".[6] Como entre os poetas antropófagos brasileiros, para Caillois poesia é questão de fertilidade e infertilidade da terra: "Car il n'est fertilité que de la terre et il importe seulement de savoir la cultiver bien, même ingrate";[7] e, última frase do texto, "Je rends grâce à cette terre qui exagère tant la part du ciel".[8] O *sociologue* de *Sur* combate, em suma, um certo lirismo sublimatório e sentimental, espécie de dependência química da droga inspiração. Defeito que, como ele mesmo nota, não é exclusivo da sua época, assim como tampouco dá trégua aos que pretendem isolar a poesia ao promover um "divórcio absoluto" em relação à prosa, em nome de uma pureza artificial e supostamente impoluta.[9]

Estirando o arco de Caillois meio século depois, Jean-Luc Nancy parece chegar bem perto da coisa-em-si da poesia ao afirmar, em fórmula lapidar, que "a poesia é a coisa feita do próprio fazer".[10] Nancy retira, portanto, o foco de um certo caráter "poético" para voltar a colocá-lo em termos de "faire, la poésie", "fazer, a poesia" como "coisa feita do próprio fazer", poesia desde sempre já feita e por se fazer. Isso significa, em primeiro lugar, que ela não tem sentido, que seu sentido está sempre a se refazer e que ela nunca coincide consigo mesma: "talvez seja essa não-coincidência, essa impropriedade substancial, aqui que faz propriamente a poesia".[11] Ela faz o difícil que não se deixa fazer — e com isso, desde a proposta de dessublimação de Caillois em pleno fim da Segunda Guerra Mundial até a postulação de uma

[5] Roger Caillois. *Les impostures de la poésie*. Buenos Aires: Ediciones Sur, 1944, p. 20. (Em primeiro lugar eu imagino a poesia como um tipo de escrita que, obedecendo não só às restrições da prosa, mas também a outras que lhe são especiais, número, *rhytme*, lembrança de sons periódicos, devem superá-la em poder. Nada mais prosaico, como se vê, que esta concepção. Eu busco uma poesia, tomada em todas suas qualidades, que se reivindicam da prosa e que incluem, principalmente, nudez, precisão, clareza, tendendo a não diferenciar pensamento e linguagem.)

[6] Roger Caillois, 1944, p. 55. (Dessa vez poesia será vista desejando-se tudo o que ela não é: magia, misticismo e música.)

[7] Pois somente há fertilidade na terra e só importa saber cultivá-la bem, mesmo que ingrata.

[8] Roger Caillois, 1944, pp. 61 e 69. E, diga-se de passagem, que esta terra exagera tanto a parte do céu como o Triano de Aira o fará com seu céu cubista. (Agradeço a esta terra que exagera tanto a parte do céu.)

[9] Roger Caillois, 1944, p. 19.

[10] Jean-Luc Nancy. *A resistência da poesia*. Lisboa: Edições Vendaval, 2008, p. 18.

[11] Jean-Luc Nancy, 2008, p. 11.

JORGE HOFFMANN WOLFF

"finição mecânica" contrária a qualquer sentido do poema como intenção de Nancy, pode-se tocar no procedimento "airado", no dispositivo literário Daira, para usar o patronímico do ancestral conhecido como o mais antigo da família, um certo Don Isidro Daira que viveu no século XVII e era originário da Galícia,[12] como aliás também são galegos os Antelo. Aira, como se buscará mostrar, arqueógrafo e genealogista radical, adotaria uma sorte de finição mecânica do poema em um tipo de narrativa rousseliana lida convencionalmente, no entanto, como pura prosa, ou prosa sem poesia, sem poros, sem nada. Não lida, melhor dizendo, impossível de ser lida, mesmo que mirando o verossímil, ou ainda, "invendável" ou "invendível", como sugere Silvio Mattoni: "si la poesía puede ser lo ilegible, Aira empieza por su reducción materialista: lo invendible".[13]

Também, ao que parece, no mesmo diapasão de Aira, cuja reflexões teóricas vêm sempre disfarçadas de fábula, Nancy não põe a oposição poesia *versus* filosofia como uma oposição, sendo que: "Uma faz a dificuldade da outra. Juntas, são a própria dificuldade: de fazer sentido", o que o poeta-pensador francês relaciona com "a *praxis* do eterno retorno do mesmo" e com a "partilha das vozes".[14] Note-se que ambas — tal *praxis* e tal partilha — são consideradas tanto na linguagem quanto fora dela, tanto em poesia e em prosa quanto no mundo-que-faz-mundo, o Mundo das Coisas.

Escreve Nancy:

> [...] o poema, ou o verso, é um sentido abolido como intenção (como querer-dizer) e posto como finição: voltando-se não sobre a sua vontade mas sobre o seu fraseado. Não fazendo já problema, mas acesso. Não para comentar, mas para recitar. A poesia não é escrita para ser aprendida de cor: é a recitação de memória que faz de qualquer frase recitada uma sombra de

---

[12] Cf. César Aira. *Continuación de ideas diversas*. Santiago (Chile): Ediciones Universidad Diego Portales, 2014, p. 18. O trecho em que se refere ao ancestral é uma *novelita* borgiana em pouco mais de meia página: "Don Isidro tenía planeado matar a su padre desde el día en que cumplió dieciocho años. Lo había tomado como una misión aunque no sabía si se atrevería. Lo hizo cuando cumplió veinte. No hubo propiamente un festejo de cumpleaños, como no lo había habido en la fecha fatal dos años atrás. Cenaron en la cocina como todas las noches, los tres solos. La madre le había regalado una camisa. El padre, callado, adusto, no habló palabra. Don Isidro bebió dos vasos de vino, y un tercero mientras la madre levantaba la mesa. El alcohol, al que no estaba habituado, le hizo efecto. Sentía que todo era posible, y lo fue realmente en grado sumo, pues tomó la hachuela del mallo y le partió el cráneo al padre en la cama. La sangre, la visión del arma profundamente incrustada en la frente del cadáver, el horror de lo que había hecho lo pusieron fuera de sí. En la confusión de sus pensamientos y percepciones habría deseado que su madre estuviera ahí, aunque gritara y lo culpara, aunque sus gritos y su llanto, al ver a su marido salvajemente asesinado y a su hijo condenado para siempre por Dios y los hombres, sumaran más espanto al espanto. Le habría dado más normalidad a la escena. Pero era ilusorio pedir normalidad dadas las circunstancias. La madre no estaba. En el presente fracturado por el crimen la madre había muerto cuando don Isidro tenía cinco años. Apenas si la recordaba. Trató de evocar su rostro y no lo consiguió; culpó del olvido al vino, que ella misma le había servido un rato antes. Y ahora estaba para siempre lejos. '¿Qué he hecho?', se decía con angustia intolerable, viendo al padre entrar a la casa proveniente de un largo viaje, ausente, taciturno, sin disculparse por la hora a la que llegaba ni recordar que era el cumpleaños de su único hijo.
(Este texto fue escrito inmediatamente después de ver un registro genealógico de mi familia y enterarme de que el primero del linaje del que haya noticias fue un Isidro Daira, en el siglo XVII)."

[13] Cf. Silvio Mattoni. "La poesía de César Aira", Blog Editorial Eterna Cadencia, Buenos Aires, 5 jun. 2013, p. 1. Disponível em: <http://blog.eternacadencia.com.ar/archives/28912>.

[14] Jean-Luc Nancy, 2008, pp. 14 e 16.

poema. É a finição mecânica que dá acesso à infinitude do sentido. Aqui, a legalidade mecânica não está numa relação de antinomia com a legislação da liberdade: é antes a primeira que liberta a segunda.[15]

Aqui a finição ou legalidade mecânica liberta a própria liberdade: se poesia é "fazer tudo falar: e depor, em troca, todo o falar nas coisas",[16] o que será escrever para Aira? "Escribir [...] es una decisión de vida, que se realiza con todos los actos de la vida";[17] e o que serão as *Mil gotas*, *novelita* de Aira em que sua Gioconda duchampiana, com fogo no rabo (*L.H.O.O.Q*), se desfaz em mil gotas de sua tinta original e estas, ao abandonarem o museu dos museus em Paris, ganham vida e nomes próprios: Euforia e Gravidade, por sinal, são duas ou dois deles.[18] Trata-se de um tipo de liberdade propriamente plástica, escultórica, tridimensional ou 3D. Não é de outro modo que Aira define, na contracapa do livro, a ideia da *Continuación de ideas diversas*: um livro sobre as ideias retirando-as do "tiempo sucesivo en que las ordena el proceso mental" e dispostas "en un volumen facetado, un 'cadáver exquisito' 3D, que también quiere ser un tablero de juego, y un retrato". Silvio Mattoni o demonstra claramente em "La poesía de César Aira", cujo título também poderia ser usado aqui, não fosse esse agudo antecedente, ao qual voltarei adiante.

Sendo assim, a fórmula funambulesca, vale dizer, a fome de forma da narrativa de César Aira propõe impossíveis jogos e retratos tridimensionais para além da distinção corrente entre a prosa e a poesia, de maneira mais frívola e gratuita do que formalista e ambiciosa. Se a "legalidade mecânica" da poesia segundo Jean-Luc Nancy não é a "escritura automática" dos surrealistas, certamente toma parte dela, ou é tributária dela. Em Aira o fascínio pelo *ready-made* duchampiano, pelo *limerick* de Edward Lear ou pelo procedimento de Raymond Roussel dão conta dessa necessidade de triturar o sentido e de recolocá-lo sempre em novos trilhos, *ad infinitum*, uma vez que, na linguagem e para além dela, está "el infinito en una pequeña esfera".[19]

No ensaio "Raymond Roussel, la clave unificada", antes mencionado, Aira retomaria a sua ideia de uma prosa de invenção instantânea, plasmada por inteiro nos termos de Nancy para uma certa "finição mecânica", como nos textos dedicados a Duchamp, Lear ou Roussel, em que faz o elogio do procedimento, visto como uma "maquinaria fría y reluciente", contra qualquer narrativa da experiência do autor (a qual, no entanto, não se exclui de seus próprios relatos, ao menos a partir dos anos 1990, como está excluída daqueles de Roussel):

> Mediante el procedimiento el escritor se libera de sus propias invenciones, que de algún modo siempre serán más o menos previsibles, pues saldrán de sus mecanismos mentales, de su memoria, de su experiencia, de toda la miseria psicológica ante la cual la maquinaria fría y reluciente del procedimiento luce como algo, al fin, nuevo, extraño, sorprendente. Una invención

[15] Jean-Luc Nancy, 2008, pp. 18-9.
[16] Jean-Luc Nancy, 2008, p. 19.
[17] César Aira. *Continuación de ideas diversas*, 2014, p. 55.
[18] César Aira. *Mil gotas*. Buenos Aires: Eloisa Cartonera, 2003.
[19] Silvio Mattoni. "La poesía de César Aira", 2013, p. 3.

realmente *nueva* nunca va a salir de nuestros viejos cerebros, donde todo ya está condicionado y resabido. Solo el azar de una maquinación ajena a nosotros nos dará eso nuevo.[20]

3.

Existe uma novelinha iniciática recente de César Aira, intitulada *Triano* (2014), em que dois dos trigêmeos, os que cresceram juntos na mesma cidade interiorana da província de Buenos Aires, aparecem lado a lado, ou linha a linha. Don Juan Triano é fotógrafo e pintor cubista em pleno *pueblo* de Coronel Pringles,[21] o qual é levado — pelo que ouve (e não o que houve) — a introduzir no mundo da arte de vanguarda os dois neófitos de quinze anos. Estes ouvem-no delirar longamente no seu ateliê, na excitação da véspera da exposição de Poemas Ilustrados a ser promovida pela dupla na Biblioteca da cidadezinha. Mas o tempo do relato é só o da véspera: nunca saberemos como foi a experiência da exposição de poemas ilustrados, aqui (como nas *Memórias do cárcere* de Graciliano Ramos antes da intervenção de Silviano Santiago *Em liberdade*) não há *day after*.

Segundo o narrador, a mostra era composta por:

> Unos mamarrachos pintados de apuro en una semana, acompañando el "ilustrando" unos poemas breves más o menos mal imitados de los de Alejandra Pizarnik, más simulacros de poemas que poemas de verdad, también compuestos para la ocasión en los días previos. Las pinturas eran enchastres al azar en papel canson que pensábamos pegar con chinches en la pared, cada uno acompañado del papelito con el poema escrito a máquina. El proyecto combinaba del modo más patético lo precario con lo presuntuoso.[22]

Pois são os dois autores do projeto precário e presunçoso que estabelecerão, no final da lição de mestre Triano e da novelinha homônima — assim como há uma

---

[20] César Aira. "Raymond Roussel: la clave unificada". 2011, p. 2. (Mediante o procedimento o escritor se libera de suas próprias invenções que, de algum modo, sempre serão mais ou menos previsíveis, pois sairão de seus mecanismos mentais, de sua memória, de sua experiência, de toda a miséria psicológica diante da qual a maquinaria fria e reluzente do procedimento reluz como algo, ao fim, novo, estanho, surpreendente. Uma invenção realmente nova nunca vai sair de nossos velhos cérebros, onde tudo já está condicionado e "ressabido". Somente o acaso de uma maquinação que nos é alheia nos dará esse novo.)

[21] Arturo Carrera fornece-lhe nome e sobrenome ao dar conta da existência do fotógrafo e pintor, em texto lido em La Plata em 2008. Em "Canon, lo banal, lo perdurable en la escritura", o poeta afirma que "de Oliverio Girondo y de Juan L. Ortiz me habló don José Triano, un pintor discípulo de Petorutti que había llegado a Pringles y que fue amigo personal de Juanele. De modo que él nos hizo entrar en su mundo, digo nos hizo porque incluyo a César Aira, que por ese entonces ya era amigo mío" (que "de Oliverio Girondo e de Juan Ortiz falou-me José Triano, um pintor discípulo de Petorutti que havia chegado a Pringles e que foi amigo pessoal de Juanele. De modo que ele nos fez entrar em seu mundo, digo, nos fez porque incluo César Aira, que naquele tempo já era amigo meu."). Disponível no blog "Tuerto Rey. Poesía y alrededores": <http://www.tuertorey. com.ar/php/autores.php?idAutor=66>. Agradeço a indicação a María Florencia Antequera.

[22] César Aira. *Triano*. Buenos Aires: Alto Pogo/ Milena Caserola/ El 8º Loco, 2014, pp. 15-6. (Umas improvisações pintadas de modo apressado em uma semana. Acompanhando o "ilustrado" uns poemas breves mais ou menos mal imitados dos de Alejandra Pizarnik, mais simulacros de poemas que poemas de verdade, também compostos para a ocasião nos dias prévios. As pinturas eram sujeiras ao acaso em papel "canson" que pensávamos colar com percevejos na parede, cada um acompanhado do papelzinho com o poema escrito a máquina. O projeto combinava do modo mais patético o precário com o presunçoso.)

chave reunificada em Roussel — a reunificação de nada menos que as "duas igrejas cismáticas, a da Poesia e a da Prosa".[23] Don Juan Triano o faz em forma de profecia ou de oráculo cubista. O pintor-filósofo devotado ao novo em meio ao nada trabalha com uma teoria-e-prática do tempo e dos sonhos com base na amizade das duas personagens, Arturo e César — César Aira que se veste no texto com a primeira pessoa mas que cede em boa parte do texto a voz e a vez ao artista solitário, espécie de *alter ego* do bom e velho Aira dos dias que correm, tão maduro quanto livre para fazer, a poesia. Triano, que sem ser escultor dá corpo e alma ao tridimensional desde o próprio nome, Don Juan das três dimensões que é, diz:

> No adivino el futuro; me basta con adivinar el presente, que ya está hecho de convergencias y divergencias, y ya es futuro en buena medida. A ustedes dos la amistad los llevó a los Poemas Ilustrados, antípodas en miniatura que anticipan otras, en las que también coincidirán. Cuanto más se alejen uno del otro, dando volteretas en el aire como trapecistas entre las vocaciones suspendidas, más se encontrarán al final en esas antípodas conjugadas a las que yo les dediqué mi vida. Y ahí sí, si me lo permiten, voy a hacer una profecía: gracias a ustedes dos se hará la reunificación de las dos iglesias cismáticas, la de la Poesía y la de la Prosa. La Poesía sin la cual el arte sólo es vanidad, y la Prosa que crea los sueños de los que nacen los artistas.[24]

O texto, como noventa e seis por cento dos textos de Aira, tem data precisa: 22 de setembro de 2013. Ocorre que, no mesmo ano de 2014 em que *Triano* é publicado em Buenos Aires, aparecia em Santiago do Chile o já evocado volume *Continuación de ideas diversas*, compilação de 138 fragmentos que são todos, sem exceção, potenciais *novelitas* do autor reunindo pensamento e fábula. Em outro desses fragmentos, que podem ter três linhas mas nunca chegam a ter duas páginas, eis que surgem as duas igrejas cismáticas em outros (ou os mesmos) termos, sendo que tomo o primeiro e o terceiro dos três parágrafos como particularmente *otobiográficos*:

> Dentro de mí vive un hombre que no lee. Nunca hubo un libro en sus manos, ni lo habrá. Sus horarios son prolongados, su calendario incorpora el mundo, la naturaleza, los hombres, el amor con sus pausas y precipitaciones. Y yo no lo conozco, no lo puedo conocer.
> Dentro de mí se realiza un esfuerzo sobrehumano por reunificar las dos iglesias, la de la Poesía y la de la Prosa.
> Del mismo modo, hay dos tipos de predicadores: los urbanos y los rurales.[25]

---

[23] César Aira, 2014, p. 67. Em óbvia embora indiferente referência ao presente da obra de ambos nas literaturas do presente, com suas ressonâncias locais e globais.

[24] César Aira, 2014, pp. 66-7. (Não adivinho o futuro; basta-me adivinhar o presente, que já está feito de convergências e divergências, e já é, em boa medida, futuro. A vocês dois a amizade os levou aos Poemas Ilustrados, antípodas em miniatura que antecipam outras, nas quais também coincidirão. Quanto mais se distanciem um do outro, dando cambalhotas no ar como trapezistas entre as vocações suspensas, mais se encontrarão ao final nessas antípodas conjugadas às quais dediquei minha vida. E agora sim, se me permitem, vou fazer uma profecia: graças a vocês dois será feita a reunificação das duas igrejas cismáticas, a da Poesia e a da Prosa. A Poesia sem a qual a arte somente é vaidade, e a Prosa que cria os sonhos dos que nascem artistas.)

[25] César Aira. *Triano*, 2014, p. 17. (Dentro de mim vive um homem que não lê. Nunca houve em livro em suas mãos, nem haverá. Seus horários são prolongados, seu calendário incorpora o mundo, a natureza, os homens, o amor com suas pausas e precipitações. E eu não o conheço, não posso conhecê-lo. Dentro de mim se realiza um esforço sobre-humano por reunificar as duas igrejas, a da Poesia e a da Prosa. Do mesmo modo, há dois tipos de predicadores: os urbanos e os rurais.)

Se o *otobiográfico* é questão de escuta do outro em si mesmo, no fragmento acima é literalmente o infante em Aira que fala, isto é, que não fala e ainda não lê: o bebê Aira, digamos, ou então, no outro extremo (que vem a ser o mesmo: *la-vie-la-mort*), o autor de suas memórias póstumas. Quanto aos predicadores urbanos e rurais, trata-se da infância no campo, mas de um campo cercado por uma pequena ilha urbana, com praça, igreja e as poucas instituições públicas e privadas ligadas ao resto do mundo pela estrada de ferro, tanto nos anos 1950, quanto nos dias de hoje, no caso de Coronel Pringles, mas já sem o *ferrocarril*. É preciso lembrar, a esta altura, que Aira é autor de várias narrativas profanas que envolvem o poder eclesiástico entre a sátira e o pé do altar, desde *El bautismo* (1988) até *El santo* (2015), assim como em *Triano*, que conta, em meio a sua ladainha, as peripécias de dois monges — dupla de elásticos e realísticos *niños-clowns* — que, como as igrejas cismáticas, se afastam e se aproximam seja onde estiverem: "Los dos monjes, en direcciones opuestas, recorrían la superfície del mundo, pero no el mundo visto a través de los telescopios de la geometría, sino el mundo real. Por ser real, estaba lleno de accidentes, contingencias, detalles circunstanciales".[26]

Posto que é real o absurdo, como observa Triano em seguida:

> Pero volvamos, dijo, al momento culminante en que los dos santos llegaban a los puntos antípodas del cielo. Y, "lo creo porque es absurdo", entraban juntos y de la mano por la misma puerta. ¿Cómo pudo ser? Muy sencillo: porque el cielo era cubista, se había liberado por ser cielo de las reglas de la perspectiva tradicional. Resultaba de un plegado de las distancias.[27]

De modo que, desde o não-leitor, o Aira que não lê, até os dois predicadores que vivem "dentro de mim", destaca-se — ou destaco eu — "o esforço sobre-humano" para reunificar, mais do que simplesmente reunir, Poesia e Prosa, ambas com pê maiúsculo.

Também em *Continuación de ideas diversas* se pode ler um fragmento em que o autor faz referência aos poetas concretistas brasileiros — os "trigênios vocalistas" originais (como um dia eles se autodefiniram na *Teoria da poesia concreta*). É onde Aira esboça, com base em dados autobiográficos da juventude portenha dos anos 1970, a sua teoria-e-prática da literatura não como realismo maravilhoso ou fantástico, mas, muito pelo contrário, como a condensação das duas igrejas profanas no que ele chamaria de *novela concreta*:

> En los años setenta, entre mis amigos escritores se hablaba con admiración de la poesía concreta de los brasileños, y del *Coup des dés* de Mallarmé, que era su mito fundacional. Todos coincidíamos en que era una innovación valiosa, y asentíamos a su soporte teórico. Muy bien.

[26] César Aira. *Triano*, 2014, p. 54. (Os dois monges, em direções opostas, percorriam a superfície do mundo, mas não o mundo visto através dos telescópios da geometria, mas sim o mundo real. Por ser real, estava cheio de acidentes, contingências, detalhes circunstanciais.)

[27] César Aira. *Triano*, 2014, p. 62. (Porém voltemos, disse, ao momento culminante em que os dois santos chegavam aos pontos antípodas do céu. E, "creio porque é absurdo", entravam juntos e de mãos dadas pela mesma porta. Como pode ser? Muito simples: porque o céu era cubista, havia se liberado pelo céu das regras da perspectiva tradicional. Era resultado de uma dobragem das circunstâncias.)

> Yo aceptaba todo eso, que la linealidad convencional de la vieja literatura debía romperse, la página constelarse, que había que liberarse de la apolillada sintaxis del discurso banal y dejar que las palabras hicieran el amor (recuperando el prestigioso slogan surrealista), que la escritura se hiciera escritura de verdad y no transcripción fonocéntrica del lenguaje etc. etc. etc. Pero al mismo tiempo, sin renunciar a mi aceptación de estas ideas de ruptura creativa, encontraba pobres sus resultados. No estaba dispuesto a renunciar a tanto. Podía escribir algo así en términos de juego de salón, no en los de mi vocación, entonces en ciernes, de escritor.[28]

Com esse plano em mente, ou seja, a reunificação das duas igrejas cismáticas através do "impossível verossímil", César Aira vai buscar a sua "novela concreta" pela via da espacialização e visualização do tempo, vale dizer, do ritmo da poesia sem renunciar à narrativa: "De ahí que me pregunte si no sería posible 'traducir' esas actitudes, sin traicionarlas (y hasta radicalizándolas más todavía), al idioma de la vieja literatura que decidió nuestra vocación".[29]

4.

Decididas as respectivas vocações artístico-literárias, ainda que no "idioma da velha literatura", e adicionada a visada particular do autor de *Haikus* (prosa de 2004 em segunda pessoa sobre a cobrança de uma dívida), é preciso matizar a distinção entre poesia e prosa em Aira, como faz Silvio Mattoni no ensaio de 2013 antes invocado, "La poesía de César Aira". Nele chama-se a atenção para a diferença entre prosa e verso, em que se oporiam — "talvez", observa ele — um limite sintático e um limite rítmico — e a diferença diferente entre *novela* e poesia. As *novelitas* de Aira, aliás, não seriam exatamente poemas, mas livros de poesia: "conjunto de partes unidas por un hilo, un motivo o una manera de decir" — ou então "novelas de poesía", porque "no se las quiere interpretar, contextualizar, ni mucho menos vivir o identificarse con sus mundos improbables, se las quiere haber pensado, y hacen escribir, ofrecen un ritmo, veloz, o sea, una forma".[30]

Seriam, portanto, "novelas líricas", como escreve algo desajeitadamente Mattoni, a fim de tentar se aproximar da coisa e da causa poética em César Aira. Dele, deles

---

[28] César Aira. *Continuación de ideas diversas*, 2014, pp. 29-30. (Nos anos 1970, entre meus amigos escritores se falava com admiração da poesia concreta dos brasileiros, e do *Coup de dés* de Mallarmé, que era seu mito fundacional. Todos concordávamos que era uma inovação valiosa, e estávamos de acordo com seu suporte teórico. Muito bem. Eu aceitava tudo isso, que a linearidade convencional da velha literatura deveria ser rompida, a página constelar-se, que havia que liberar-se da antiquada sintaxe do discurso banal e deixar que as palavras fizessem o amor (recuperando o prestigioso slogan surrealista), que a escritura se fizesse escritura de verdade e não transcrição fonocêntrica da linguagem etc. etc. etc. Porém, ao mesmo tempo, sem renunciar a minha aceitação dessas ideias de ruptura criativa, achava seus resultados pobres. Não estava disposto a renunciar a tanto. Poderia escrever algo assim em termos de jogo de salão, não nos de minha vocação, naquela época florescente, de escritor.)

[29] César Aira. *Continuación de ideas diveras*, 2014, p. 31. (Daí que me perguntei se não seria possível "traduzir" essas atitudes, sem traí-las (e até radicalizando-as mais ainda], ao idioma da velha literatura que decidiu nossa vocação.)

[30] Silvio Mattoni, 2013, pp. 1, 6-7. ("não se quer interpretá-las, contextualizá-las, nem muito menos vivê-las ou identificar-se com seus mundos improváveis, se quer, sim, tê-las pensado, e fazem escrever, oferecem um ritmo, veloz, ou seja, uma forma".)

se pode extrair quase tudo, poesia, vida e ideias diversas sobre o mesmo e o eterno retorno do mesmo, ainda que em diferença. Trata-se, em consequência, de "objetos en prosa que se definirían como 'poesía' por razones materiales y por determinadas autolimitaciones". Essas razões e limitações são seis, segundo propõe Mattoni, em referência simultânea ao dentro e ao fora da literatura: "escaso acceso a librerías, bajo precio, poca recepción crítica, rareza temática, excentricidade, brevedad".[31] Ou seja, seria a própria resistência da poesia, dentro e fora do poema, vitimado, por outro lado, pelas mesmas imposturas da poesia.

5.

Enfim, termine-se como se começou: com os dons do Don Juan Triano de César Aira:

> Para nosotros [su lección] fue algo más: un futuro lejano, nuestra proyección en el empíreo de la poesía. Algún día podríamos escribir como hablaba Triano, poner en palabras esos anhelos vagos de belleza y aventura. Debería haber sido nuestro maestro de escritura, pero era un pintor, y la maestría de la que hacía alarde se ocultaba en nosotros como un lejano fin de aprendizaje.[32]

Literatura e pintura, poesia e prosa, plástica e escritura: dois destinos e uma aprendizagem.

REFERÊNCIAS BIBLIOGRÁFICAS

AIRA, César. *Triano*. Buenos Aires: Alto Pogo/ Milena Caserola/ El 8º Loco, 2014.

___. *Continuación de ideas diversas*. Santiago (Chile): Ediciones Universidad Diego Portales, 2014.

___. Raymond Roussel, la clave unificada. *Carta* n 2, Madri, primavera-verão 2011. Versão brasileira de Byron Vélez Escallón no "Dossiê Raymond Roussel" (org. Fernando Scheibe) em *Sopro 98*, Florianópolis, nov. 2013. Disponível em: <http://www.culturaebarbarie.org/sopro/n98.html#.VhGMxexViko>.

___. *Mil gotas*. Buenos Aires: Eloisa Cartonera, 2003.

ANTELO, Raúl. *Maria com Marcel. Duchamp nos trópicos*. Belo Horizonte: Editora UFMG, 2010.

CAILLOIS, Roger. *Les impostures de la poésie*. Buenos Aires: Ediciones Sur, 1944.

CARRERA, Arturo. "Canon, lo banal, lo perdurable en la escritura". Blog Tuerto rey. Poesía y alrededores, 2011. Disponível em: <http://www.tuertorey.com.ar/php/autores.php?idAutor=66>.

MATTONI, Silvio. "La poesía de César Aira". Blog Editorial Eterna Cadencia, Buenos Aires, 5 jun. 2013, p. 1. Disponível em: <http://blog.eternacadencia.com.ar/archives/28912>.

NANCY, Jean-Luc. *A resistência da poesia*, trad. Bruno Duarte. Lisboa: Edições Vendaval, 2008.

---

[31] Silvio Mattoni, 2013, pp. 1-2.

[32] César Aira. *Triano*, 2014, p. 58. (Para nós [sua lição] foi algo a mais: um futuro longínquo, nossa projeção no empíreo da poesia. Algum dia poderemos escrever como falava Triano, pôr em palavras esses anelos vagos de beleza e aventura. Deveria ter sido nosso mestre de escritura, mas era um pintor, e a maestria da que fazia alarde se ocultava em nós como um longínquo fim de aprendizagem.)

ELA TEM SEUS PENSAMENTOZINHOS, REPENSANDO O PENSAMENTO DA POESIA[1]

Luciana di Leone

Não há
no mundo nada
mais bem
distribuído do que a
razão: até quem não tem tem
um pouquinho
Cacaso

Toda verdad última formulable en una
argumentación objetivizante, que fuese incluso
tan solo en apariencia feliz, estaría necesariamente
marcada con carácter de condena, de ser
condenados a la verdad. La deriva hacia este
definitivo cierre de la verdad es una tendencia
presente en todas las lenguas históricas, tendencia
que poesía y filosofía contrastan obstinadamente.
Giorgio Agamben, "Idea de la verdad".

GALOPE E FREIO: FILOSOFIA, POESIA, PENSAMENTO

A filosofia contemporânea tem insistido na necessidade de, a pesar de não poder sair de si mesma, tentar dar o passo para fora de si. Segundo Derrida, essa tentativa de abrir "uma passagem para além da Filosofia"[2] constitui um dos traços centrais do seu ser *no limite*,[3] pelo qual, questionando, interrogando, testando seu cerne e a sua especificidade, faz com que — obstinadamente como quem acredita possuir uma verdade — questione qualquer elemento consistente com o qual se definir, qualquer verdade à qual pudesse chegar sobre si mesma. Assim, para a filosofia, nenhum ponto sólido pode funcionar como parâmetro infalível para medir a validade dos seus discursos.

Essa mesma procura da filosofia por pensar o próprio limite e o mesmo questionamento do parâmetro da verdade se encenam, segundo Agamben em "Ideia da verdade" (1985), na poesia. No texto "Ideia da cesura", também publicado em *Ideia da prosa*, ele reflete sobre aquele lugar intranquilo e irredutível que poderia servir para marcar a diferença entre a poesia e a prosa: o corte do verso. O texto foi, entre os especialistas de poesia, largamente citado e discutido, para definir (ou tentar definir ou indefinir) a especificidade do poema, com base nessa possibilidade de quebrar-se e, ao mesmo tempo, continuar-se, encenada pelo *enjambement*. Mas

---

[1] Uma primeira versão deste texto foi lida na III Jornada de Literatura Contemporânea, UNIFESP, 16 de outubro de 2014, na mesa intitulada: "O que pensa a literatura?".
[2] Jacques Derrida. "Estrutura, signo e jogo no discurso das ciências humanas", 1976, p. 271.
[3] Id. "Tímpano", 1994, p. 17.

LUCIANA DI LEONE

talvez o problema do verso e do corte do verso poderia nos levar não a dirimir essa fronteira entre poema e prosa, mas a que separaria (juntando, como toda fronteira) poesia e narração ou, ainda mais, o pensamento da poesia e pensamento da narração.

Segundo Agamben, a cesura, o corte do verso, é um freio para o ritmo galopante do cavalo da linguagem. Com base em dois versos do poeta italiano Sandro Penna ("la vado verso il fiume su um cavallo/ che guando io penso um poço um poço egli si ferma"), Agamben diz que "o elemento que freia o impulso métrico do verso, a cesura, é para o poeta o pensamento", e em seguida pergunta: "mas, o que pensa nesta cesura? o que detém o cavalo do verso?".[4] Hölderlin responde: a cesura seria a interrupção arrítmica que contrasta — que se coloca contra, poderíamos acrescentar — "a sucessão encantadora das representações, de maneira que resulta aparente não mais a alternação das representações mas a representação mesma".[5] Em outras palavras, quando a sucessão das representações se torna encantadora — como nos contos de fadas, como no cinema —, quando a sucessão das representações parece estar indo longe de mais, o poeta para. O poeta para para pensar, levanta a cabeça.

> Como em tudo, no escrever também tenho uma espécie de receio de ir longe demais. Que será isso? Por quê? Retenho-me, como se retivesse as rédeas de um cavalo que pudesse galopar e me levar Deus sabe onde. Eu me guardo. Por que e para que? Para o quê estou eu me poupando? Eu já tive clara consciência disso quando uma vez escrevi: "é preciso não ter medo de criar". Por que o medo? Medo de conhecer os limites de minha capacidade? Ou medo do aprendiz de feiticeiro que não sabia como parar? Quem sabe, assim como uma mulher que se guarda intocada para dar-se um dia ao amor, talvez eu queira morrer toda inteira para que Deus me tenha toda.[6]

Entre o ir longe e deixar desenrolar o encanto da sucessão entusiasmada e o parar para pensar, freando esse cavalo galopante, não há — como vemos com Clarice Lispector nesse pequeno texto, "Não soltar os cavalos" — uma contraposição clara que possa ser capturada pelo maniqueísmo voluntarioso da crítica. Há uma tensão sutil e cheia de paradoxos. No atrito entre o galope da representação e o freio do pensamento aparece a tensão entre o galope de ir além de si próprio (o galope do devir) e o freio de se questionar a si próprio (que, sem negar a possibilidade do devir, o torna encabulado, ensimesmado, talvez imanente), como se fossem caras de uma mesma moeda. Entre galopar e parar, entre expansão e retenção, entre narrar uma

---

[4] Giorgio Agamben. *Idea de la prosa*, 2002, pp. 23-4. São minhas todas as traduções para o português de livros cuja referência seja uma tradução ao castelhano.

[5] Hölderlin apud. Ibid., p. 24.

[6] Clarice Lispector, *Para não esquecer: crônicas*, 1984, p. 64. As crônicas publicadas em *Para não esquecer* faziam parte, na verdade, da primeira edição do livro *A legião estrangeira*, de 1964 (mesmo ano de publicação de *A paixão segundo GH*), sob o subtítulo "Fundo de gaveta", justamente aquilo que é permanentemente esquecido, mas nunca jogado fora. A partir das edições realizadas após a morte de Clarice, certamente por motivos editorias, as partes foram separadas (cortando, inclusive, a peça *A pecadora queimada e os anjos harmoniosos*, publicada também nesse livro) prejudicando a imagem heterogênea, menor, "mal acabada" do conjunto dos textos. A reedição também perde a advertência contida no começo da seção no livro de 1964: "Por que publicar o que não presta? Porque o que presta também não presta. Além do mais, o que obviamente não presta sempre me interessou muito. Gosto de um modo carinhoso do inacabado, do malfeito, daquilo que desajeitadamente tenta um pequeno voo e cai sem graça no chão".

ELA TEM SEUS PENSAMENTOZINHOS, REPENSANDO O PENSAMENTO DA POESIA

história ou narrar a impossibilidade de narrar, Clarice Lispector encena o paradoxo, pois, achando que se retém, vai afundando; achando que para a sucessão de feitiços, escreve qual feiticeira. Nesse ponto o pensamento não se dá nem como um galope nem como um freio, mas como um exercício do paradoxo, como um repensamento que, tentando sair de si, em si cai.

Em outras palavras, se a narrativa é um cavalo galopante, a poesia é um freio que, no entanto, depende da possibilidade do galope, como o seu outro. Gesto próprio da filosofia e da poesia que se colocam sempre contra — em oposição _e_ em contato — a verdade, mesmo que nessa obstinação acha outro tipo de aprisionamento. Poesia e filosofia, então, parecem ter no questionamento da verdade, da sua verdade e da sua identidade, da representação e da instrumentalidade da linguagem, a sua performance permanente e paradoxal, seu modo de ser de uma "alegria difícil".[7] A sua liberdade encabulada, encavalgada.

O QUE PENSA A POESIA?

Se dispostos a percorrer a relação entre poesia e pensamento começássemos perguntando: _o que pensa a poesia?_, estaríamos pautando a resposta por um objeto. Perguntar pelo objeto ou pelo conteúdo de um discurso é, segundo nos mostrara Jakobson no clássico texto "Linguística e poética" (1969), perguntar pelo referente. Assim, se concentrada no conteúdo, a pergunta pelo pensamento da poesia nos reaproximaria da questão que tentamos a afastar, da pergunta pelo referente da representação: "o que representa/pensa a poesia?" A própria literatura e a teoria literária e da arte, de um modo geral, tem realizado essa pergunta com frequência e respondido de diversas formas. Em uma perspectiva, responderam afirmando a função representacional, por vezes generalizando-a (como na tradição filológica de Erich Auerbach, para quem a literatura ocidental pensa o mundo, isto é, representa a realidade), outras especificando-a (tal livro ou tal literatura pensam o problema de tal ou qual grupo social, como parecem sugerir os estudos culturais). Em outra, negando-lhe à literatura a função de representar, seja na resposta formalista pela qual a literatura é apenas (o que não é pouco) autor referencial, ou, da perspectiva da dialética negativa, que não "representa", como melhor modo de se opor — se posicionar negativa e autonomamente — à sociedade capitalista.

Nessas posições mais tradicionais, como vemos, o peso e a medida da literatura estão dados, por sim ou por não, pela representação. Não, é claro, por uma representação pensada como mera cópia, já que sabemos que nem no mais ferrenho realismo "representar" quer dizer copiar de forma ilusionista, imitar. Pelo contrário, nas mais

---

[7] Cf. Jacques Derrida. "Estrutura, signo e jogo no discurso das ciências humanas", 1976, p. 276. O reconhecimento da origem ausente, aponta Derrida, pode ser encarada de uma forma negativa, culpada, rousseauniana enquanto o seu reverso, em chave nietzschiana, seria a afirmação exultante — de uma alegria difícil, para utilizar a ideia de Clarice Lispector na advertência ao leitor de _A paixão segundo GH_ — da abertura que essa falta de origem propicia aos jogo, à permutação, à liberdade.

LUCIANA DI LEONE

interessantes teorias da representação, entende-se que, em toda *mimesis*, o que está em jogo é uma produção, uma *poiesis*; ou seja, uma representação como um "dar forma" à matéria bruta, aos fatos da realidade, no qual o artista recorta, fragmenta, monta, modela; concepção que podemos percorrer desde Aristóteles até Antonio Candido. Mas, ao mesmo tempo que a representação se coloca no centro, estas concepções inclinam a balança para o lado do sujeito consciente, é ele quem dá forma, comanda e organiza essa representação. São concepções alicerçadas, evidentemente, ainda, na confiança do sujeito cartesiano, cuja capacidade principal, aquela que lhe dá existência é a do pensamento, a da razão. Pensamento que tem a sua razão de ser na aplicação sobre as coisas e na produção de significados e conclusões.

Como explica Michel Foucault em *As palavras e as coisas* (1966), no século XIX, se produz uma mudança radical — mudança prefigurada, segundo ele, no *Quixote* de Cervantes ou em "As Meninas" de Velázquez — no paradigma do pensamento ocidental, já que "desaparece a teoria da representação como fundamento geral de todas as ordens possíveis".[8] E é a partir do século XIX que a literatura sai da trilha de um pensamento significativo para se pensar como aquilo que — urgentemente — deve ser pensado, porém já não mais com base na teoria da significação: "a literatura volta a trazer a tona o ser da linguagem", mas de uma linguagem que vai "crescer sem ponto de partida, sem término e sem promessa [...] desenhando dia a dia o percurso de esse espaço vão e fundamental".[9]

Esse espaço ao mesmo tempo vão e fundamental se desenhará na impossibilidade de narrar e mesmo assim narrar, como aponta Adorno em "Posição do narrador contemporâneo" (1954), seguindo o Benjamin de "O narrador" e de "Experiência e pobreza". O que dá por resultado não uma narração mas um retorno, por assim dizer, à poesia como espaço vão e fundamental da linguagem. Em outras palavras, a arte contemporânea (quando o contemporâneo não é o atual, mas aquilo que mantém uma relação a contrapelo com o próprio tempo, que — como diria Agamben — adere se separando do que considera próprio) tem tornado necessário questionar, isto é, repensar o conteúdo representativo. Questionar a efetividade da ideia de representação e do pensamento como elaboração de um conteúdo mental, como a ação de — cito a definição do verbo pensar do Houaiss — "submeter (algo) ao processo de raciocínio lógico; exercer a capacidade de julgamento, dedução ou concepção". Com base nesse questionamento, como dizem Deleuze e Guattari, o problema fundamental do pensamento não é já o do seu conteúdo, mas o da sua forma. Pois é na forma que o pensamento poderia se subtrair ao modelo do Estado, e se tornar uma máquina de guerra.[10] Abre-se a possibilidade de ver que existe outra genealogia, outra linha, outro verso. Uma genealogia para o pensamento que se recusa a ser "representativa e racional", e que se torna iminente em expressões

---

[8] Michel Foucault. *Las palabras y las cosas*, 2005, p. 51.
[9] Ibid., p. 52.
[10] Gilles Deleuze e Feliz Guattari. *Mil mesetas. Capitalismo e esquizofrenia*, 2002, p. 379.

estéticas que não parecem separáveis de uma experiência corporal, nas quais não é mensurável a distância sujeito-objeto. Uma genealogia que mostra, ainda, que o questionamento da representação não é novo ou, melhor, que a centralidade da representação para pensar a arte não é natural ou essencial.

PENSAR MENOR: O PENSAMENTO DE CLARICE LISPECTOR

Por tudo isso, talvez seja mais interessante observar de que modo a literatura contemporânea repensou o pensamento junto com a filosofia, se aproximando de uma lógica não autônoma e não representativa, poética. Esse repensamento do pensamento da narrativa que a abre à poesia me parece ter sido particularmente instigado e instigante nos textos de Clarice Lispector. As palavras "pensar", "entender", "compreender" são centrais nos romances e, muito particularmente, nos textos menores do "fundo de gaveta" e os publicados no Jornal do Brasil.[11] São inclusive tão ou mais recorrentes que termos como "corpo", "sentir" ou "viver", elementos considerados centrais para a leitura da sua obra. No entanto, essas duas séries de palavras, não podem ser opostas já que, nas suas dobras, os textos claricianos encenam a suspensão da separação: uma ideia de pensamento cartesiano e lógico (isto é, alicerçado no *logos*), em prol de outra ideia de pensamento que não se deixa associar à de representação e que na linguagem encontra não um meio de expressão, mas seu ter lugar paradoxal e impossível. Um pensamento, como veremos, enquanto corpo, enquanto toque, enquanto sentir, enquanto viver e não como um exercício posterior de avaliação.

Se o narrador onisciente ou o narrador dos romances de formação são os terras-tenentes da concepção cartesiana de pensamento e da concepção aristotélica de representação — já que, se não sabem tudo, narram como se soubessem, e são capazes de encontrar um sentido lógico à narração —, os "narradores" dos textos de Clarice Lispector costumam se desabrigar no extremo oposto: eles não sabem, então não narram alguma coisa, não narram sobre, no máximo narram sem atributos. Nesse sentido narrar não é já uma atividade representativa, mas uma atividade em si mesma.

Falar é, em Clarice, uma encenação, um tipo de "trabalho de compreensão", que aproxima o seu uso da linguagem da dimensão performática dos enunciados, trabalhada por J. L. Austin em *How todo things with words* (1955) e retomada por Agamben em diversos livros.[12] A linguagem tende a se concentrar nesses espaços

---

[11] O livro *A descoberta do mundo* (1984) recolhe os textos, "crônicas", publicados por Clarice Lispector no *Jornal do Brasil* entre 19 de agosto de 1967 e 29 de dezembro de 1973. Alguns deles já tinham sido publicados na seção "Fundo de gaveta" do livro *A legião estrangeira*. Esses textos, embora tenham sido catalogados como crônicas, se mantêm num gênero incerto, menor, "mal acabado": "Vamos falar a verdade: isto aqui não é crônica coisa nenhuma. Isto apenas é." Clarice Lispector. *A descoberta do mundo*, 1992, p. 542.

[12] Cf. entre outros, *A linguagem e a morte*, de 1982 (edição brasileira, Belo Horizonte: Ed. UFMG, 2006); *O sacramento da linguagem*, de 2008 (edição brasileira, Belo Horizonte: Editora UFMG, 2011).

LUCIANA DI LEONE

onde o seu conteúdo representativo está colocado em xeque. Como nos sinais de pontuação: "— — — — — estou procurando, estou procurando. Estou tentando entender",[13] diz GH no começo da sua fala, com a qual tentará narrar, justamente, o incontável, essa experiência tão pobre quanto incisiva do outro sem mediações da razão subjetiva. E onde o não saber é uma tomada de posição ética de reconhecimento da pobreza que dá lugar à ação.

O entendimento é um exercício de busca, de procura permanente, que se mantém em estado de processo — se suspende na sua condição provisória marcada pelos travessões e o uso dos gerúndios, do "presente contínuo": "estou procurando", "estou tentando". Exercício de movimento, sem começos (apenas cinco rasuras no começo do livro, como cinco golfadas de ar, cinco compassos de suspensão do pensamento cartesiano, cinco marcas de negação dos começos de romance de formação, das retrospectivas tradicionais), sem chegadas (o sujeito se estende além de se mesmo, "eu sou ao longe"), sem fechamento, nem conclusão. Nesse sentido, GH não carrega no final do livro um saber capitalizável, nem uma herança, que caracteriza ao narrador do romance burguês e ao seu leitor.

Se a narração não abre, nem fecha, talvez não haja narração. Não haver um outro mundo, separado do nosso, no qual entrar e mergulhar, como nos romances tradicionais. Ao contrário, a *paixão* de GH não é a representação de sua história individual de (de)formação, embora isso não deixe de se fazer presente; o texto funciona como *pharmacon*, já que nesse *racconto* o foco não está na evocação mas no trabalho, na tentativa de contar a experiência porque ela é insuportável, e precisa ser expiada. Isto nos coloca, mesmo que possa ser um tabu para a crítica literária, mais no terreno da literatura terapêutica do que da literatura ficcional, moderna, autônoma. Uma terapêutica que, na mesma época, era encenada pelos incompreensíveis trabalhos de Lygia Clark, no âmbito das "artes plásticas".[14]

Estarmos na esteira da terapêutica, no entanto, pode nos fazer voltar para o âmbito da narrativa, que tínhamos afastado. Só que um retorno não à dimensão ficcional ou procedimental, não à questão formal. Mas a reavaliarmos a narrativa como uma terapêutica, como algo imiscuído na vida. Lembremos que Benjamin, em um pequeno texto do seu livro feito de fundos de gaveta, *Imagens do pensamento*, pergunta-se se, levando em conta que a cura por meio da narrativa é conhecida tanto pelas fórmulas mágicas de Merseburg quanto pelos relatos dos pacientes aos médicos como instância inicial do processo de cura, "a narração não formaria o

---

[13] Clarice Lispector. *A paixão segundo GH*, 1979, p. 7.

[14] Em 1964, mesmo ano de *A paixão segundo GH* e "Fundo de gaveta", Lygia Clark apresenta a proposição "Caminhando", evento indefinível como obra ou performance, que ela chamará de "proposição", onde o participante faz a experiência de cortar uma fita de Moebius de papel. Declara em 1973, para o filme *O mundo de Lygia Clark*: "através do caminhando perco autoria [...] me dissolvo no coletivo". A partir dali, Lygia Clark se concentrará na pesquisa do sensorial, em experiências grupais, como a proposição "Baba antropofágica" (1973), principalmente nos curso que ministrava na universidade da Sorbonne, que ela chamava de "arte terapia", e que Suely Rolnik chamará de "híbrido arte-clínica". Cf. "Lygia Clark e o híbrido arte/clínica", *Percurso — Revista de Psicanálise*, ano VIII, n. 16, pp. 43-8, 1º semestre, 1996.

clima propício e a condição mais favorável de muitas curas, e mesmo se não seriam todas as doenças curáveis se apenas se deixassem flutuar para bem longe — até a foz — na correnteza da narração"?[15] Não se trata então de narrar alguma coisa, o que se torna terapêutico é, em primeiro lugar, o gesto de narrar. De enviar para alguém, singular e anônimo, a experiência não mais comunicável:

> Estou tentando entender. Tentando dar a alguém o que vivi e não sei a quem, mas não quero ficar com o que vivi. Não sei o que fazer do que vivi, tenho medo dessa desorganização profunda.[16]

Rasura-se a distância narrador coisa narrada, assim como se rasura a separação vida/literatura. Rasura-se o alicerce tradicional do saber, a distância entre sujeito e objeto. A escrita não nos permite "conhecer melhor um objeto" — mas manter ativo o motor: "escrever só se sabe escrevendo", como um ato que torna inseparáveis saber e desejo, conteúdo e processo.

A questão do pensamento é central, então, para Clarice, mas não como um pensamento "sobre" algo, ou como um raciocínio lógico que procura uma solução, um fim ou um destino: é um pensamento que se encena enquanto processo. "É sabido que o dizer não é apenas a expressão do pensamento, mas também a sua realização. Do mesmo modo, o caminhar não é apenas a expressão do desejo de alcançar uma meta, mas também sua realização", diz Walter Benjamin.[17]

Então, se o pensamento cartesiano e ocidental se caracteriza pela vontade de chegar através de um método a uma conclusão, o pensamento que podemos ver nesta literatura é de outra ordem: processual, performático e ritual. Como uma brincadeira. Daí a necessidade não tanto de negar-lhe à literatura a capacidade de pensamento, mas a de repensá-lo instando-o a e instalando-o em uma tensão: pensar que não penso de forma efetiva, entender que não entendo, brincar com o pensamento, procurá-lo, ir atrás dele, mas também estar, isto é, aquém ou além, "atrás do pensamento", como dizia o ambivalente título provisório do que depois seria *Água viva*, 1973). Pegar o pensamento.

Podemos ler na primeira das crônicas publicadas no *Jornal do Brasil*, escrita no dia 19 de agosto de 1967, "Brincar de pensar":

> A arte de pensar sem riscos. Não fossem os caminhos de emoção a que leva o pensamento, pensar já teria sido catalogado como um dos modos de se divertir. Não se convidam amigos para o jogo por causa da cerimônia que se tem em pensar. O melhor modo é convidar apenas para uma visita, e, como quem não quer nada, pensa-se junto, no disfarçado das palavras.
> Isso, enquanto jogo leve. Pois para pensar fundo — que é o grau máximo do *hobby* — é preciso estar sozinho. Porque entregar-se a pensar é uma grande emoção, e só se tem coragem de pensar frente de *outrem* quando a confiança é grande a ponto de não haver constrangimento em usar, se necessário, a palavra *outrem*. [...] Às vezes começa-se a brincar de pensar, e eis que inesperadamente o brinquedo é que começa a jogar conosco. Não é bom. É apenas frutífero.[18]

---

[15] Walter Benjamin. *Imagens do pensamento*, 1987, p. 269.
[16] Clarice Lispector. *A paixão segundo GH*, 1979, p. 7.
[17] Walter Benjamin. *Imagens do pensamento*, 1987, p. 268.
[18] Clarice Lispector. *A descoberta do mundo*, 1992, pp. 15-6.

LUCIANA DI LEONE

Associar pensamento e brincadeira para a poesia não deve nos levar por um caminho de retorno à reflexão sobre a evasão. O lúdico desse *pensamento-brinquedo* não é da ordem da compensação, a inação ou a improdutividade ("só nós trabalhamos em casa mas ninguém sabe", diz Clarice na mesma crônica, quase como se estivesse em um conto de Silvina Ocampo),[19] muito pelo contrário, pensar é arriscado. Como percorre Alexandre Nodari no texto "O pensamento do fim", tradicionalmente "a insistência na inutilidade da literatura não desafia a esfera da produção, mas a sustenta, abandonando-a".[20] Ou seja, dizer que a literatura não pensa, ou não produz, ou não serve para nada, aprofunda a separação e a cisão entre uma esfera produtiva e uma improdutiva, evidentemente hierarquizada.

Os pensamentos da poesia, encenados na literatura de Clarice Lispector através do seu "tentar entender", seu estar "atrás do pensamento", ou o "brincar de pensar", seriam não da ordem da evasão, mas da "crítica da separação", atitude ética que abdica da soberania da razão controlada mas também do seu total oposto: a despesa entendida como um envio de mão única. Lembremos que, como diz Bataille, o próprio princípio da despesa, que marcaria a poesia, está situado nos termos da atividade econômica que é sempre central. Equivocamente, "o prazer, quer se trate de arte, de desregramento admitido ou de jogo, é definitivamente reduzido, *nas representações intelectuais que estão em curso*, a uma concessão, ou seja, a um descanso cujo papel seria subsidiário".[21] Isto reduz a arte a uma mera concessão à inutilidade, quando na verdade ela é um processo de despesa no qual inevitavelmente se desenvolve ao mesmo tempo "um processo de aquisição",[22] que coloca em xeque as divisões modernas, que se baseiam na gratuidade da arte: "Ora, um fio de cabelo não tem metades, a menos que sejam feitas".[23]

PENSAMENTOZINHOS

A arte pode ser pensada como um fio de cabelo, que resiste às divisões entre o útil e o inútil, o intercambiável e a despesa, entre o racional e o irracional, o infantil e o adulto, entre pensar ou não pensar. A arte resiste, apesar de todas as suas canonizações, ao engrandecimento e ao apequenamento.

Em 1967, Clarice Lispector publica *O mistério do coelho pensante*, primeiro dos seus livros explicitamente catalogado como infantil. Porém, fora o acompanhamento por desenhos, uma dicção fácil e um tom menos sombrio, não é possível ver grandes diferenças narrativas entre esses livros e seus contos para "adultos": também habitados por animais, também concentrados na questão do bem, do mal, da morte... Em *A vida íntima de Laura* (1974), por exemplo, parece haver uma procura da interseção

---

[19] Cf. Silvina Ocampo. "La raza inextinguible".
[20] Alexandre Nodari. "O pensamento do fim", 2007, p. 53.
[21] Georges Bataille. *A parte maldita, precedida de A noção de despesa*, 1975, p. 38.
[22] Ibid., p. 33.
[23] Clarice Lispector, apud Raúl Antelo, "Prólogo", 2007, p.17.

ELA TEM SEUS PENSAMENTOZINHOS, REPENSANDO O PENSAMENTO DA POESIA

entre humanidade e inumanidade similar à encenada em *A paixão segundo GH*, embora em um tom mais debochado. Laura é uma galinha, e a sua intimidade ("o que se passa na casa da gente. São coisas que não se dizem a qualquer pessoa. Pois eu vou contar") é — como a de GH — localizável apenas na sua ex-timidade. A intimidade não pode ser contada, mas será "contada" pela própria exposição da personagem. A vida íntima de Laura será, então, tanto a sua dedicação a comer bichinhos e bicar o chão, quanto a sua performance de estar grávida de um ovo, o seu encontro com um extraterrestre, quando o seu medo de virar galinha ao molho pardo. Então, se os narradores não visam repor uma história, mas fazer, e se o pensamento também é um tipo de fazer, é possível pensar que os pensamentos das personagens também se encenem como um gesto performático, e não conteudístico. Tal como o texto de Clarice (que é o nome da narradora, mesmo que separar escritor de narrador não parece continuar sendo produtivo), a personagem Laura pensa fazendo, em um fazer-pensar menor:

> Laura é bastante burra. Tem gente que acha ela burríssima, mas isto é exagero: quem conhece bem Laura é que sabe que Laura tem seus pensamentozinhos e sentimentozinhos. Não muitos, mas que tem, tem.// Só porque sabe que não é completamente burra ela fica toda prosa e boba. Ela pensa que pensa. Mas em geral não pensa em coisíssima alguma.[24]

Laura e Clarice se instalam no hiato entre ser e sentido, em um lugar medíocre. Na esteira das personagens medíocres ou qual-se-quer, de Robert Walser, ou como um Bartleby ou os Bouvard e Pécuchet, a mediocridade da galinha Laura e a mediocridade da narradora que diz que não vai contar conta e sempre muda de assunto estão liberadas da, como diria Raúl Antelo, "mediocridade referencial"[25] que precisa das separações claras para garantir seu funcionamento. Nesse "pensa, mas não pensa" enunciado nas primeiras páginas de *A vida íntima de Laura* (mas também por GH, ou pela narradora de *Água Viva*), aparentemente contraditório, instala-se o repensar o pensamento, muitas vezes pela via das emoções ou mais diretamente pela via do corpo. Como já acontecia em *O mistério do coelho pensante*:

> [Aquele coelho] pensava essas algumas ideias com o nariz dele. O jeito de pensar as ideias dele era mexendo bem depressa o nariz. Tanto franzia e desfranzia o nariz que o nariz vivia cor-de-rosa. Quem olhasse podia achar que pensava sem parar. Não é verdade. Só o nariz dele é que era rápido, a cabeça não. E para conseguir *cheirar* uma só ideia, precisava franzir quinze mil vezes o nariz.[26]

Essa mesma simultaneidade entre pensamento e movimento corporal está na simultaneidade que observávamos entre escrever e pensar: sabe-se da escrita apenas escrevendo, sabe-se da linguagem, utilizando-a, sabe-se do mundo vivendo-o. Só é capaz de narrar uma literatura que já pensou sobre o que narra, a poesia que pensa — em presente — não.

---

[24] Clarice Lispector. *A vida íntima de Laura*, 1983, p. 4.
[25] Raúl Antelo. "Prólogo", 2007, p. 12.
[26] Id.. *O mistério do coelho pensante*, p. 9.

LUCIANA DI LEONE

PENSAR É O OUTRO

Se pensar em Clarice é, então fazer, a crítica da separação, a questão da alteridade se torna fundamental. Retomemos o texto "Brincar de pensar". Líamos ali: "Entregar-se a pensar é uma grande emoção, e só se tem coragem de pensar frente de *outrem* quando a confiança é grande a ponto de não haver constrangimento em usar, se necessário, a palavra *outrem*".[27] A brincadeira, esse jogo, é portanto da ordem da vertigem (a *ilinx* mencionada por Roger Caillois na sua classificação dos jogos), uma vertigem dada pelo risco da própria dissolução subjetiva: "A alegria de perder-se é uma alegria de sabá. Perder-se é um achar-se perigoso".[28]

O exercício do pensamento, em lugar de devolver o sujeito a um centro, o submete a uma força centrífuga, o dilui e dilacera, tornando-o *outrem* para si mesmo. O pensar, que em *A paixão segundo GH* se chamará de "meditar", ou em *Um sopro de vida* de um "pré-pensamento", requer não a companhia, nem a solidão em sentido literal, mas a suspensão da separação entre o eu e o outro, entre sujeito e objeto, entre dentro e fora. GH, que tinha declarado no começo a necessidade de "dar a alguém" o que viveu, vai transitar quase todo o romance de "mãos dadas" com essa segunda pessoa, a quem se endereça, e que pontua ritmicamente o texto todo. O processo do pensamento só se dá, então, como um exercício de contato com a alteridade, inclusive de forma disfarçada no galope da conversa ou da narração: "como quem não quer nada, pensa-se junto, no disfarçado das palavras".

Nesse sentido, a insistência no menor do pensamento não é apenas um modo ético de encarar o próprio pensamento como inacabado, mas nos coloca na necessidade de conceber o próprio pensamento, o próprio eu, como impróprio, como ressonância de um outrem. O próprio sujeito se coloca em suspenso, entre aspas ou entre parêntesis, se coloca rasurado entre travessões, para se deixar atravessar pelo outro. Uma suspensão que não anula a diferença, mas se afasta de uma relação racional. Suspender o pensamento como fundamento do sujeito é abri-lo ao contato.

Porém, a expressão "suspender o pensamento" é quase um pleonasmo, uma tautologia. Já na etimologia de "pensar", do latim "pensare" um verbo intensivo do verbo "pendere" que se traduz ao português por "pendurar" ou "pesar" como se comparam os pesos de uma balança (do qual se deriva claramente a ideia de "re-com-pensar"). A raiz indo-europeia *spen refere-se às ideias de "esticar" ou "fiar". Inclusive se acompanharmos etimologia de cogitar, do grego, também teremos uma referência menos autônoma e especificamente racional, e mais vinculada ao movimento: agitar.[29] As palavras que se associaram ao verbo latino posteriormente foram abandonando essa referência ao "estar em suspenso" e se associando com a atividade racional.

Como explica Agamben em "O fim do pensamento":

[27] Id. *A descoberta do mundo*, 1992, p. 15.
[28] Id. *A paixão segundo GH*, 1979, p. 98.
[29] Cf. Jaime Carbonell Parra. "Antecedentes del cogito cartesiano", 1998.

ELA TEM SEUS PENSAMENTOZINHOS. REPENSANDO O PENSAMENTO DA POESIA

Em nossa língua, a palavra pensamento tem por origem o significado de angústia, de ímpeto ansioso [...]. O verbo latino *pendere*, de onde deriva a palavra nas línguas romanas, significa *estar suspenso*. Agostinho utiliza-o neste sentido para caracterizar o processo do conhecimento: "O desejo que há na procura procede de quem busca e, de alguma maneira, permanece suspenso (*pendet quodammodo*), até repousar na união com o objeto enfim encontrado". Que coisa está suspensa? Que coisa pende no pensamento? Pensar, na linguagem, não podemos, porque a linguagem é e não é a nossa voz. Eis uma pendência, uma questão não resolvida na linguagem: será nossa a voz, como o zurro a voz do burro e o trilo a voz do grilo? Por isto, ao falar, somos constrangidos a pensar e manter suspensas as palavras. O pensamento é a pendência da voz na linguagem.[30]

Ficar pendurado em um abismo é a vertigem da linguagem, e de um pensamento arriscado na linguagem, tal como é vivida pelos "narradores" de Clarice Lispector, por Clarice Lispector. Mas que também, como dizemos, pode se ler nos modos de fazer filosofia que tentaram fugir das prerrogativas cartesianas de eliminação das dúvidas, e procura metódica das certezas, para retomar o vínculo entre poesia e filosofia que desenhávamos no começo.

Como Agamben, numa linha que passa por Spinoza e por Nietzsche, só para citar alguns, Jean-Luc Nancy abre a possibilidade de pensar a filosofia como uma escuta. No pequeno livro *À l'écoute*, Jean-Luc Nancy fazendo uso dos devaneios da língua francesa, na qual o verbo *entendre* vai se perguntar qual seria a tarefa do filósofo. Tradicionalmente, ela é entendida como a de pensar, refletir, raciocinar. Para isso, além de parecer necessária uma saída das atividades utilitárias, um certo isolamento, é o cérebro que concentraria todas as energias do corpo (por exemplo, na famosa escultura de Rodin, "O pensador", 1904, todos os músculos deixam ver uma tensão em direção à cabeça: cada fibra em função da cabeça soberana). Mas, na contramão desse lugar comum, Nancy se suspende na cama elástica da linguagem perguntando:

O filósofo não seria aquele que entende sempre (e que entende tudo) mas que não pode escutar ou, de modo mais preciso, que nele neutraliza (suspende) a escuta para poder filosofar? Não — responde Nancy —, entretanto, sem se encontrar liberado, desde o princípio, da tênue indecisão cortante que chirria, que bate ou que grita entre "escuta" e "entendimento", entre duas audições, entre duas intensidade do *mesmo* [...] ou, ainda, entre um sentido (que escutamos) e uma verdade (que entendemos), ainda que seja possível, no limite, dispensar o outro.[31]

Pensar e escutar, escutar e entender, vinculam-se — sonoramente — e se tornam inseparáveis. Na concepção que Nancy tenta questionar, se desenhava uma ideia de pensamento e de filosofia como atividade exclusiva, fechada à percepção, aos sentidos, ao toque, ou seja uma atividade anestesiada, sem *aisthesis*. Mas filosofar, diz Nancy, mantém a escuta em claro, o corpo aberto para ser invadido no meio da noite, e para que funcione como caixa de ressonância. O eco de palavras diz como em um *continuum*: entender-escutar-suspender-pender-pensar, desafiando as

[30] Giorgio Agamben. "O fim do pensamento", 2004, p. 159.
[31] Jean-Luc Nancy. *A la escucha*, 2007, p. 11.

divisões clássicas do método cartesiano e do juízo kantiano. O "sentido sensível" e o "sentido sensato" deixam de ser opostos numa filosofia timpanizada (isto é, crítica ao limite do insuportável e auditiva), como queria Jacques Derrida em *Margens da filosofia*, mas também deixam de ser apreensíveis na sua totalidade, como aponta Nancy: "escutar é estar inclinado (pender, acrescentemos) para um sentido possível e, por conseguinte, não imediatamente acessível".[32]

Nessa atitude ética, se todo soar é um ressoar, se todo sentir é um ressentir, certamente podemos dizer que todo pensar é um repensar, recolocar(se) em suspenso, entre aspas, como se todo o mundo não passasse de uma grande citação, porque não pode ser representado. A literalidade da citação é, no seu enfrentamento com a experiência da alteridade, uma fazer filosófico e poético de questionamento da própria identidade. A filosofia de Clarice Lispector e a poesia de Jean-Luc Nancy caminham nesse sentido. E à solicitação do grande pensamento para ser interpretado, respondem com a literalidade dos pensamentozinhos para serem escutados.

REFERÊNCIAS BIBLIOGRÁFICAS

ADORNO, Theodor W. "Posição do narrador no romance contemporâneo". In: *Notas de literatura I*. São Paulo: Duas Cidades/ Ed. 34, 2003.

AGAMBEN, Giorgio. *Idea de la prosa*, trad. Laura Silvani. Madri: Editora Nacional, 2002 [1985].

____. "O fim do pensamento", trad. Alberto Pucheu. *Revista Terceira Margem*, n. 11, 2004.

ANTELO, Raúl. "Prólogo". In: *La araña*, trad. Haydeé Joffrè Barroso. Buenos Aires: Corregidor, 2007.

BATAILLE, Georges. *A parte maldita, precedida de A noção de despesa*, trad. Júlio Castañón Guimarães. Rio de Janeiro: Imago, 1975.

BENJAMIN, Walter. "Imagens do pensamento". In: *Obras escolhidas II. Rua de mão única*, trad. Rubens Rodrigues Torres Filho e José Carlos Martins Barbosa. São Paulo: Brasiliense, 1987.

CARBONELL PARRA, Jaime. "Antecedentes del cogito cartesiano", *Revista de Ciencias Humanas*, n. 18, Universidade Tecnológica de Pereira, Colômbia, 1998.

DELEUZE, Gilles; GUATTARI, Felix. *Mil mesetas. Capitalismo y esquizofrenia*, trad. José Vazquez Pérez. Valencia: Pre-textos, 2002.

DERRIDA, Jacques. "Tímpano". *Márgenes de la filosofia*, trad. Carmen González Marín. Madri: Cátedra, 1994.

____. "Estrutura, signo e jogo no discurso das ciências humanas". In: DONATO, Eugenio; MACKSEY, Richard (orgs.). *A controvérsia estruturalista*. São Paulo: Cultrix, 1976.

FOUCAULT, Michel. *Las palabras y las cosas. Una arqueología de las ciencias humanas*. Buenos Aires: Siglo XXI, 2005.

JAKOBSON, Roman. *Linguística e comunicação*, trad. Izidoro Blikstein; José Paulo Paes. São Paulo: Cultrix, 1971.

LISPECTOR, Clarice. *A vida íntima de Laura* [1974]. Rio de Janeiro: Nova Fronteira, 1983.

____. *Para não esquecer: crônicas*. São Paulo: Ática, 1984.

____. *O mistério do coelho pensante* [1978]. Rio de Janeiro: Rocco, 1999.

____. *A descoberta do mundo*. Rio de Janeiro: Francisco Alves, 1992.

____. *A paixão segundo GH* [1964]. Rio de Janeiro: Nova Fronteira, 1979.

NANCY, Jean-Luc. *A la escucha*, trad. Horacio Pons. Buenos Aires: Amorrortu, 2007.

NODARI, Alexandre. "O pensamento do fim". In: SELDMAYER, Sabrina; GUIMARÃES, César; OTTE, Georg (orgs.). *O comum e a experiência da linguagem*. Belo Horizonte, UFMG, 2007.

OCAMPO, Silvina. "La raza inextinguible", *Cuentos completos I*, Buenos Aires: EMECE, 2000.

---

[32] Jacques Derrida. "Tímpano". *Márgenes de la filosofia*. Madri: Cátedra, 1994, p. 16.

ALTERIDADES NA POESIA BRASILEIRA CONTEMPORÂNEA. ENTRE O OUTRO, O SER E O AGIR

Susana Scramim

A poesia brasileira moderna e contemporânea assume como seu lugar de existência um estado intermediário, uma passagem entre a linguagem e a voz, entre o humano e o não-humano, entre o histórico e o mítico. E é nesse lugar que essa poesia opera processos de antropomorfização ou animação das coisas, constituindo-se, desse modo, o lugar da experiência poética. Com base na observação desse princípio, que chamarei aqui de modo de operar por ambivalências, pude perceber que muitos poemas brasileiros foram escritos motivados por perguntas que demandam tanto uma compreensão sobre a noção do nome, ou seja, "do quem fala?", quanto por questões que demandam a noção do que não tem nome, o outro, ou seja, "o que é?", ou por aquelas que demandam a passagem do ser ao agir.

Retomo rapidamente a formulação de Walter Benjamin sobre a imagem dialética e seu poder de produzir o novo a partir do antigo. Para o filósofo alemão, a imagem dialética viria a reluzir no uso da língua, portanto, no uso histórico da coisa e, desse modo, no uso destruído do sentido, conceito com o qual sujeito e objeto, humano e não-humano se encontram e operam trânsitos. Em "Paris, capital do século XX" e também no fragmento n. 2a, 3, do trabalho *Passagens*, observa-se dois modos suplementares de refletir sobre essas passagens entre homem e natureza, entre a contemplação e a ação. No primeiro lê-se:

> Mas é exatamente o moderno que sempre cita a história primeva. Isso ocorre aí através da ambiguidade inerente às relações e aos eventos sociais da época. A ambiguidade é a imagem visível e aparente da dialética, a lei da dialética em estado de paralisação [...]. Tal imagem é presentificada pela mercadoria enquanto fetiche puro e simples. Tal imagem é presentificada pelas passagens e galerias, que são tanto casa quanto rua. Tal imagem é presentificada pela prostituta, que, em hipostática união, *é* vendedora *e* mercadoria.[1]

No segundo fragmento, o lugar no qual a passagem é operada está designado como:

> Não é que o passando lança sua luz sobre o presente ou que o presente lança sua luz sobre o passado; mas a imagem é aquilo em que o ocorrido encontra o agora num lampejo, formando uma constelação. Em ouras palavras: a imagem é a dialética na imobilidade. Pois, enquanto a relação do presente com o passado é puramente temporal e contínua, a relação do ocorrido

---

[1] Flávio Kothe faz algumas opções bastante interessantes na tradução que realiza desse ensaio de Benjamin, revelando sua acuidade como tradutor e leitor do texto filosófico daquele autor. Kothe grafa em itálicos a conjunção aditiva "e", dando destaque ao caráter ambivalente de toda imagem dialética, questão fundamental para a compreensão desse conceito benjaminiano. Em minha transcrição do referido fragmento do ensaio, sublinhei o destaque de Kothe. Cf. em "Paris, capital do século XX", em *Walter Benjamin*, São Paulo: Ática, 1991, pp. 39- 40. Coleção Sociologia.

com o agora é dialética — não é uma progressão, e sim uma imagem, que salta. — Somente as imagens dialéticas são imagens autênticas (isto é: não arcaicas), e o lugar onde as encontramos é a linguagem. "Despertar".[2]

Note-se que no fragmento registrado no trabalho das Passagens o lugar no qual acontece a relação do ocorrido com o agora, o lugar de ação do presente — sua ação está marcada pelo saltar — é a linguagem ou, ainda segundo Benjamin, "a imagem lida" que envolve a ideia do "despertar". No entanto, esse despertar não é em relação ao uso correto ou mais adequado, ou a um conhecimento preciso ou exato de algo, ou ao caráter justo do dizer alguma coisa, o despertar é justamente para a noção de constelação que envolve a ambivalência do momento do conhecimento que não é o do isto ou aquilo, mas antes o momento do sim e o momento do não.

Roland Barthes, na aula inaugural da cátedra de Semiologia Literária, assumida por ele, no Collège de France, em 1977, afirmaria que o grande fascismo reside em um princípio ativo na língua, "pois o fascismo não é impedir de dizer, é obrigar a dizer".[3] É interessante observar aqui que tanto Barthes como Benjamin situam na língua as duas potências da linguagem: a de designar as "coisas" e o inelutável ato de assombrar-se e não se resignar diante de um "estado de coisas". Walter Benjamin, sobre a imagem dialética, iria afirmar que ela reluz no uso da língua e que distinguir as imagens autênticas era uma questão de uso histórico da coisa.[4] Barthes, sobre as potências de dizer, iria afirmar que a designação é um princípio ativo da língua. Em ambos teóricos está presente a constatação da ambivalência, ou seja, para ambos a designação não está dada pela natureza das coisas, e sim por seu uso histórico. O que Giorgio Agamben retomará, na década de 1980, sob a imagem do monstruoso compromisso ou cruzamento entre destino e memória operado pela poesia e pela filosofia.

> Este monstruoso compromisso entre destino e memória, no qual aquilo que só pode ser objeto de recordação (o retorno do idêntico) é vivido todas as vezes como um destino, é a imagem distorcida da verdade, que o nosso tempo não consegue dominar.[5]

Tal posição frente ao conhecer e, por extensão, diante do ser e do agir na escrita literária diz respeito à ambivalência entre as demandas do mundo (o político e o mítico) e a formalização ou deformações do gênero (os ritos), mas também está relacionada à passagem incessante entre o sagrado e a literatura, entre o sagrado e a escrita literária. Nos poemas-livro *O cão sem plumas* e *O Rio*, escritos por João Cabral de Melo Neto entre os anos de 1949 e 1953, o procedimento de situar-se entre a paisagem e o discurso se desdobra em ambos os poemas. O sujeito da enunciação em *O cão sem plumas* é um compositor de paisagens que encontra na experiência de um cão um ponto de fuga para pensar-se como experiência de um compositor de paisagem, ou seja, sua

---

[2] Walter Benjamin. *Passagens*, trad. Irene Aron. Belo Horizonte: Editora da UFMG/ São Paulo: Imprensa Oficial do Estado de São Paulo, 2007, p. 504.
[3] Roland Barthes. *Aula*, trad. e posf. Leyla Perrone-Moisés. São Paulo: Cultrix, 1996, p. 14.
[4] Walter Benjamin, 1991, p. 39.
[5] Giorgio Agamben. "Ideia da verdade". In: *Ideia da prosa*. Lisboa: Cotovia, 1999, p 48.

própria experiência com a linguagem. No poema *O Rio* o sujeito da enunciação se trasveste da experiência geomórfica e, portanto, não humana, na qual o rio é que tem a prerrogativa da enunciação, ambas experiências são por definição mudas, sem fala, porque tanto o cão como o rio não são humanos e, desse modo, encontram-se distantes da experiência da linguagem. É através da máscara da figura inanimada, a do rio, que o poema institui o sujeito da enunciação, desse modo, a voz do poema advém de algo que não é humano porque não tem linguagem, só tem voz, pois é um ser vivente. Não há o princípio da contradição, uma vez que o gênero prosopopeia permite que se conceda a linguagem a um ser vivente, mesmo que o resultado da organização discursiva seja o da voz e não o do *logos*. Num processo analógico semelhante a um *mise en abyme* metafórico, no poema *O cão sem plumas*, o rio vai percorrendo o texto e mostrando os acontecimentos de sua vida, esse andamento é operado pelo sulcar de seu trilho, para o correr da prosa de sua história e, simultaneamente, os versos vão correndo entre as estrofes e as estrofes vão preenchendo e também sulcando o papel, produzindo com isso trilhas nas páginas em branco da folha do livro. Se por um lado o rio flui mansamente, por outro, o corte é feito também pela espada de líquido espesso, a tinta do artefato que sulca a página.

O CÃO SEM PLUMAS

[...]

§ Entre a paisagem
o rio fluía
como uma espada de líquido espesso
como um cão
humilde e espesso.

§ Entre a paisagem
(fluía)
de homens plantados na lama;
de casas de lama
plantadas em ilhas
coaguladas na lama;
paisagem de anfíbios
de lama e lama.

§ Como o rio
aqueles homens
são como cães sem plumas
(um cão sem plumas
é mais
que um cão saqueado;
é mais
que um cão assassinado.[6]

---

[6] João Cabral de Melo Neto. *Obra completa*. Rio de Janeiro: Aguilar, 1994, p. 108.

De metáfora em metáfora, constrói-se uma imagem que abdica da unidade e harmonia da transposição de uma experiência conhecida e opta-se por uma experiência desconhecida. Durante esse processo de mutação do desconhecido para algo que quiçá se torne conhecido se opera um aproveitamento de resíduos que estão depositados ali nas margens desse rio que é também o verso na página. Não se trata de memória de experiências passadas tomadas como essência de uma metáfora obscura, mas antes de atos que transformam o resíduo da experiência numa experiência outra, oferecendo à lembrança sua historicidade, ou nos termos de Walter Benjamin, oferecendo ao passado sua autenticidade. No poema vemos que o rio fluía como um cão; entre a paisagem de homens, ele fluía; como o rio aqueles homens são como cães sem plumas; um cão sem plumas é mais que um cão saqueado; é mais que um cão assassinado. Não se pode negligenciar a imagem correlata desse cão sem plumas do poema de Cabral, que pode ser compreendido como deriva do cão andaluz, apelido que Federico García Lorca recebeu de Luis Buñuel e Salvador Dalí. O cão foi a imagem que os dois artistas espanhóis pensaram como a mais adequada ao caráter cru, primitivo, duro, sem plumas, real, da poesia de Lorca, muito afeito a uma poesia que frequentemente se recusava a aderir aos princípios vanguardistas surrealistas. Em 1929, quando da estreia do filme produzido por Buñuel e com cenografia de Dalí, Lorca se reconheceu imediatamente naquele título, *Un chien andalou*.

O cão é tomado no poema de Cabral como experiência do cru, de pouca mediação, experiência da planificação e horizontalização da rua, e, para retomar uma imagem de Baudelaire já emblemática, produz o andamento do poema em prosa em sua recusa à elevação vertical do perfume que sai do frasco e provocando, com isso, a recusa à elevação do verso pela estrofe, entretanto, constituidor de uma prosa bastante laborada, controlada até seus mais primitivos movimentos.

A imagem do touro é outro tipo de experiência crua com a linguagem reivindicada na poesia de Cabral. Da mesma maneira em que na imagem do cão há uma exploração da ideia do andamento em crescendo, quase a ponto de um frenesi incontrolável, isto é, do ritmo crescente da prosa, composta por movimentos que quase não se repetem, há novamente a exploração de outra imagem com a mesma finalidade, ou seja, a busca de uma relação vital e instantânea para a escrita. Há vários poemas na obra poética de Cabral nos quais a imagem do rio e do cão formam a imagem do incontrolável selvagem, essas imagens, tomadas com base na experiência de um fluxo vital, funcionam como detonadoras da reflexão entre a escrita do poema e o mundo.[7] Com a imagem desse outro animal, o touro, o círculo dessas correlações

---

[7] A imagem do rio, sem dúvida, é a mais recorrente nos poemas de Cabral. A presença do rio, ou ainda do rio Capibaribe é encontrada, além dos dois poemas que estamos tratando nesta análise, em diferentes poemas. Em uma breve busca, Jaíni Teixeira, que realiza uma pesquisa sobre a imagem do rio e as relações entre o cubismo e o surrealismo na obra de Cabral, encontrou quatorze poemas, em sete livros distintos do poeta, os quais em algum momento retomam a relação entre a escrita e a rio. São eles: em *Paisagens sem figuras* há os poemas: "Pregão turístico do Recife" (Melo Neto, 1994, p. 147), "Vale do Capibaribe" (ibid., pp. 152-3), "Volta a Pernambuco" (ibid., pp. 164-5), "Outro rio: Ebro" (ibid., pp. 165-6); em *Educação pela pedra*: "Na morte dos rios" (ibid., pp. 336-7) "Rio sem discurso" (ibid., pp. 350-1), "Os rios de um dia" (ibid., p. 352); em *Museu*

ganha um elemento a mais. Trata-se do animal touro, no entanto, não se trata de um touro qualquer, estamos diante a imagem de um *toro de lidia*, animal sacrificial, porque destinado à experiência com a morte e que, mais uma vez na poesia de Cabral, é justaposta à experiência do rio. No poema "El toro de lidia", publicado em *Museu de tudo*, se pode ler:

1
Um *toro de lidia* é como um rio
na cheia. Quando se abre a porta,
que a custo o comporta, e o touro
estoura na praça, traz o touro a cabeça
alta, de onda, aquela primeira onda
alta, da cheia, que é como o rio,
na cheia, traz a cabeça de água.
Tem então o touro o mesmo atropelar
cego da água; mesmo murro de montanha
dentro de sua água; a mesma pedra
dentro da água de sua montanha: como o rio,
na cheia, tem de pedra a cabeça de água.

2
Um *toro de lidia* é ainda um rio
na cheia. Quando no centro da praça,
que ele ocupa toda e invade, o touro
afinal pára*(sic)*, pode o toureiro navegá-lo
como água; e pode então mesmo fazê-lo
navegar, assim como, passada a cabeça
da cheia; a cheia pode ser navegada.
Tem então o touro os mesmos redemoinhos
da cheia; mas neles é possível embarcar,
até mesmo fazer com que ele embarque:
que é o que se diz do touro que o toureiro
leva e traz, faz ir e vir, como puxado.
                                        1962[8]

O poema se divide em duas partes, procedimento esse muito frequente na construção e disposição estrófica dos poemas de João Cabral de Melo Neto. Os poemas divididos em duas partes indicam uma função "pensadora" ou "silogística" para a segunda parte, que expõe as ambivalências, ou seja, que o sim e o não pertencem ambos a uma mesma realidade. Tal procedimento produz uma confluência que leva à constatação do absurdo de uma posição de ser absolutamente "contra". São vários os poemas de Cabral funcionam desse modo: "Psicanálise do açúcar", "Fábula de Rafael Alberti", "Não Nordeste", "O sim contra o sim", por exemplo.

de tudo: "As águas do Recife" (ibid., pp. 386-7), "El toro de lidia" (ibid., pp. 395-6); em *Escola das facas*: "O mercado a que os rios" (ibid., pp. 452-4), "Porto dos cavalos" (ibid., pp. 460-1); em *Agrestes*: "Murilo Mendes e os rios" (ibid., p. 552); em *Crime na Calle Relator*: "Aventura sem caça ou pesca" (ibid., pp. 596-8); em *Andando Sevilha*: "Touro andaluz" (ibid., p. 656).
[8] João Cabral de Melo Neto, 1994, pp. 395-6.

Na primeira parte do poema "El toro de lidia", o touro é incontrolável como um rio na cheia e nele estão todos os movimentos que indicam a experiência buscada da vida que se coloca à mercê da catástrofe, da destruição, mesmo que seja a da sua própria destruição. Com a imagem da catástrofe o pensamento se magnetiza nessas imagens da vida — e do humano que aqui se questiona — pensados como possibilidade de morrer, ampliando, de modo ambivalente, a potência de viver. É interessante ainda retomar aquilo que Alberto Pucheu considera em seu ensaio, "Sendo visto por um boi que vê os homens", publicado neste livro, ou seja, as alteridades entre humano e animal a partir da constatação de uma falta. Ao analisar o poema de Carlos Drummond de Andrade, "Um boi vê os homens", Pucheu destaca no corpo do poema que os homens estão caracterizados como seres que sofrem de privação. No poema de Drummond há um verso sobre a caracterização da humanidade do homem que poderia ser imediatamente confrontado com um verso do poema "El toro de lidia" (*Museu de tudo*, 1952) de Cabral. No poema "Um boi vê os homens" (*Claro enigma*, 1951) a caracterização da humanidade do homem se apresenta por uma falta de "montanha". Cito Drummond:

> Toda a expressão deles mora nos olhos — e perde-se
> a um simples baixar de cílios, a uma sombra.
> Nada nos pelos (*sic*), nos extremos de inconcebível fragilidade,
> e como neles há pouca montanha,
> e que secura e que reentrâncias e que
> impossibilidade de se organizarem em formas calmas,
>   permanentes e necessárias.[9]

No poema de Cabral a mesma imagem da montanha para caracterizar algo que falta ao humano é construída, porém, o ser caracterizado no poema de Cabral não é o homem, e sim o animal.

> Tem então o touro o mesmo atropelar
> cego da água; mesmo murro de montanha
> dentro de sua água; a mesma pedra
> dentro da água de sua montanha: como o rio,
> na cheia, tem de pedra a cabeça de água.[10]

O "murro de montanha dentro da água" aparece no poema como a experiência mais genuína da animalidade, ou seja, o incontrolável que não produz resultado imediato, o não racionalizável, aquilo que não é mensurável fora da ambiência da natureza.[11]

[9] Carlos Drummond de Andrade. *Poesia completa*. Rio de Janeiro: Aguilar, 2008, p. 252.
[10] João Cabral de Melo Neto, 1994, p. 396.
[11] Alberto Pucheu ainda confronta em seu ensaio o poema de Drummond ao conto de Guimarães Rosa, publicado, em 1946, em seu livro de estreia, *Sagarana*, "Conversa de bois", cinco anos antes, portanto, de *Claro enigma*, livro de 1951, em que se encontra o poema de Drummond, e traz à tona muitas afinidades do poema de Drummond com o respectivo conto. De minha parte acrescentaria uma informação relevante e que instiga ainda mais a correlação entre essas três importantes obras poéticas da modernidade brasileira, a de que Guimarães Rosa pedira certa vez a João Cabral de Melo Neto, que já vivia na Espanha, que pesquisasse e lhe comprasse uma obra espanhola e de referência, algo como uma enciclopédia, sobre bois. Tal informação foi coletada em

ALTERIDADES NA POESIA BRASILEIRA CONTEMPORÂNEA. ENTRE O OUTRO, O SER E O AGIR

Na segunda parte do poema de Cabral, o caudal do rio e a força cega do touro são matizados por versos que demonstram que ele e sua força cega de catástrofe podem ser controlados, entretanto, se interpõe, antes da aparição de qualquer imagem do controle, um "ainda", ou seja, em que pese aí uma contradição a tudo dito anteriormente, o "toro de lidia é ainda um rio/ na cheia". As contraentes que se impõem são elencadas por ordem de aparição no poema: o touro "ocupa" a praça e toma ciência dela, com isso ele para, se estanca, e o toureiro pode navegá-lo, porque a "cabeça da cheia" já passou. A estrutura do poema opera a modo de silogismo: uma primeira ideia, o que eu busco é a experiência do incontrolável, do incomensurável, do instante que é a experiência do irrepetível, contudo, a experiência que se cogita ou pelo menos que se pensa em sua possibilidade é a do controle. O resultado dessa exposição não é uma fusão entre essas duas experiências senão um diálogo entre elas, diálogo este limitado à parte um e dois e não propriamente a uma terceira parte em forma de síntese. Seria esse procedimento um gesto, o sinal da assinatura do poeta? Ou ainda, seria esse o seu estilo? Ou tratar-se-ia também de uma razão poética? Seria essa uma poética que funcionaria a modo de raciocínios lógicos? No entanto, não é desse modo pelo qual eu gostaria de me aproximar da experiência poética produzida pela poesia de João Cabral de Melo Neto. Isso porque a explicação por parte do poema de uma experiência que é única sempre, irrepetível, povoada de silêncios do inexplicável, poderia minimizar a presença desses bruscos poros que, de repente, se transformam em abismos. A experiência do poema de Cabral se alimenta dessa trágica expectativa do inesperado e o discurso lógico, racional, consequente, elimina essa possibilidade. Uma poesia que se alimenta da lição da experiência produzida tanto pela força da catástrofe da história brasileira enfrentada à história espanhola, ambas correlacionadas ao trágico contato com o animal sacrificial, contato esse no qual estão envolvidos igualmente o baile e o cante flamencos, e a experiência da paisagem natural nordestina com a morte — tal poesia não poderia operar por explicações. E uma nova pergunta se assoma, há a possibilidade de coabitação entre o trágico e o épico, o trágico e sua exposição? Ser e não ser trágico? Ser e não ser épico?

Certa vez, o poeta Rafael Santos Torroella, tradutor de Cabral e de Drummond de Andrade para o espanhol e para o catalão, em carta ao poeta pernambucano datada de 15 de fevereiro de 1959, respondendo-lhe ao envio do *Quaderna*, por parte do amigo, comenta-lhe alguns poemas do livro. Destaco aqui apenas o comentário de Torroella ao poema "Estudos para uma bailadora andaluza", para quem o poema de Cabral carregava "una seguridad demasiado resuelta" que "nada deja al silencio de lo inexpresable" nada deja "a esa trágica expectación que tienen el baile y el cante, incluso en sus momentos de furor dionisíaco, y que con los resquicios por donde pasa su fluir misterioso, es un tiempo espontáneo y fatal, nos abruma y sacude".[12] Torroella

uma carta de Guimarães Rosa a João Cabral de Melo Neto, consultada no arquivo de Cabral, depositado na Fundação Casa de Rui Barbosa.

[12] Carta escrita de Rafael Santos Torroella, Barcelona, 15 fev. 1959, Pasta Rafael S. Torroella, Arquivo João Cabra de Melo Neto, Fundação Casa de Rui Barbosa, Rio de Janeiro.

critica, de certo modo, o lento cerco, quase militar, que Cabral faz para aproximar-se da experiência do bailado, porém, conclui seus comentários dizendo a Cabral que não leve muito em consideração o que ele está apontando, "seguramente no debes hacerme mucho caso", pois, todos esses comentários eram fruto de uma leitura rápida e não tinham a reflexão do ensaio. Sigo o exemplo de Torrella, e desisto de cobrar do poema o "sim" contra o "não" para agora investir na confrontação do "sim" contra o "sim", portanto, gostaria de dar destaque ao diálogo, e não ao silogismo e, desse modo, passo a agora considerar as possibilidades de um poema dialogado.

A primitiva forma do poema no Ocidente são os ditirambos, cantos proferidos por um coro de homens vestidos com máscaras de bode em louvor a Dionísio. Tratava-se de um coro, portanto, uma enunciação produzida por uma coletividade de vozes. É certo que os ditirambos não eram dialogados, contudo, em algum momento da história da encenação desses cantos e com o objetivo de dinamizar o ritual surgiu a necessidade de incluir um personagem para dialogar com o coro. Partindo da forma que já estava constituída, isto é, o coro dos homens com máscaras de bode, Thespis institui um personagem, o próprio deus, Dionísio, com quem o coro dialogaria. Usando também uma máscara, a *prósopon* grega, que representava o deus Dionísio, institui-se uma voz individual, própria, num ritual bastante marcado pelo movimento impessoal. Os primeiros poemas trágicos do Ocidente foram pensados com o intuito de dar dinamismo, mediante o diálogo, aos cantos rituais, recriando as perguntas metafísicas sobre o destino do humano e situando-as no âmbito da pessoa. Há nesses cantos um trânsito e também uma tensão entre o que é do âmbito do pessoal, o ator, a persona, representando o deus, e aquilo que é do âmbito do impessoal, o coro, representado pelo coro com máscaras de animais. Retomando o que já havia sido apontando anteriormente nesta análise sobre o caráter ambivalente entre "voz" e "linguagem" na prosopopeia "O Rio" e também no poema "O cão sem plumas", de Cabral, cabe assinalar que tanto o conceito de *persona* latina e o de *prósopon* grego indicam uma voz que se manifesta através da máscara[13] na atuação teatral. Contudo, agora, eu gostaria de destacar um momento que me pareceu bastante emblemático dessa luta ambivalente entre voz e linguagem, entre animalidade e humanidade, na poesia de Cabral e cuja ressonância ecoa, diferida, em alguns momentos da poesia brasileira contemporânea.

O poema, "Escritos com o corpo", do livro *Serial* (1959-1961), escrito simultaneamente com o livro *Dois parlamentos* (1958-1960), e, portanto, poema inserido nessa série em diálogo dos poemas de Cabral, está dividido em quatro partes cada uma delas tratando, a modo de contraponto, de estabelecer uma experiência da escrita numa relação entre o corpo e a memória. No entanto, a formulação determi-

---

[13] O teólogo G. Greshake em seu tratado sobre as *personae* divinas no cristianismo aponta com sua análise filológica do conceito de pessoa para uma primordialidade do significado conceito do *prósopon* como "aquilo que aparece debaixo do olhar e que se pode ver", e não como equivalente de máscara segundo foi frequentemente sustentado. O mesmo valendo para o equivalente latino do *próposon*, ou seja, *persona*. Cf. *Der dreieine Gott*. Freiburg i.Br.: Herder, 1997, p. 81.

nante da relação com a escrita é dada pelo corpo e não pela memória. Isso acontece não somente pelo fato de o título do poema ser a afirmação de que o poema foi produzido com escritos advindos da experiência com o corpo, mas também porque desde os primeiros versos da primeira estrofe o poema apresenta uma concepção funcional, ou melhor, uma sintaxe da memória como apenas compreensível a partir do resíduo da experiência com o corpo, e nunca o contrário. No poema, a memória é referida com o pronome pessoal feminino na terceira pessoa e o corpo com o mesmo pronome no masculino. O contraponto entre um e outro — entre a memória e o corpo — se desdobra e vai da afirmação de que não há como apreender a memória fora de um corpo, até a formulação unificadora de que "o corpo a corpo" necessário é um corpo não dividido, em que a memória funciona como vestimenta e é poderosa. Partindo então da proposição de que a memória é vestimenta, afirma-se que as vestes são pintura no corpo e pintura viva, vibrante, mas não acesa, pois a vibração é como a textura da pele ou da tela e, dessa maneira, operando outra correlação analógica, associa o branco da página da escritura com o vibrar e não com o ascender da cor.

> [...]
> em que nela essa vibração,
> que era de longe imperceptida,
>
> pode abrir mão da cor acesa
> sem que um Mondrian não vibra,
> e vibrar com a textura em branco
> da pele, ou da tal, sadia.[14]

No final da terceira parte do poema, toda a aquela reivindicada unidade do corpo e memória, isto é, a experiência do corpo a corpo com a memória, aos poucos vai se desfazendo e a vestimenta vai se esgarçando e acaba numa nudez, num nada, numa não-possessão. Cabe ressaltar ainda que se trata de "nudez comum", novamente sem fronteiras entre corpo e memória, porém, mantidos os lugares de cada um, pois não há um abrir mão das forças e formas de cada uma delas.

> [...]
>
> Mas também a pele emprestada
> dura bem pouco enquanto véstia:
> com pouco, ela toda, também,
> já se esgarça, se desepessa,
>
> até acabar por nada ter
> nem de epiderme nem de seda:
> e tudo acabe confundido,
> nudez comum, sem mais fronteira.

[14] João Cabral de Melo Neto, 1994, p. 295.

IV

Está, hoje que não está,
numa memória mais de fora.
De fora: como se estivesse
num tipo externo de memória.

Numa memória para o corpo,
externa ao corpo, como bolsa:
que como bolsa, a certos gestos,
o corpo que a leva abalroa.

[...]

como o de uma coisa maciça
que ao mesmo tempo fosse oca,
que o corpo teve, onde já esteve,
e onde o ter e o estar igual fora.[15]

Arma-se com esse poema outra vez um jogo de perguntas e respostas, um diálogo, tal qual nas origens dos coros caprônicos ou cabrais, ou mais precisamente dos homens mascarados de bode. O poema põe-se a encenar outra vez o gesto trágico no qual a ambivalência entre o "que" da natureza do ritual e o "quem" do nome do sacrificado se recolocam, e ambos deixam de procurar pelo objeto último. Com esse último verso, "que o corpo teve, onde já esteve,/ e onde o ter e o estar igual fora", estão encerradas as possibilidades de mais perguntas. Entretanto, isso não detém as minhas perguntas: Será que esse fechamento contido no verso de Cabral tem o sentido de encerrar a possiblidade da poesia? Transformando-a em coisa explicada pelo não-explicável? Ou, ao repetir esse gesto, estaria o poema apresentando-o como impossibilidade da última coisa mesma? Esse novo sentido estaria dado porque os versos têm sentido ambivalente: o do "ter" relacionado ao "estar" e serem iguais (igual fora) e o do "ter" e o do "estar" ainda estarem igualmente fora, como se a memória e o corpo estivessem ambos fora da linguagem, inseridos numa nudez radical a qual George Bataille em seu *L'amitié de l'homme et de la bete* (1947), designaria como a imanência animal, sua imediaticidade e inconsciência, diferenciando-a da atitude humana a qual sempre é presidida por uma intenção de controle e domínio.

> A atitude humana é pelo menos bem clara: sempre está presidida por uma intenção de domínio. A consciência calma, na qual os objetos se distanciam como um painel e se tornam esquivas, exige de nós que não cedamos ao frenesi. Se cedemos, perdemos a possibilidade de atuar sobre as coisas. E já não somos mais que animais. Contudo, se atuamos, se refletimos dentro da consciência esclarecida essas séries de objetos cujas relações ordenam o mundo inteligível deixam em nós a vida suspensa. Desse modo, acumulamos, sem viver verdadeiramente, ou ao menos vivendo somente pela metade, as reservas úteis para a vida que não são o gasto dessas reservas. Assim a clorose, o tédio, a futilidade, a mentira e inclusive uma bestialidade afetada estariam dados na atitude humana essencial que subtrai o ser, tanto quanto se pode, do possível aberto diante dele. Razão pela qual o valor sempre participa humanamente do delito. Razão pela qual o remorso

[15] João Cabral de Melo Neto, 1994, pp. 296-7.

em *seus dois* sentidos é para o homem o que o ar é para o pássaro. Em tais condições, a moral nunca é uma regra e na verdade não pode ser nada mais que uma arte: do mesmo modo a arte não pode ser mais que uma moral e a mais exigente, se seu fim é abrir alguma possibilidade de excitação. Entretanto, sendo então a arte a mais pura exigência moral é também a mais enganosa: a possibilidade que abre, não a abre senão em "imagem", para a "reflexão" dos espectadores. [...] Daqui vêm os remorsos e o caráter cômico, apesar de tudo, de "Pégaso", que não é um cavalo *verdadeiro*, cujos arroubos não levam a nada. *Dadá* evidentemente representa o acordo desse remorso consigo mesmo, porém, *Dadá* foi Dadá? Ou não era mais que uma comédia? Seu extremo oposto não é mais acessível ao homem do que a nudez animal.[16]

Ressalte-se aqui que Georges Bataille está tratando de um mesmo problema e com a mesma imagem que poema "Escritos com o corpo" de Cabral, isto é, a relação entre o possuir com o perder, a da escrita com a oralidade, a da linguagem com a voz, a da memória com o corpo, valendo-se da imagem da nudez extrema. As definições, os conceitos, o conhecimento, a memória, são acessíveis ao homem senão como despojamento, como experiências residuais, portanto, corporais, não humanas, contudo, e de modo ambivalente, é com elas que se constrói a experiência do humano. Giorgio Agamben, derivando dessa formulação, mas ao mesmo tempo desdobrando dela um sentido bastante humanista, nos diz em *Nuditá*:

18. A nudez — e de fato o desnudamento — como cifra do conhecimento faz parte do vocabulário da filosofia e da mística. E não só no que diz respeito ao objeto do conhecimento supremo, que é o ser nu (*esse autem Deus esse nudum sine velamine est*), mas também quanto ao mesmo processo de conhecimento. [...] A imagem, enquanto esprime o ser nu, é um meio perfeito entre o objeto na mente e a coisa real e, como tal, não é um simples objeto lógico nem um real: é algo de vivo ("uma vida"), é o tremor da coisa em meio à sua cognicidade, é a vibração na qual se dá a conhecer. "As formas que existem na matéria", escreve um estudante de Eckhart, "incessantemente tremem [*continue tremant*], como em um estreito de mar em ebulição [*tamquam in eurippo, hoc est in ebullitione*] [...] E assim, disso não se pode conceber nada de certo nem de estável".
A nudez do corpo humano é a sua imagem, portanto, é o tremor que o torna conhecível, mas que resta, em si, indescritível. [...], a nudez não é o outro da coisa, é a coisa em si.[17]

---

[16] Georges Bataille. "L'amitié de l homme et de la bete" . In: *Ouevres complètes*, XI, articles 1, 1944-1949. Paris: Gallimard. 1988, pp. 170-1. As traduções no corpo do texto foram propostas pela autora. Segue trecho na língua original do texto: "L'attitude humaine est au mieux trés équivoque: toujours un souci de maîtrise da domine. La conscience calme, où les objets comme sur un écran se détachent, devenus insaisissables, exige de nous que nous ne cédions pas à la frénésie. Si nous cédons, nous manquons la possibilité d agir sur les choses. Et nous sommes plus que des animaaux. Mais si nous agissons, si nous réfléchissons dans la conscience devenue claire, ces suites d objets dont les rapports ordonnent le monde intelligible, nous laissons en nous la vie suspendue. Alors nous accumulons, sans vraiment vivre, ou du moins ne vivant qu à moitié, les réserves utiles à la vie, qui n est que la dépense des ses réserves. Ainsi la chlorose, l ennui, la futilité, le mensonge et même une bestialité affectée sont-ils donnés dans l attitude humaine essentiel, qui dérobe l être autant qu il se peut, au possible ouvert devant lui. C'est pourquoi la valeur, humainement, participe toujours du délit. C est pourquoi le remords en dans les deux sens, est à l homme ce que l air est à oiseau. Dans ces conditions, la morale n est jamais une régle et ne peut être en vérité qu un art: de même l art être qu une morale et la plus exigeante, si sa fin est d ouvrir quelque possibilite de déchaînement. Mais l art étant ainsi la plus pure exigeance morale en est aussi la plus trompeuse: la possibilite qu il ouvre, il ne l ouvre en effet qu en image , à la réflexión de spectateurs. [...] D où le remords et le caractere comique, malgré tout, de Pégase , qui n est pas le vrai cheval, dont les dechaînements absolus ne visent rien. *Dada* évidemment jouait l acord avec lui-même de ce remord, mais *Dada* fut-il *Dada*? Ou n en était-il pas qu une comédie? Son extreme opposé n est pas davantage accessible à l homme que la nudité animal."

[17] Giorgio Agamben. *Nudità*. Roma: nottetempo, 2009, pp. 118-9. As traduções no corpo do texto foram propostas pela autora. Segue trecho na língua original do texto: "18. La nudità — anzi el desnudamento — come cifra

Agamben, não relaciona a nudez ao não saber animal como faz Georges Bataille, e sim à possibilidade absoluta do conhecimento, porém retoma a questão da nudez como o lugar do não-humano desenvolvida por Bataille, ou seja, a do não-ser, ou ainda da existência animal que alcança o domínio sobre as coisas somente pelo frenesi. E é daqui que deriva a proposição de que o domínio ou o agir sobre as coisas para o homem se apresenta apenas como comédia. Num sentido menos relacionado ao mundo natural e mais ligado ao mundo metafísico da religião monoteísta, Giorgio Agamben retoma a ideia de Eckhart dos tremores que causam na mente do sujeito do conhecimento ou de Deus a imagem do objeto ou da sua tensão interna, bem como a da imagem da erupção como aquela que daria a condição real do objeto fora da mente do homem ou de Deus. Forte é a ideia de que o conhecimento do objeto está num lugar intermediário, isto é, situado no dentro e no fora da mente humana, colocando em xeque o lugar do pessoal, da individualidade de um sujeito conhecedor. A forma de conhecimento do objeto aconteceria, desse modo, num espaço intermediário entre o objeto e seu pensamento, espaço esse situado num fora da mente, mas dentro do corpo, porque ele, o corpo, é o lugar onde as erupções acontecem, e, portanto, um espaço cheio de vida. O lugar dessa experiência é o de uma memória exterior ao indivíduo e dotada de uma subjetividade flutuante entre a vontade de ter domínio sobre as coisas e a vontade de explodir em deriva com elas. "Os pactos selados entre o camelo e o homem mantêm ao menos a vida sob a primazia de uma tensão de forças explosivas."[18] Esta última frase aqui escrita pertence a George Bataille, ao ensaio *L'amitié de l'homme et de la bete*, contudo, ela poderia ter sido escrita por João Cabral de Melo Neto que, no mesmo ano em que Bataille, ou seja, em 1947, em *Psicologia da composição*, escreve:

> o poema, com seus cavalos, quer explodir
> teu tempo claro; romper
> seu branco fio, seu cimento
> mudo e fresco.[19]

Ou, quando menos, é o mesmo instante de constatação no qual o poema acredita poder navegar o touro como

---

dela conoscenza fa parte del vocabolario della filosofía e della mística. E non soltanto per quel che concerne l'oggeto della conoscenza suprema, che è l'essere nudo (*esse autem Deus esse nudum sine velamine est*) ma anche quanto allo stesso processo della conoscenza.[...] L'immagine, in quanto esprime l'essere nudo, è un médio perfetto fra l'oggeto nella mente e la cosa reale e, come tale, non è un semplice oggeto logico né un reale: è qualcosa di vivo ('una vita'), è il tremare della cosa nel medio della sua conscibilità, è il fremito in cui si dà a conscere. 'Le forme che esistono nella materia', scrive un allievo di Eckhart, 'incesantemente tremano [*continue tremant*], come in uno stretto di mare in ebollizione [*tamquam in eurippo*], *hoc est in ebullitioe* [...] Per questo di esse non si può concepire nulla di certo né di stabile'. La nudità del corpo humano è la sua imagine, cioè el trêmito che lo rende conoscible, ma che resta, in sé, inafferrabile. [...], la nudità non è altro dalla cosa, è la cosa stessa."

[18] Georges Bataille, 1988, p. 170.
[19] João Cabral de Melo Neto, 1994, p. 94.

como água; e pode então mesmo fazê-lo
navegar, assim como, passada a cabeça
da cheia; a cheia pode ser navegada.[20]

Ou ainda, quando Giorgio Agamben em "Ideia da verdade" relembra do

monstruoso compromisso entre destino e memória, no qual aquilo que só pode ser objeto de recordação (retorno do idêntico) é vivido todas as vezes com um destino, é a imagem distorcida da verdade, que o nosso tempo não consegue dominar. [...] O *Quem?* é o limite superior do céu, o *Quê?* o limite inferior. Jacob recebe-os a ambos em herança, foge de um limite para o outro, do limite inicial *Quem?* Para o limite final *Quê?*, e mantém-se no meio.[21]

O poeta contemporâneo, que recorda a experiência poética limite da modernidade, se reconhece nessa formulação diferida de uma equação cujos componentes pertencem a mundos tradicionalmente opostos pelas línguas históricas, no seu compromisso de evidenciar a tensão sob a qual vive. O poeta contemporâneo parece não estar tensionado entre "as fontes clássicas do lirismo" e a "abstenção de sentido" que o leva a trilhar o "difícil caminho de salvar como literatura as linguagens em circulação tumultuadas no agora", conforme afirmou Miguel Sanches Neto, no prefácio que escreveu ao livro de poemas de Alberto Pucheu [*mais cotidiano que/ o cotidiano*]. A poesia contemporânea essa tensionada entre o conhecimento que sabe que lhe é exterior e a tarefa do poético em agir sobre as coisas, sabendo que vai fracassar em algum momento e em algum ponto. A literatura está desde sempre jogada, lançada, nessa imanência absoluta, a ela restando apenas estar nesse lugar exterior e repetir as mesmas perguntas diferidas. Aos poetas preocupa menos a dúvida sobre a humanidade do homem ou a possibilidade de oferecer literariedade ao não literário do que as perguntas que ele tem que fazer ao estado das coisas, perguntas essas que funcionam como aquele coro de bodes, na tragédia antiga. A poesia contemporânea age como o coro de *prósopon*, o seu "eu" não é mais o outro, e, sim, um lugar, que pode ser retórico — uma vez que a imago do *prósopon* é o espaço intermediário do morto — como pode ser também um espaço, que é corpo, mas que serão sempre lugar intermédio, externo, no qual alguma coisa pode ser vista, sentida e compreendida. No contemporâneo, o sujeito da enunciação não é mais o ator com a máscara de Dionísio que interpela os homens do coro com máscaras de bode. Diante da ausência de deus e do homem e da impossibilidade de sua representação, o sujeito se elabora com base em suas novas perguntas as quais são feitas no âmbito de uma imanência absoluta dada como memória vazia do gesto divino/humano e da voz animal. As perguntas talvez não ultrapassem o limite ético da escrita e de pensamento, perguntas que se ramificam, talvez, em apenas duas: "O que é o homem?" e "Quem diz o que é um homem?" Perguntas que Georges Bataille recoloca com sua escrita interrogativa sobre o conhecimento absoluto e a possibilidade de seguir pensando depois da derrocada do conhecimento absoluto. Imagem que

[20] João Cabral de Melo Neto, 1994, p. 396.
[21] Giorgio Agamben, 1999, p. 48.

produz essa experiência e a da água escorrendo dentro da água como maneira de se aproximar da experiência da imanência do não-homem dentro do homem. No ensaio sobre a animalidade, Bataille argumenta:

> No entanto, o animal ignora a possibilidade de opor isso que ele não é ao que ele é. É, no mundo, imanente: isso significa exatamente que neste mundo ele flui (*s'écoule*), e que nele o mundo flui (*s'écoule*). O leão não é o rei dos animais, ele não é nas águas agitadas nada mais do que uma onda mais alta, derrubando outras fracas. Que um animal seja o mais forte e que coma o outro quase não modifica uma situação fundamental: cada animal no mundo é como a água que flui (*s'écoule*) para o interior da água.[22]

É interessante pensar sobre a não-humanidade do homem como aquilo que escorre como a água, fazendo um vórtice, criando vertigem e não conhecimento racional. Mesmo sendo desperdício, a água que escorre para dentro da água, um puro dispêndio nas mãos da humanidade que deseja agir com domínio sobre ela, ela sempre escorre e volta a pertencer à sua imanência mineral que depois será novamente submetida à ação do humano sobre ela. Parece ser essa a mesma imagem com a qual o poema "Amor", de Alberto Pucheu, quer se aproximar da experiência poética.

> era o amor que eu acreditava habitar em mim, mas, como
> qualquer um que habita um apartamento, ele entrava e saía de
> mim como um homem entra e sai de seu apartamento. o amor
> não pertence a um corpo, como um homem não pertence a um
> apartamento. por isso, o amor pode sair de um corpo que está, por
> exemplo, no banheiro fazendo a barba, mergulhar na pia, escorrer
> pela água, agarrar-se musculosamente no ralo, escalar a louça contra
> a enxurrada que cai, pular como um atleta ou feito um felino para o
> chão, sair deslizando por debaixo da porta do apartamento[...] ganhando sua autonomia,
> ganhando seu próprio corpo, ainda que não muito visível para os
> muitos que passam apressados, só, então, o amor começa por fazer
> não mais o que, subjugado, queriam que ele fizesse quando no corpo
> de um alguém qualquer, nas só então, enquanto um alguém, ele se
> sente apto enfim para fazer o que ele mesmo quer, o que ele mesmo
> pode, esbarrando por aí esporadicamente em pessoas que, quase
> sem o ver, que quase sem o perceber, subitamente o sentem feito
> um sopro no meio da rua, sem nem mesmo saberem o que estão
> sentindo [...] enquanto brisa, esbarra em suas peles, querendo
> saltar por dentro de seus poros, até, enquanto bala, até, enquanto
> saraivada de balas, de novo invadi-las.[23]

Publicado no livro [*mais cotidiano que/ o cotidiano*], o poema se coloca na relação com os demais poemas que tentam refletir sobre o fora da literatura, o fora da

---

[22] Georges Bataille, 1987, p. 533. As traduções no corpo do texto foram propostas pela autora. Segue trecho na língua original do texto: Mais l'animal ignore la possibilite d'opposer ce qui il n est pas à ce qu il est. Il est, dans le monde, imanente: cela veut dire exactament que dans ce monde il s écoule, et que le monde s écoule in lui. Le lion n'est par le roi des animaux, il n'est dans le mouvement des eaux qu'une vague plus haute, renversant les autres plus faibles. Qu un animal soit le plus fort et mange l autre ne modifie guère une situation fondamentale: chaque animal est dans le monde comme l eau que s écoule a l interior de l eau.

[23] Alberto Pucheu. [*mais cotidiano que/ o cotidiano*]. Rio de Janeiro: Azougue, 2013, pp. 41-2.

poesia, lugar entre a memória e o corpo, ou que estejam posicionados nesse mesmo enfrentamento e lugar de passagem; e nunca como memória de um corpo, o que levaria a um beco sem saída para uma poesia que não deseja afirmar sua ação de domínio humano sobre as coisas. Portanto, não se trata de uma memória do corpo ou de uma subjetivização do corpo e sim algo que entra a sai dele, que, como água experimentada por uma subjetividade, escorre e volta para o manancial, retorna ao seu meio de imanência animal, nesse caso, mineral, contudo, o que importa mesmo aqui é que se trata de uma ação não humana e, simultaneamente, não animal. Um amor, tão humano, e que definiu a passagem definitiva da poesia em vozes para a poesia escrita, passagem do domínio comum para o domínio do intelecto personificado, esse mesmo amor, na poesia cotidiana de Alberto Pucheu, se situa na passagem da voz à letra e ao seu retorno à voz. Passagem franca, entre voz e letra, entre o frenesi do conhecimento absoluto e a contenção do conhecimento racional, essa que se pode constatar em outro poema, de um livro não afeito à experiência da poesia no cotidiano, porém, ainda assim, obsessivamente em busca de um lugar fora da experiência pessoal do sujeito poético e também fora do âmbito objetivo do conhecimento fenomenológico. Retomo novamente João Cabral de Melo Neto, em *Os três mal amados*, poema dramático, em vozes, sobre o amor, não do cotidiano, mas ainda de certo modo situado no fora da poesia letrada, em que pese seu modo de ir e vir nela. Na voz de um dos personagens, Raimundo, escutamos:

> Maria era também uma fonte. O líquido que começaria a jorrar num momento que eu previa, num ponto que eu poderia examinar, em circunstâncias que eu poderia controlar. Eu aspirava acompanhar com os olhos o crescimento de um arbusto, o surgimento de um jorro de água.[24]

Ao operar essa passagem *para o fora*, assoma-se uma outra pergunta incômoda, não somente no que toca ao âmbito da pergunta ética, mas no que diz respeito igualmente à produção da passagem do verso para a prosa filosófica. Isso ocorre já na disposição formal daquele verso que sofre o colapso do sentido quando busca se reencontrar com a sentença ou com o ditado de sua proposição, provocado por uma lembrança sonora dada pela ação do enjambement. Essa pergunta pelo ditado ou por sua sentença o conduz para fora do verso, movimento esse que Giorgio Agamben analisou como a ação de restar dita no que a poesia não diz. Poderíamos atribuir essa conclusão analítica de Giorgio Agamben a um certo hegelianismo seu no modo de conceber a poesia, pois essa conclusão sobre a poesia a faz morrer — o fim do poema — para que a soberania de seu pensamento possa fazê-la sobreviver naquilo que ela não diz. Esse fora do verso ou o fora do poema implicaria uma saída desse âmbito formal/ existencial da poesia, portanto, que sua abertura é um movimento em direção ao próprio corpo gráfico do texto, ou seja, sair do verso, partir em direção à prosa. São ambos os poemas, o de Pucheu e de Cabral, poemas em prosa, e o de Cabral, ainda tem a singularidade de ser dito em vozes sob a forma do drama. São operadas nesses

---

[24] João Cabral de Melo Neto, 1994, p. 60.

versos várias e distintas passagens: a da linguagem do poema para a prosa, e a do metro da poesia ditirâmbica — adequado à tragédia — para o metro jâmbico — mais adequado à comédia, e em todas elas, o sentido do movimento é o de situar-se num espaço intermediário entre o poema e a prosa. A poesia não pode agir, ela não pode assumir uma atitude de saída do verso para ser algo que ela não é: a prosa. Essa ação a destruiria. Retomo outro ensaio de Georges Bataille, "Hegel, a morte e o sacrifício", ao qual me referirei apenas com paráfrases. Nele o filósofo francês anuncia o "fracasso" de Hegel ao procurar definir a soberania humana sobre todas as coisas como algo que se busca conscientemente. Para Bataille, o homem pode capturar ou matar o não-humano que convive nele e com ele senão como comédia, porque tal ato sempre será um colocar-se no lugar da coisa como encenação. E se retomarmos Aristóteles em sua definição do drama, veremos que se trata de mimeses de ações de homens baixos ou mimeses de ações de homens elevados e não do agir de modo nobre ou vil, mais ainda, trata-se da não possibilidade de identificação com o herói sacrificado, a não ser abdicando da vontade colocar-se no lugar do ser elevado, o que acontece somente na comédia. Caminhar para fora da tragédia, é caminhar para a desidentificação do homem com sua humanidade, é caminhar para o fora do humano, que para Hegel, segundo Bataille, só adquire força quando ele declara sua finitude enquanto animal. O fora tem o sentido de identificá-lo com as coisas que o rodeiam.

A ação de saída do verso e a saída do conhecimento racional, não são ações propriamente ditas, e sim gestos autorais de uma conservação de si em um estado intermediário. No entanto, isso acontece somente como ficção, pois sair do âmbito artesanal do verso é um gesto de abandono da própria intenção de autonomia da poesia. Ao operar essa passagem talvez uma outra pergunta seja mais pertinente do que a de questionar-se pelo que a poesia não é, portanto, deveríamos nos perguntar se a poesia deveria ou não produzir um ato tão radicalmente autônomo?

REFERÊNCIAS BIBLIOGRÁFICAS:

AGAMBEN, Giorgio. *Nudità*. Roma: nottetempo, 2009.

_____. "Ideia da verdade". In: *Ideia da prosa*. Lisboa: Cotovia, 1999.

ANDRADE, Carlos Drummond. *Poesia completa*. Rio de Janeiro: Nova Aguilar, 2008.

BARTHES, *Aula*, trad. e posf. Leyla Perone-Moisés. São Paulo: Cultrix, 1987.

BATAILLE, Georges. "L'amitié de l'homme et de la bete". In: *Oeuvres complètes*, XI, articles 1, 1944-1949. Paris: Gallimard, 1988.

_____. "L'animalité". In: *Oeuvres complètes*, XII, articles 2, 1950-1961. Paris: Gallimard, 1988.

_____. "Hegel, a morte e o sacrifício", trad. João Camillo Pena. *Revista Alea*, v. 15, Rio de Janeiro, jul./dez. 2013.

BENJAMIN, Walter. "Paris, capital do século XX". In: *Walter Benjamin*, trad. Flávio Kothe. São Paulo: Ática, 1991. Coleção Sociologia.

_____. *Passagens*, trad. Irene Aron. Belo Horizonte: Editora da UFMG/ São Paulo: Imprensa Oficial do Estado de São Paulo, 2007.

GRESHAKE, G. *Der dreieine Gott*. Freiburg i.Br.: Herder, 1997.

MELO NETO, João Cabral. *Obra completa*. Rio de Janeiro: Nova Aguilar, 1994.

PUCHEU, Alberto. *[mais cotidiano que/ o cotidiano]*. Rio de Janeiro: Azougue Editorial, 2013.

A POESIA NÃO PENSA (AINDA)

Raúl Antelo

1. NAUFRÁGIO DA CONSTRUÇÃO

Jorge Luis Borges argumentava que se o fim do poema fosse o assombro, seu tempo não se mediria em séculos, nem mesmo em dias ou horas, mas, talvez, tão somente em alguns poucos minutos, porque, além do mais um poeta não é bem um inventor mas um descobridor. Com efeito, em um dos contos de *O Aleph*, "A busca de Averroes", Borges aborda o paradoxo mais tarde retomado por Heidegger e Agamben: o escritor cria a obra mas, na verdade, é a obra que cria o escritor, porque toda obra é um símbolo do homem que foi enquanto a escrevia, e que, para escrever essa narrativa, ele foi obrigado a ser aquele homem e que, para ser aquele homem, teve de escrever essa narrativa, e assim por diante, até o infinito. E a seguir, Borges conclui, entre parênteses, que, no instante em que deixamos de acreditar nele, *Averroes* desaparece. No original, cada obra seria "un símbolo del hombre que yo fui, mientras la escribía y que, para redactar esa narración, yo tuve que ser aquel hombre y que, para ser aquel hombre, yo tuve que redactar esa narración, y así hasta lo infinito. (En el instante en que yo dejo de creer en él, *Averroes* desaparece)". Gostaria, portanto, nas páginas que seguem, de analisar, no campo da poesia, o desaparecimento, precisamente, da criação ou invenção, em benefício da descoberta. O *parti pris* é, em poucas palavras, o do naufrágio da construção e, para tanto, seria conveniente voltarmos a Averroes.

Ponderando, em 2005, a contribuição de Averroes para uma teoria do conhecimento, Agamben classificou os pensadores em duas tendências, "quella che afferma che gli uomini pensano e che il pensiero definisce, in questo senso, la loro natura", que seria a posição de Badiou, quando se interroga "o que pensa o poema?", e uma segunda, "quella che sostiene che gli uomini non pensano (o non pensano ancora)". Averroes pertence a este segundo grupo e, nesse sentido, averroistas seriam todos aqueles que de Dante a Spinoza, de Artaud a Heidegger, subscreveram essa tese. Porém, Agamben avalia também que, para além da anedota, nessas intermitências do pensamento, habita, precisamente, aquilo que é próprio do homem, a imaginação.

Agamben tem muitas diferenças com Badiou. Uma delas, por exemplo, refere-se ao tempo messiânico. Mas sejamos justos com Badiou. Mais do que afirmar que o poema pensa, Badiou coloca a noção de que há uma lógica, no poema, que coincide com o desejo do real. Em um livro recente, *À la recherche du réel perdu*,[1] Badiou, assumindo a palavra do mestre, Lacan, define o real como o impasse da formalização. Ou melhor ainda, *o real é o ponto do impossível de formalizar*. Ou seja que o real seria um *point de pensée*, que devemos tomar não como uma tópica, um ponto de pensamento, mas como uma impossibilidade de qualquer pensamento, de toda racionalização. Dizer que o real é o impasse da formalização significa que ele rompe, ele quebra toda formalização, com o qual se afirma o paradoxo de que, pela via de uma impossibilidade, *afirma-se* a possibilidade: o impossível existe. A arte do possível nos persuade, perversamente, de que a política é puro semblante e isso deve ser admitido. Mas, se queremos a política do real, é preciso afirmar, pelo contrário, que o impossível é possível. Relembremos o velho Lautréamont, resgatado, aliás, por Manuel Bandeira: a poesia enuncia as relações existentes entre os primeiros princípios e as verdades secundárias da vida. A poesia descobre as leis que fazem viver a política teórica, a paz universal.

Alain Badiou, é bem verdade que menos confiante na paz do que no conflito, apoia-se então num poema profético, "As cinzas de Gramsci" (1954) de Pasolini. O poema se passa num cemitério onde se enterram os não católicos. Aí está Gramsci e para Pasolini aí começa o não-lugar de Gramsci na Itália de 1954 (e na Itália de hoje). Há aí um *point de réel*. Mas, a rigor, Gramsci não está enterrado na Itália: seu túmulo não fica longe do de Shelley, por exemplo. E este exílio de Gramsci da História tem uma conotação a mais. Gramsci, que buscou o real da História, jaz num lugar que obedece à lei maior do mundo ocidental, a do semblante e, nesse sentido, se poderia dizer que, no mundo contemporâneo, o real é o impasse de qualquer divertimento, de toda leveza, trivialidade ou futilidade. É a tese aliás de Guy Debord, o mundo é espetáculo.

Pasolini chama essa vontade de se agarrar ao semblante de substituição da vida pela sobrevivência, que é uma forma de renunciar à paixão de estar no mundo. E para ilustrar essa noção, Badiou cita essa passagem de "As cinzas de Gramsci". Tomemos a tradução de Maurício Santana Dias:

> E sentes como nesses seres
> distantes que, em vida, gritam e riem
> naqueles seus transportes, nesses míseros
>
> casarios onde se consuma o incerto
> e expansivo dom desta existência —
> a vida que não é mais que arrepio;
>
> corpórea, coletiva presença;
> sentes a ausência de toda religião
> verdadeira; não vida, mas sobrevivência,

---

[1] Alain Badiou. *À la recherche du réel perdu*. Paris: Fayard, 2015.

A POESIA NÃO PENSA (AINDA)

— talvez mais alegre que a vida — como
de um povo de animais, em cuja arcana
agonia não houvesse outra paixão

que não a do operar cotidiano:
humilde fervor a que dá um senso de festa
a humilde corrupção. Quanto mais é vão

— neste vazio total da história, nesta
pausa sussurrante em que a vida cala —
todo ideal, melhor se manifesta

a estupenda, adusta sensualidade
quase alexandrina, que tudo tinge
e impuramente acende, quando aqui

no mundo algo desmorona, e se arrasta
o mundo na penumbra, retornando
a praças ermas, a oficinas vis...[2]

Destaquemos a expressão "l'umile corruzione". Enquanto o circo continua,
enquanto a vida torna-se sobrevivência do mero espetáculo, condena-se a corrupção
visível, material, corriqueira. Sacrificam-se alguns grandes corruptos para salvar
a humilde corrupção, essa que permite a formalização. Muito embora a grande
corrupção, essa não seja sequer contemplada. Não é conceituada. Ela é invisível
à formalização. Mas outra ideia importante do trecho citado por Badiou é a da
impossibilidade de situarmos o tempo. O poema é de 1954 mas só adquire sua
pungente significação hoje em dia e é por isso que vemos o mundo na penumbra,
retornando a praças ermas, a oficinas vis ("il mondo, nella penombra, rientrando
in vuote piazze, in scorate officine"). Então a pergunta do poema é: o que resta no
mundo quando se perde toda convicção, toda religião. O final do texto deixa isso
bem claro. Ele conclui:

É um rumor, a vida, e estes perdidos
dentro dela a perdem serenamente,
se tem o coração pleno: ei-los, pois,

a gozar paupérrimos a noite: e potente,
neles, inermes, por eles, o mito
renasce... Mas eu, com o peito consciente

---

[2] Pier Paolo Pasolini. "As cinzas de Gramsci". In: *Poemas*, ed. A. Berardinelli, M. Santana Dias; trad. M. Santana
Dias. São Paulo: Cosac Naify, 2015, pp. 77-9. No original: "E senti come in quei lontani/ esseri che, in vita,
gridano, ridono,/ in quei loro veicoli, in quei grami/ caseggiati dove si consuma l'infido/ ed espansivo dono
dell'esistenza —/ quella vita non è che un brivido;/ corporea, collettiva presenza;/ senti il mancare di ogni
religione/ vera; non vita, ma sopravvivenza/ — forse più lieta della vita — come/ d'un popolo di animali, nel
cui arcano/ orgasmo non ci sia altra passione/ che per l'operare quotidiano:/umile fervore cui dà un senso di
festa/ l'umile corruzione. Quanto più è vano/ — in questo vuoto della storia, in questa/ ronzante pausa in
cui la vita tace —/ ogni ideale, meglio è manifesta/ la stupenda, adusta sensualità/ quasi alessandrina, che
tutto minia/ e impuramente accende, quando qua/ nel mondo, qualcosa crolla, e si trascina/il mondo, nella
penombra, rientrando/ in vuote piazze, in scorate officine...".

> de quem apenas na história tem vida,
> poderei agir com pura paixão ainda,
> se sei que nossa história aqui se finda?[3]

Veja-se: a história acabou, que é a mesma tese de Godard, só há historia(s). Mas Pasolini não é Fukujama. Então, diríamos, o que está terminado, para Pasolini, para Badiou, é a história como formalização, mas isso não impede, antes estimula, que se busque uma história dos impasses da formalização. Só que, a meu ver, a história dos impasses da formalização se chama *arqueologia*. Ela busca arrancar as máscaras democráticas do modernismo, para retomarmos o título de um livro em que Rama tentava pensar a modernidade latino-americana com base em Nietzsche e não mais de Hegel ou Adorno. Ou antes, surge a necessidade de pensar o moderno não mais sob a perspectiva de uma dialética negativa, adorniana, em que se a poesia é ruim, a sociedade é ainda pior, mas pela via de uma dialética afirmativa, que nos leve a ponderar a criação de vida.

Badiou ainda se vale de mais um exemplo pasoliniano, o poema "Vitória", e dele cita este fragmento em que o homem contemporâneo aparece como um ser dilacerado, aquilo que marca o ápice da reflexão brasileira sobre literatura e sociedade. Mas Pasolini, crente profanador, vai além e diz:

> Ma egli, eroe ormai diviso, manca
>
> ormai della voce che tocca il cuore:
> si rivolge alla ragione non ragione,
> alla sorella triste della ragione, che vuole
>
> capire la realtà nella realtà, con passione
> che rifiuta ogni estremismo, ogni temerità.[4]

Conclui-se que, para praticar uma poesia (ou sua leitura), que explore os impasses da formalização, é imprescindível essa temeridade que nos fornece a construção de uma arqueologia, justamente para resgatarmos aquilo que não cessa de não se dizer. Por isso, uma leitura *arqui-filológica*, uma leitura feita a partir da expansão dos arquivos, que se dedique a captar os pontos de impasse da formalização, é uma forma de ativar o principio do *poema do poema*, de que já falava Schlegel aliás, ou, de que, assim como o mundo é um poema, o poema é também um mundo de associações e correspondências. Como diz Max Jacob, "o mundo num homem, tal é o poeta moderno", ideia que vem de Baudelaire mas vai até Octavio Paz.

---

[3] Pier Paolo Pasolini, 2015, pp. 81-3. No original: "È un brusio la vita, e questi persi/ in essa, la perdono serenamente,/ se il cuore ne hanno pieno: a godersi/ eccoli, miseri, la sera: e potente/ in essi, inermi, per essi, il mito/ rinasce... Ma io, con il cuore cosciente/ di chi soltanto nella storia ha vita,/ potrò mai più con pura passione operare,/ se so che la nostra storia è finita?".

[4] Pier Paolo Pasolini. "Vittoria, Poesia in forma di rosa (1964), "Appendice" (1964). In: *Tutte le poesie*. Milão: Meridiani Mondadori, 2003.

A POESIA NÃO PENSA (AINDA)

Por isso, decomposta e recomposta a série da tradição, quebradas as pontes entre um poema e os outros poemas, ou entre os poemas e as imagens, e até mesmo entre elas mesmas, porque cada imagem pode ser, não só um indício de outra imagem, mas a parceira de um poema, só nos resta remontá-los (e remontá-las) para produzir novas descargas esclarecedoras. É o que tentam herdeiros da linhagem Mallarmé--Benjamin, como Jean-Luc Godard ou Georges Didi-Huberman. De um lado, o poema, conjunto autônomo, fechado em si mesmo, é uma construção heterogênea, mas é também um bloco compacto de recusa ao semelhante e trivial, ao espetacular. Porém, ao mesmo tempo, ele tem a leveza do gesto incipiente e inaugural de una festa cívica, tal como um cerimonial comunitário. De um lado, a vida por vir concentra-se, formalizada, no sólido poema modernista; porém, de outro lado, essa mesma vida se dinamiza no desenho, no rascunho de um espaço comum transfigurado. Há, portanto, nessa estratégia dúplice, uma evidente separação entre textos, imagens e povo, algo que define tanto aos textos quanto às imagens, como separações, divisões e impasses entre aquilo que se pode dizer e aquilo que se pode ver. A leitura arquifilológica move-se então entre essas múltiplas separações, misturadas, entreveradas e superpostas, aproximando o distante (a aura) pelo mesmo recurso da separação (a montagem). Acredita, em suma, que é reconfigurando que se cria.

Tomemos, a título ilustrativo, um exemplo brasileiro. Manuel Bandeira, quem, no fim da guerra, coletou uma série de definições de poesia, conservou uma de Paul Valéry, "poesia é a tentativa de representar ou de restituir por meio da linguagem articulada aquelas coisas ou aquela coisa que os gestos, as lágrimas, as carícias, os beijos, os suspiros procuram obscuramente exprimir".[5] Vale dizer que a poesia se torna método de depuração do *pathos*. Ora, num dos poemas de *Agrestes*, de 1985, João Cabral de Melo Neto aborda a questão do método da construção poética de Paul Valéry, que não é senão o método da imaginação:

DEBRUÇADO SOBRE OS CADERNOS DE PAUL VALÉRY

Quem que poderia a coragem
de viver em frente da imagem

do que faz, enquanto se faz,
antes da forma, que a refaz?

Assistir nosso pensamento
a nossos olhos se fazendo,

assistir ao sujo e ao difuso
com que se faz, e é reto e é curvo.

Só sei de alguém que tenho tido
a coragem de se ter visto

[5] Manuel Bandeira. "Antologia de definições de poesia", *Letras e Artes*. Rio de Janeiro, 14 jul. 1946.

nesse momento em que só poucos
são capazes de ver-se, loucos

de tudo o que pode a linguagem:
Valéry — que em sua obra, à margem,

revela os tortuosos caminhos
que, partindo do mais mesquinho,

vão dar ao perfeito cristal
que ele executou sem rival.

Sem nenhum medo, deu-se ao luxo
de mostrar que o fazer é sujo.

Essa ideia valeriana de *ver-se vendo*, que possibilita, mais tarde, a Lacan, elaborar a questão da pulsão escópica, tem, em um artista belga, Victor Delhez, um excelente exemplo. Em uma gravura chamada *Três autorretratos*, Delhez representa-se a si próprio, um homem qualquer olhando um artista que, por sua vez, contempla uma caveira. Essa *vanitas* contemporânea monta uma cena semelhante à do "Pós-poema" de Murilo Mendes. Delhez não é um artista conhecido no Brasil e, para apresentá-lo poderíamos recordar que era amigo de Michel Seuphor, quem prefaciou aliás seu primeiro trabalho, e que começa como gravurista em madeira mas, premido por questões econômicas, vem para a América Latina, mora em Buenos Aires, na Bolívia, e finalmente instala-se em Mendoza. Nos anos 1920, Delhez ainda ensaia radiografias à maneira de Man Ray, e em uma delas, também um autorretrato, podemos captar essa ideia que nos propunha Valéry e mais tarde retomaria João Cabral. Essa mesma questão anacrônica aparece também nas montagens de Delhez para os primeiros números de Sur, onde o artista belga pratica experiências de museu imaginário ou atlas *Mnemosyne*. Com efeito, logo no primeiro número da revista, inícios de 1931, Borges reedita, pela terceira vez, aliás, "Séneca en las orillas", um desses textos em que o escritor permite-se duvidar da existência da própria literatura e propõe, em seu lugar, a leitura. Interessa destacar desse texto que o mais relevante, a meu ver, é a leitura que Delhez faz das imagens de escritas de outrora, frases esquivas em carros prestes a desaparecer, de tração animal, na cidade já modernizada. Delhez nos propõe, então, um *tableau* de recortes em obediência a uma quarta dimensão da cena. Mas há, no texto, uma frase emblemática que Borges, aliás, encerra entre parênteses:

> (Essa possessão temporal é o infinito capital "crioulo", o único. Podemos exaltar a demora ao plano da imobilidade: possessão do espaço.)[6]

---

[6] "(Esa posesión temporal es el infinito capital criollo, el único. A la demora la podemos exaltar a inmovilidad: posesión del espacio.)" Jorge Luis Borges. "Séneca en las orillas". *Sur,* n. 1, verão 1931, p. 175.

Ora, as imagens de Delhez para as inscrições de carros, ou das hélices e *stultíferas naves* do século XVIII, muito em sintonia com as protoformas da arte de Blossfeldt, são esse infinito capital que indica posse temporal e, em última análise, se conectam não só com as apocalípticas visões de Delhez de arquitetura e nostalgia, mas também com as ilustrações que ele mesmo realiza para *As flores do mal* de Baudelaire. Há aí uma íntima pressuposição, de autoria indecidível, entre texto (de Borges) e imagem (de Delhez). No caso do Borges, verificamos uma crítica à apropriação do espaço, porque, em última instância, Sêneca, um marginal, um espanhol filosofando em latim, torna a se marginalizar nas inscrições de carros portenhos, e a operação nos mostra que a demora é usada para dinamizar a própria leitura, tornando-a *différance*. Mas, observando com mais cuidado, constatamos a convergência, tanto nas ponderações de Cabral, quanto na experiência da dupla Delhez-Borges, daquilo que lemos em um dos poemas, um "Díptico", de *Museu de Tudo*, que tem como epígrafe "The aged eagle".

DÍPTICO

A verdade é que na poesia
de seu depois dos cinquenta,
nessa meditação areal
em que ele se desfez, quem tenta
encontrará ainda cristais,
formas vivas, na fala frouxa,
que devolvem seu tom antigo
de fazer poesias com coisas.

Cabral usa, nesse díptico (poesia-imagem ou poesia-filosofia), uma palavra fora de uso, *areal*, que remete ao contato mas que também eventualmente, é negação do real ou postulação do Real. Jean-Luc Nancy nos explica que

> *Aréalité* (a-realidade) é uma palavra em desuso, que significa a natureza ou a propriedade de área. Acidentalmente, a palavra também cabe para sugerir a falta de realidade, ou uma realidade tênue, leve, suspensa: aquela do espaçamento que localiza um corpo, ou em um corpo. Pouca realidade do (fundo), com efeito, da substância, da matéria ou do sujeito. Mas é essa pouca realidade que torna *areal* todo o *real*, no qual articula-se e trama-se o que foi nomeado a arquitetônica dos corpos. Nesse sentido, a a-realidade é o *ens realissimum*, a potência máxima do existir, na extensão total de seu horizonte. Simplesmente, o real enquanto *areal* reúne o infinito do máximo de existência (*quo magis cogitari non potest*) ao absoluto finito do horizonte areal. Essa "reunião" não é uma mediação: e o que *corpo* quer dizer, o que *corpo* quer dizer ou dar a pensar, é precisamente *isso*, é que *aqui* não há mediação. O finito e o infinito não *passam* um no outro, não há dialética entre eles, eles não sublimam o lugar em ponto, não concentram a a-realidade em um substrato. É o que *corpo* quer dizer, mas com certo querer-dizer que há de ser retirado em próprio à dialética significante: *corpo não pode querer dizer um sentido real do corpo de seu horizonte real.* 'Corpo' deve então ter sentido *na própria* extensão (inclusive na extensão da *palavra* 'corpo'...). Essa condição 'significante' (se ainda é possível designá-la assim) é inaceitável, impraticável para nosso discurso. *Mas ela é a condição real/areal de qualquer sentido possível para um mundo de corpos.* É por isso mesmo que um 'pensamento' do corpo precisa ser,

RAÚL ANTELO

com ou sem etimologia, uma *pesagem* real e, por isso, um *toque*, dobrado-desdobrado segundo a a-realidade.[7]

Por isso, poderíamos captar certa pungência do real recuando ao que há de mais arcaico e formalizado na poesia brasileira. Mesmo aí, acima de tudo aí, arde uma história ainda não rearmada. No prólogo da *Prosopopeia*, "dirigido a Jorge d'Albuquerque Coelho, Capitão e Governador da Capitania de Pernambuco, das partes do Brasil da Nova Lusitânia", Bento Teixeira declara que

> Se é verdade o que diz Horácio, que Poetas e Pintores estão no mesmo predicamento; e estes para pintarem perfeitamente uma Imagem, primeiro na lisa távoa fazem rascunho, para depois irem pintando os membros dela extensamente, até realçarem as tintas, e ela ficar na fineza de sua perfeição; assim eu, querendo dibuxar com obstardo pinzel de meu engenho a viva Imagem da vida e feitos memoráveis de vossa mercê, quis primeiro fazer este rascunho, para depois, sendo-me concedido por vossa mercê, ir mui particularmente pintando os membros desta Imagem, se não me faltar a tinta do favor de vossa mercê, a quem peço, humildemente, receba minhas Rimas, por serem as primícias com que tento servi-lo.[8]

Bento Teixeira segue aí a lição de Filipe Nunes (*Arte poetica e da pintura, e symmetria, com principios da perspectiva*. Lisboa: Pedro Crasbeeck, 1615), que se repetiria ainda em Calderón de la Barca (*Tratado defendiendo la nobleza de la pintura. Cajón de sastre literato*. Madri: F. M. Nifo, 1781). Mas, em todo caso, o que me interessa destacar, em poucas palavras, é que, por sua proximidade com o desenho, a poesia brasileira não nasce definitiva; nasce, porém, como rascunho. Mais perto de nós, Lezama Lima dirá que a distância da poesia ao poema é intocável. Suas vicissitudes podem suportar até mesmo serem romanceadas, porque a poesia é o ponto móvel do poema e seu trajeto é como uma espiral semelhante ao céu estrelado de Van Gogh.[9] Lezama Lima corrobora assim o que dissera Teixeira Pinto: a literatura é rascunho e, com efeito, a poesia brasileira também nasce, em suma, como rascunho. Assim sendo, a leitura dessa poesia deveria, portanto, passar pela reconstrução de uma *arealidade*, a de ver/vir. Eis seu livro de areal.

Mas o que é um rascunho? A palavra provém de rascar, "arranhar, riscar", seu significado inicial. Depois passou a significar "esboçar, fazer os traços iniciais de uma obra". Sua origem é o verbo latino *rasicare*, e este, por sua vez, vem de *rado, radere*. Daí vem também *raster, rastrum*. Na América, na Colômbia, por exemplo, rascar, que já existe, aliás, em Dom Denis, significa também bebedeira, tomar um porre. E esta ideia nos leva a pensar no rascunho como uma embriaguez da obra ou, como aponta Jean-Luc Nancy, uma embriaguez recíproca, da poesia na filosofia e da filosofia na poesia.

---

[7] Jean-Luc Nancy. "58 indices sur le corps". In: *Corpus*. Paris: Metaillé, 2006, p. 149. Há uma tradução, em português, anterior aliás ao texto em francês, na *Revista de Comunicação e Linguagens* (n. 33, Lisboa, 2004).

[8] Bento Teixeira. *Prosopopeia*. Rio de Janeiro: INL, 1972.

[9] "La distancia de la poesía al poema es intocable. Sus vicisitudes pueden soportar hasta ser novelables. La poesía es el punto volante del poema. Su trayecto es como una espiral semejante al cielo estrellado de Van Gogh". José Lezama Lima. *La cantidad hechizada*. Havana: Unión, 1970, p. 147.

A embriaguez leva consigo o legado do sacrifício: a comunicação com o *sacrum* por meio do fluído e seu derramamento, a exceção, o excesso, o fora, o vedado, o divino. A embriaguez seria, definitivamente, o triunfo de um sacrifício, cuja vítima seria o próprio sacrificador. No limite, no qual o sacrificador de todos os sacrifícios permanece intacto, Bataille reconhecia, para concluir, um caráter cômico. Sem sombra de dúvida, a embriaguez é também, por sua vez, cômica, já que o embriagado não desaparece nela sem resto, e volta da embriaguez envergonhado, desiludido, desenganado, em ocasiões da própria embriaguez. E, no entanto, o rechaço estrito a se embriagar manifesta, *não* apenas um rechaço, mas inclusive uma ignorância da existência e da proximidade de um fora, e de uma rachadura no dique, através do qual esse fora pode se escapulir.[10]

E isso não poupa nem mesmo um poeta como Novalis, quem dizia que a poesia é o real absoluto, autêntico núcleo de sua filosofia. "Quanto mais uma coisa é poética, tanto mais é também real", definição que também agradava a Bandeira. Mas não salvando Novalis, nem mesmo Hegel é poupado.

O absoluto é o separado, o diferente. Não apenas o desvinculado ou o desprendido – *solutum* — mas o completamente aparte — *ab* —, o retirado e redobrado em si, cumprido para si, o perfeito — *perfectum* —, acabado, completo, totalmente efetuado em e para si. Girando sobre si infinitamente, voltando vertiginosamente sobre seu centro e assim, exatamente assim, aproximando-se de mim, amontoando-se ao redor e o mais próximo de mim pesada imobilidade.[11]

Ou ainda:

O absoluto é esse desejo, essa vertigem de desejo infinito. É o amontoamento, o arroubo, o deslumbramento do desejo tensionado em direção à proximidade mais próxima, em direção ao extremo, em direção ao excesso do próximo que, no seu excesso, chega mais perto que o próximo, infinitamente perto e, por tanto, sempre infinitesimalmente longe. Sempre mais perfeitamente perto.[12]

Didi-Huberman *nos alerta* para o fato de que, no fim de *Rua de mão única*, Benjamin também discrimina ciência de embriaguez. Relembremos o fragmento:

A CAMINHO DO PLANETÁRIO
Se, como fez uma vez Hillel com a doutrina judaica, se tivesse de enunciar a doutrina dos antigos em toda concisão, em pé sobre uma perna, a sentença teria de dizer: "A Terra pertencerá unicamente àqueles que vivem das forças do cosmos". Nada distingue tanto o homem antigo do moderno quanto sua entrega a uma experiência cósmica que este último mal conhece. O naufrágio dela anuncia-se já no florescimento da astronomia no começo da Idade Moderna. Kepler, Copérnico, Tycho Brahe certamente não eram movidos unicamente por impulsos científicos. Mas, no entanto, há no acentuar exclusivo de uma vinculação ótica com o universo, ao qual a astronomia muito em breve conduziu, um signo precursor daquilo que tinha de vir. O trato antigo com o cosmos cumpria-se de outro modo: na embriaguez. É embriaguez, decerto, a experiência na qual nos asseguramos unicamente do mais próximo e do mais distante, e nunca de um sem o outro. Isso quer dizer, porém, que somente na comunidade o homem pode comunicar em embriaguez com o cosmos. É o ameaçador descaminho dos

[10] Jean-Luc Nancy. *Embriaguez*, trad. Nicolás Gómez. Lanús: La Cebra, 2014, p. 20.
[11] Jean-Luc Nancy, 2014, pp. 35-6.
[12] Jean-Luc Nancy, 2014, pp. 49-50.

modernos considerar essa experiência como irrelevante, como descartável, e deixá-la por conta do indivíduo como devaneio místico em belas noites estreladas. Não, ela chega sempre e sempre de novo a seu termo de vencimento, e então povos e gerações lhe escapam tão pouco como se patenteou da maneira mais terrível na última guerra, que foi um ensaio de novos, inauditos esponsais com as potências cósmicas. Massas humanas, gases, forças elétricas foram lançadas ao campo aberto, correntes de alta frequência atravessaram a paisagem, novos astros ergueram-se no céu, espaço aéreo e profundezas marítimas ferveram de propulsores, e por toda parte cavaram-se poços sacrificiais na Mãe Terra. Essa grande corte feita ao cosmos cumpriu-se pela primeira vez em escala planetária, ou seja, no espírito da técnica. Mas, porque a avidez de lucro da classe dominante pensava resgatar nela sua vontade, a técnica traiu a humanidade e transformou o leito de núpcias em um mar de sangue. Dominação da Natureza, assim ensinam os imperialistas, é o sentido de toda técnica. Quem, porém, confiaria em um mestre-escola que declarasse a dominação das crianças pelos adultos como o sentido da educação? Não é a educação, antes de tudo, a indispensável ordenação da relação entre as gerações e, portanto, se se quer falar de dominação, a dominação das relações entre gerações, e não das crianças? E assim também a técnica não é dominação da Natureza: é dominação da relação entre Natureza e humanidade. Os homens como espécie estão, decerto, há milênios, no fim de sua evolução; mas a humanidade como espécie está no começo. Para ela organiza-se na técnica uma *physis* na qual seu contato com o cosmos se forma de modo novo e diferente do que em povos e famílias. Basta lembrar a experiência de velocidades, por força das quais a humanidade prepara-se agora para viagens a perder de vista no interior do tempo, para ali deparar com ritmos pelos quais os doentes, como anteriormente em altas montanhas ou em mares do Sul, se fortalecerão. Os Luna Parks são uma pré-forma de sanatórios. O calafrio da genuína experiência cósmica não está ligado àquele minúsculo fragmento de natureza que estamos habituados a denominar "Natureza". Nas noites de aniquilamento da última guerra, sacudiu a estrutura dos membros da humanidade um sentimento que era semelhante à felicidade do epilético. E as revoltas que se seguiram eram o primeiro ensaio de colocar o novo corpo em seu poder. A potência do proletariado é o escalão de medida de seu processo de cura. Se a disciplina deste não o penetra até a medula, nenhum raciocínio pacifista o salvará. O vivente só sobrepuja a vertigem do aniquilamento na embriaguez da procriação.[13]

Benjamin nos diz, em poucas palavras, que a astronomia científica introduziu no mundo uma relação de puro saber instrumental e ótico que acabou por destruir a relação de embriaguez dionisíaca que os antigos mantinham com o cosmo. A História, a partir de 1918, toma para si essa vertigem negativa, que só pode ser vivida como embriaguez revolucionária quando experimentada em comunidade e assim elabora-se a vertigem do aniquilamento na embriaguez da procriação.[14] Ora, antes mesmo de Benjamin, Araripe Jr. também nos fornece um exemplo interessante de embriaguez revolucionária. Sabemos que, em 1893, e nas páginas do *Jornal do Brasil*, o crítico reivindica Gregório de Matos, como caso exemplar de uma teoria da *obnubilação*.[15] Ou seja, defende a ideia de que nada se vê sob a luz do sol tropical. É de noite, porém, quando vemos o universo; ou, em outras palavras, na linha Mallarmé, Blanqui ou Benjamin, o crítico da obnubilação entende que a eternidade

---

[13] Walter Benjamin. *Rua de mão única*, trad. Rubens Rodrigues Torres Filho, José Carlos Martins Barbosa. São Paulo: Brasiliense, 1987, p. 69.

[14] Georges Didi-Huberman. "L'ivresse des formes et l'illumination profane". In: *Images Re-vues [En ligne]*. Hors-série 2 | 2010, document 3, p. 3.

[15] T. A. Araripe Jr. *Literatura Brazileira — Gregório de Mattos*. Rio de Janeiro: Fauchon & Cia., 1894.

dos astros só se vê através das constelações. Mas Araripe Jr. também reivindicou Raul Pompeia como um escritor que potencializaria a contingência mallarmeana a partir da convicção de que a obra de arte é uma máquina de emoções.[16] No plano político, no entanto, Araripe sempre defendeu o panamericanismo, que ele considerava uma autêntica máquina do mundo. "O nosso socialismo consiste em não deixar que a Europa entre na nossa economia; basta que nos entre na imaginação."[17]

Para resistir a esse progressivo processo de aniquilamento, bem no início do século XX, muitas são as iniciativas que a arte moderna nos propôs para se incorporarem substâncias ao corpo. Em 1914, por exemplo, Raymond Roussel imaginou, em *Locus solus*, a possibilidade de reter o tempo pela injeção de *ressurrectina*. Mais adiante, em 1928, época da Bauhaus e *Macunaíma*, Alexander Fleming descobria as propriedades da *penicilina*, que só se exploraria em grande escala na guerra seguinte, a partir de 1943, quando Jackson Pollock expunha pela primeira vez em Nova York.[18] Mas antes ainda da primeira conflagração, e apesar de que sua lógica já estivesse efetivamente ativa, Araripe Jr. chegou a pensar, em 1909, que a crepusculina fosse a "medula substantífica das coisas humanas".[19] Incrédulo, com efeito, perante os discursos degenerativos, ao estilo Max Nardau, que dominavam por então a cena, acreditava que a crescente hegemonia norte-americana era mera consequência de um movimento epicicloidal civilizatório que assim naturalizava um sistema hierárquico de engrenagens planetário, e por isso lançava vistas ao Oriente, vendo na China essa origem que renovaria ao Ocidente. Por vários motivos a interpretação de Araripe equiparava a situação, tão enorme quanto isolada, do Brasil com a da China.[20] O acontecimento da espiral cultural, em Araripe, duplicava assim o acontecimento crepuscular, esse sonho vespertino cuja metáfora mais contundente é a poética de Mallarmé, aludindo sempre ao desaparecimento como tal. Na espiral, o novo sempre varre algo do velho que com ele também desaparece.

Porém, assim como o primo antepassado de Araripe escreveu *Iracema*, romance fundacional no qual o nome da índia anagramatiza o da própria América, o herdeiro entendia que as redes simbólicas, na sua disposição de avaliar o que acontecia na cultura, deveriam captar os dados como uma "imagem de cinematógrafo", uma prótese sensível que já não se identificasse com a espiral de Goethe, nem com o he-

---

[16] T. A. Araripe Jr. Raul Pompeia. *"O Ateneu" e o romance psicológico*. Desterro: Cultura e barbárie, 2013.

[17] T. A. Araripe Jr. *Obra crítica*. Rio de Janeiro: Casa de Rui Barbosa, v. III (1895-1900), 1966, p. 219.

[18] "L'émergence, au d'but des années 80, d'un axe italo-germanique qui, pour la première foi en Europe, relevait le défi américin et proposait une peinture qui, d'inspiration néofigurative et de tradition classique, renouait avec le passé et balayait le puritanisme imposé par la Guerre froide et ses séquelles culturelles — abstraction gestuelle, minimalisme, art conceptuel, rogatons faits pour des palais contrits et des ventres hypocrites — est aussi liée à la redécouverte des vertus de la pâte et du pain, ces formes évoluées de la cueillette du champignon sauvage. Dans le même temps, les vertus de la pénicilline, comme on l'a dit, cédaient devant la poussée du sida, opportunément venu nous rappeler que nous étions mortels et, à ce titre, animaux de jouissance autant que de mortification." Jean Clair. *De l'invention simultanee*. De la penicilline & de l'action painting, et de son sens. Paris: L'Échoppe, 1990.

[19] Raul Pompeia. *Obra crítica*. Rio de Janeiro: Casa de Rui Barbosa, v. III (1895-1900), p. 219.

[20] Raul Pompeia. "A doutrina de Monroe", *Revista Americana*, Rio de Janeiro, t. I, fasc. III (dez. 1909), pp. 288-90.

RAÚL ANTELO

licoide de DeGreef, meras figuras geométricas planas, e propunha pensar a questão, entretanto, por analogia, com aquilo que se discutia por volta de 1900, em termos de uma quarta dimensão:

> Por isso parece que a *epicycloide* é a que mais se prestava a suportar o que inevitavelmente existe de aleatorio em toda a hypothese sociológica.[21]

Assim, Araripe Jr. situa-se em uma particular linhagem que pensa o tempo e o poder em termos espiralados. Há uma longa tradição ocidental imaginando a catástrofe da história nesses termos. Sandro Botticelli, por exemplo, antes mesmo da descoberta de Colombo, pinta um mapa do Inferno, ilustrando a *Comédia* de Dante, em forma cicloide. O jesuíta Athanasius Kircher grava, em 1679, uma das maiores utopias ocidentais: *A Torre de Babel*. O já citado Victor Delhez nos fornece, em suas gravuras, potentes retomadas de Babel, mas mesmo ao final do século XIX, o emblema patafísico de *Ubu Roi* já era, precisamente, uma espiral.[22] Relembremos que, na época de sua criação, em maio de 1896, Jarry resenha o *Diário de um anarquista*, de Augustin Léger, e nessa leitura traça o autêntico retrato desse portador da condecoração da *espanziral*:

> Um homem, por meio de máquinas inventadas por ele, ou reencontradas a partir de tradições perdidas para o resto, golpeia à distância, e segundo seu prazer, a qualquer um que atrapalhe sua liberdade perfeita. Forças perto das quais a eletricidade dos fonógrafos e microfones de Edison, demasiado material, são rudimentárias, mudam o mundo enquanto seguem sendo tão parecidas às causas naturais (característica da obra do gênio), que sem absurdo não se pode negá-las. O Natural e o Sobrenatural estão às suas ordens. E por um lapso de vida, Deus lhe cedeu seu lugar de Síntese. Se não caminha sobre o mar, como o outro Deus, é porque isso se poderia ver. Assim seria o próprio anarquista.
>
> A. Léger transcreve de modo muito verossímil a evolução, a partir de um tempo remoto, de um *opperrrárrrio* [*overrier*] primata destes tempos burgueses e evolutivos, operário para o qual dois séculos de progresso e civilização (entre eles o nosso, porque isto acontece por volta do ano 2000) "determinaram" sua superioridade de espírito; que seu ofício de tipógrafo o ajude "a seguir as grandes correntes do pensamento contemporâneo, ao sopro das quais se avivam as luzes naturais", e que complete sua educação pela noite nas salas de leitura. Aproveita para "rechaçar, por meio de suas próprias forças, o jugo da superstição" graças também, no entanto, a Lourdes e outras obras dos "mestres do pensamento". Sua fé e a Torre Eiffel, "que voltaremos a encontrar sempre, imperecedoura, indestrutível, eterna como a ciência que a edificou". Acredita o tempo inteiro ter atingido alguma coisa, sucessivamente militar, socialista e anarquista, o que seria a continuação mais acessível. Episódio do militar um pouco celebrado, e então sujeito na vertigem, horrorizado de franquear com armas e projéteis a viga elevada do

[21] Raul Pompeia, 1909, p. 292.

[22] Jean-Hughes Sainmont via em Ubu uma personagem prodigiosa, construído por sóbrio e seguro escultor dramático, mesmo que *Ubú Rey* não seja, para falar com propriedade, uma criação literária, porque "a arte, no sentido em que era entendida até então, está ausente nesta obra"; é, no entanto, uma criação já que "toda arte consistiu sempre em suprimir a arte". E a continuação acrescenta que, das três almas que distinguia Platão, da cabeza, do coração e da gidouille, a tripa espiralada, "esta última somente, nele, deixou de ser embrionária. É o símbolo selvagem desse ser intestinal, cruel e abjeto, medo e rapacidade, inconscientemente gracioso como o são todos os homens detrás das suas fachadas, sem se atrever a confessá-lo: seu duplo rebaixado. J. Hughes Sainmont. "Ubú o la creación de un mito". In: Alfred Jarry. *Patafísica: epítomes, recetas, instrumentos y lecciones de aparato*, trad. Margarita Martínez. Buenos Aires: Caja Negra, 2009, pp. 98-9.

pórtico, consegue passar porque nele se lê o Código Penal, como mais tarde disparará em um Fourmies qualquer, porque associou tal ordem monossilábica a uma crispação da segunda falange do índice direito, ao que não se pode negar, pois acreditou ter lido Darwin e Spencer. Sensação incômoda: muitos acontecimentos superpostos em caixas, explosões célebres, etc. Livro que tenderia a demonstrar que os *opperrrárrrios* anarquistas são péssimos literatos, e cujo herói finalmente é guilhotinado depois de beber, assim como é conveniente.[23]

Mas não muito depois de Araripe Jr., um grande contingente de artistas pensará a questão do tempo e o movimento, quase nos mesmos termos que o paradoxo de Zenão: quanto mais o mundo gira, mais paralisado ele fica. Dois anos depois do artigo de Araripe, Marcel Duchamp pinta, em Paris, o *Nu descendo a escada*; nesse mesmo momento, na Itália, Anton Giulio Bragaglia, que se deslumbraria pelas potencialidades anacrônicas do circo nos pampas, ensaia suas fotodinâmicas com movimentos circulares. Os trabalhos de Giacomo Balla (1912), a *Construção em espiral* de Boccioni (1913), a *Celebração patriótica* (1914) de Carlo Carrà se inscrevem nessa mesma linha.

Estando em Paris, o chileno Joaquín Edwards Bello, que já tinha presenciado uma sorte de Potemkim tropical, a rebelião dos marinheiros negros no Rio de Janeiro de 1910, adere ao dadaísmo com um manifesto que só conheceríamos em 1921, "Espiral":

El primer paso firme que dio el dadaísmo en el mundo fue en 1919, cuando nuestro jefe Tristán Tzara, dijo:

— Señores: DADÁ no significa nada.

— Desde ese día el dadaísmo ha seguido progresando.
— La dimensión del infinito o arquitectura del silencio, de todo lo constantemente silencioso, fue el punto de partida de la gran revolución estética.
— Considerando los seres y las cosas como una pura ilusión, períodos de evolución, el artista médium puede transformar sorprendiendo al tiempo.
— Rebusca estética hacia el infinito, sujetándose a las normas de la concentración espiral y giratoria.
— Sello de correo, maquinaria de reloj, barómetro, sartenes. Kangurú, foca, pingüinos, albatros.
— La última gran guerra, espiral silenciosa en el planeta, proporcionó a los nervios de Europa la necesaria laxitud. He ahí la verdadera importancia de la guerra.
América, equilibrio vacuno, repugna a DADÁ.
— La seudo solidez mental americana reirá el chiste cien años después. América es simplemente abono. ESTAFA.
— DADÁ es bueno porque no concede ninguna importancia a la eternidad.
— Historia, policía privada, cocina, box, medicina, todo es DADÁ. En todas partes está DADÁ. DADÁ DA DADÁ DAR.
— Todo DADÁ es cometa, móvil, materia sideral con espermatozoides vivos y saltones.
— DADÁ chocará con la absurda geometría de los astros.
— La cordillera de los Andes, tragedia espiritual sin comparación posible, tiene una grandeza

---

[23] Alfred Jarry. "Notice bibliographique: Augustin Léger — Journal d'un anarchiste", *Mercure de France*, maio 1896, pp. 294-5 (tradução de trechos proposta pelo autor).

que escapa a todas las disciplinas. El arco de triunfo y las pirámides son monumentos absurdos, pantanales. Todo monumento es pensamiento antigiratorio; es momia o manifestación cadaverizante. Más vale un poste de teléfonos con su maraña de alambres en cualquier pueblo chato, con la condición de que pueda ser más feo todavía.

— La verdad durará una hora a lo sumo. La materia es inmortal porque se destruye a cada instante EVOLUCIÓN.

— DADÁ destruirá a DADÁ.

— DADÁ será perseguido por los gobernantes.

— Conclusión:

DADÁ es lo infinitamente giratorio que forma el SILENCIO del todo.

DADÁ es fermento astronómico, oblongo, gaseoso sin exageración y de color amarillo. Pero no significa nada.[24]

Apesar de anarquista, a espiral de Joaquín Edwards, como se vê, está em linha direta com a torre de Tatlin para celebrar a III Internacional (1919-1920) ou com os *calembours* pornô de Duchamp, em *Anémic cinema* (1926), que além de dissolverem e decomporem as formas (as normas), mostram-nos a crescente visibilidade da entropia de massas. Por meio dessa mesma hipótese epicicloidal, Araripe Jr. elabora, portanto, uma inédita situação de Brasil no novo cenário global, que não desdenha a lógica imperial, ou seja, a dinâmica de ascensão e queda do poder, à maneira nietzschiana, mas preserva também para o país uma nova dinâmica hiperestésica ou, em extremo, hiperpolítica.

> Ora, quem deante de um globo terrestre der-se ao trabalho de traçar uma linha acompanhando o movimento da civilização occidental (...), a partir do Imperio de Alexandre, ha de verificar que essa linha no fim de contas traduz um movimento comparavel ao epicicloidal, realizada a operação em tôrno do Mediterraneo. Partindo do extremo desse mar, isto é, das bocas do Nilo e da Asia Menor, a civilização humana, durante o periodo referido, rodou para o Occidente, envolvendo povos diversos na fórma de pequenos circulos, e voltou, por ultimo, ao ponto de partida, depois de realizadas as revoluções que constituem o que nos compendios se chama a *história antiga*. Resta, entretanto, saber se essa marcha envolvente e circular fechou-se ou rompeu-se, decompondo-se em outro movimento *epicycloidal*. Com certeza decompôs-se. (...) A catastrophe foi completa. O desastre era inevitável. E a Europa despendeu muitos seculos a expiar o grande "crime" da philosophia hellenica, ajoelhada deante de bispos, de papas, de reformadores, de protestantes, illuminados, que andaram a resolver pela politica e até pelas fogueiras questões de consciencia e da salvação eterna, – questões que uma nação asiatica empedernida já havia aliás eliminado do seio dos seus conselhos e da arte de governo havia muitos seculos passados.[25]

Na verdade, Araripe apresenta a história nacional no marco da internacional, e esta, por sua vez, como uma história de saque, tema tão antigo como a própria globalização.[26] Em suma, a teoria que Araripe Jr. elabora em 1909, um ano antes

---

[24] Joaquín Edwards. *Metamorfosis*. Santiago (Chile): Nascimento, 1979, pp. 13-5.

[25] T. A. Araripe Jr. "A doutrina de Monroe", 1966, pp. 292-3.

[26] "A comienzos del siglo XVI se expusieron en Antwerpen piezas de oro de los aztecas, sin que nadie hubiera planteado siquiera la pregunta por su dueño legal; Alberto Durero contempló con sus propios ojos esas obras de un arte de otro mundo completamente diferente. Sin los iconos interiores de los reyes la mayoría de los

da rebelião anarquista e uma década antes que os dadaístas, é abertamente ficcional e espacial, uma vez que a multiplicidade dos ciclos, que reproduzem, no início do século XX, aquilo que a história descreve relativamente ao progresso da cultura greco-romana, revela que essa ação "não mais se exerce sobre um plano, porém sobre a esfera", hipótese que, infelizmente, Araripe logo abandona, porque "isto levar-me-ia a prolongar estas considerações até uma região filosófica, na qual eu não desejo entrar por modo algum".[27] O obnubilado recusa assim a embriaguez. Marca, sem querer talvez, a vitória dos José Veríssimo e da formalização do moderno.

Tal questão se reativaria, recentemente, em duas leituras divergentes de Mallarmé. Alain Badiou leu em várias ocasiões o poeta da contingência, mas sempre a partir da hipótese de que a era dos grandes poetas estava concluída. Em outras palavras, as grandes revoluções também chegaram ao seu fim ou pelo menos já não podem ser justificadas apelando a suas narrativas originárias. Para Badiou, Mallarmé, apesar de não ser elegíaco, nem ditirâmbico, também já não é lírico. Para poder lê-lo, busca, no entanto, a Noção, o Número, a Cifra, porque o isolamento, cujo emblema é a cena-múltipla, fixa a separação e se constitui na operação suprema de sua poética.[28] Mas como, em última instância, Badiou propõe um Mallarmé que seria um Wagner sem mitologia explícita, seu discípulo, Quentin Meillassoux, enfatizou, no entanto, a busca nele de um novo cerimonial, que seria uma forma de afirmar a demanda do político por trás da política. Nessa cambalhota, Mallarmé se reconciliaria assim com Wagner, fazendo com que os movimentos da história fossem alternativamente ridículos e sublimes, novos e recorrentes, reais e fictícios, o que não seria exatamente uma falha de certezas revolucionárias anteriores, mas sim a instalação, envolvente e epicicloidal, de um parcimonioso *talvez*, que alçasse a cerimônia da leitura a uma eterna hesitação entre o solene e o irrisório, o enigmático e sua constelação.[29]

Mas essa constatação nos obrigaria a recuar, mais uma vez, às ideias de Araripe, à sua reivindicação da obnubilação e, nesse sentido, caberia relembrar que, no universo colonial, predomina a ausência de *caritas* e, com ela, impera a metamorfose incessante como lei. Ouçamos Gregório de Matos:

> Nasce o Sol, e não dura mais que um dia,
> Depois da Luz se segue a noite escura,

dirigentes expedicionarios de la globalización temprana no habrían sabido para quién —excepto para sí mismos — tenían que conseguir sus éxitos; pero, sobre todo, no habrían experimentado a través de qué clase de reconocimiento podían saberse completados, justificados y transfigurados. Incluso las atrocidades de los conquistadores españoles en Suramérica y Centroamérica son metástasis de la fidelidad a majestades patrias, que se hacen representar en el exterior con medios extraordinarios. Por eso el título de virrey no sólo tiene significado jurídico y protocolario, sino que es, a la vez, una categoría que llega psicopolíticamente al fondo de la Conquista misma. Quedaron sin escribir los libros de los virreyes. Por su causa los reyes europeos están presentes siempre y por doquier en las expansiones externas del Viejo Mundo, aunque ellos mismos nunca visiten sus colonias." Peter Sloterdijk. *En el mundo interior del capital. Para una teoría filosófica de la globalización*, trad. Isidoro Reguera. Madri: Siruela, 2010, pp. 156-7.

[27] Araripe Jr. "A doutrina de Monroe", 1966, p. 295.

[28] Alain Badiou. *Condiciones*, pref. F. Wahl; trad. Eduardo L. Molina e Vedia. México: Siglo XXI, 2002.

[29] Quentin Meillassoux. "Badiou and Mallarmé: The Event and the Perhaps", *Parrhesia*, n. 16 (2013), pp. 35-47.

> Em tristes sombras morre a formosura,
> Em contínuas tristezas a alegria.
>
> Porém acaba o Sol, por que nascia?
> Se formosa a Luz é, por que não dura?
> Como a beleza assim se transfigura?
> Como o gosto da pena assim se fia?
>
> Mas no Sol, e na Luz, falte a firmeza,
> Na formosura não se dê a constância,
> E na alegria sinta-se tristeza.
>
> Começa o mundo enfim pela ignorância,
> E tem qualquer dos bens por natureza
> A firmeza somente na inconstância[30]

Dessa noção de que a firmeza conserva dentro dela mesma a inconstância, ou seja, que o real seria o impasse da formalização, deriva a narrativa com que Frei Vicente do Salvador nos diz, na *História do Brasil*, que a expedição que derrota os batavos e define a Bahia e o Nordeste para os portugueses, ou seja, a expedição que *inventa* o Brasil, partiu de Cabo Verde no Carnaval e chegou à Bahia na Páscoa.[31] Deste modo, frei Vicente aventa a hipótese de que o Brasil nasce, portanto, não definitivo, fugaz, entre duas datas móveis na circulação dos astros. E isso não só porque, como queria Bento Teixeira, a imagem é sempre um *rascunho*, um esboço, mas porque a própria sociedade é concebida, desde o início, como anômica, quebra e subversão temporária da ordem social, ou seja, a sociedade brasileira é fruto de uma embriaguez carnavalesca, mesmo que salva pela Paixão de Cristo.

2. QUEM LÊ O POEMA?

Aceitando a conclusão provisória de que o naufrágio da construção conota a fantasmagorização do Autor, caberia então indagar de que modo podemos conceber o leitor de um poema. Tomemos o percurso que Giorgio Agamben nos fornece para responder a essa pergunta não sem antes relembrarmos o texto do qual ele parte e que também cita Raul Pompeia, em uma das *Canções sem metro*. Trata-se de "O infinito" de Leopardi:

> ... Così tra questa
> Immensità s'annega il pensier mio;
> E il naufragar m'è dolce in questo mare.

Na tradução de Ivo Barroso:

---

[30] Gregório de Matos. *Poemas escolhidos*. São Paulo: Companhia das Letras, 2010, p. 13.
[31] Vicente do Salvador. *História do Brasil*. Ed. revista por Capistrano de Abreu. São Paulo/ Rio de Janeiro: Weiszflog Irmãos, 1918, p. 563.

... Imensidão se afoga o pensamento:
E doce é naufragar-me nesses mares.[32]

Relembremos então aquilo que Agamben nos diz em *A linguagem e a morte*:

> Pois certamente a poesia *O infinito* foi escrita para ser lida e repetida inúmeras vezes, e nós a compreendemos perfeitamente sem nos deslocarmos até aquele lugar próximo a Recanati (admitindo-se que tal lugar tenha existido algum dia) que algumas fotografias nos mostram precisamente com a legenda: a colina *d'O infinito*. Aqui se revela o particular estatuto da enunciação no discurso poético, o qual constitui o fundamento da sua ambiguidade e da sua transmissibilidade: a instância de discurso, à qual o *shifter* se refere, é o próprio ter-lugar da linguagem em geral, ou seja, no nosso caso, a instância de palavra em que qualquer locutor (ou leitor) repete (ou lê) o idílio *O infinito*. Como na análise hegeliana da certeza sensível, aqui o *Isto* já é sempre um Não-isto (um universal, um *Aquilo*): mais precisamente, a instância de discurso é desde o princípio confiada à memória, mas de forma que memorável é a própria inapreensibilidade da instância de discurso como tal (e não simplesmente uma instância de discurso histórica e espacialmente determinada), a qual funda assim a possibilidade da sua infinita repetição. *No idílio leopardiano, o este indica já sempre além da sebe, para lá do último horizonte, na direção de uma infinidade de eventos de linguagem.*
> A palavra poética acontece, pois, de tal modo que o seu acontecimento escapa já sempre em direção ao futuro e ao passado, e o lugar da poesia é sempre um lugar de memória e repetição. Isto significa que o infinito do idílio leopardiano não é simplesmente um infinito espacial, mas [...], também e primordialmente, um infinito temporal.[33]

Mas Agamben ainda retomaria esses mesmos argumentos no prefácio ao livro de Emanuele Coccia sobre a imaginação:

> Se il lettore medievale di Averroè, in una drastica contrazione fra Cordova e Atene, si ritrovava contemporaneo di Aristotele, qui, nel punto in cui il commentatore sembra prendere a oggetto se stesso, a essere condotta alla sua rivelazione è la forma stessa del commento. Uno dei compiti che il libro si propone è, infatti, l'interpretazione dell'averroismo attraverso l'esposizione della sua forma. Ma questa forma — la forma-commento, appunto — si presenta come la forma stessa del pensiero.[34]

Em "Ideia da única", Agamben também cita Paul Celan:

> "La poesia è l'unicità destinale del linguaggio. Dunque non — mi sia permessa questa verità banale, oggi che la poesia, come la verità, sfuma fin troppo spesso nella banalità — dunque non la duplicità".[35]

A essa citação de Celan, o próprio Agamben acrescenta:

> Questa vana promessa di un senso della lingua è il suo destino, cioè la sua grammatica e la sua tradizione. L'infante che, pietosamente, raccoglie questa promessa e, pur mostrandone la vanità, decide tuttavia la verità, decide di ricordarsi di quel vuoto e di adempierlo, è il poeta.

---

[32] Giacomo Leopardi. *Poesia e prosa*, ed. Marco Lucchesi, trad. Ivo Barroso. Rio de Janeiro: Nova Aguilar, 1996.

[33] Giorgio Agamben. *A linguagem e a morte. Um seminário sobre o lugar da negatividade*, trad. Henrique Burigo. Belo Horizonte: Editora UFMG, 2006, pp.104-5.

[34] Giorgio Agamben. "Introduzione". In: Emanuelle Coccia. *La trasparenza delle immagini. Averroè e l'averroismo*. Milão: Bruno Mondadori, 1995, p. x.

[35] Giorgio Agamben. *Idea della prosa*. Milão: Feltrinelli, 1985, p. 29.

Ma, in quel punto, la lingua sta davanti a lui così sola e abbandonata a se stessa, che non s'impone più in alcun modo — piuttosto (sono ancora parole, tarde, del poeta) si espone assolutamente. La vanità delle parole ha qui veramente raggiunto l'altezza del cuore.[36]

Em *A comunidade que vem*, por último, o filósofo nos diz:

Come nella calligrafia del principe Myskin, nell'*Idiota* di Dostoevskij, che può imitare senza sforzo qualsiasi scrittura e firmare in nome altrui ("l'umile igumeno Pafnuzio ha firmato qui"), il particolare e il generico diventano qui indifferenti, e proprio questa è l'"idiozia", cioè la particolarità del qualunque. Il passaggio dalla potenza all'atto, dalla lingua alla parola, dal comune al proprio avviene ogni volta nei due sensi secondo una linea di scintillazione alterna in cui natura comune e singolarità, potenza e atto si scambiano le parti e si compenetrano a vicenda. L'essere che si genera su questa linea è l'essere qualunque e la maniera in cui egli passa dal comune al proprio e dal proprio al comune si chiama uso — ovvero *ethos*.[37]

Se resumimos o percurso constatamos que o poema apela a uma certa idiotia. Não se dirige a um indivíduo em particular mas a uma exigência, uma vez que ele está situado para além do necessário e do possível. E essa característica conota mais uma, não menos paradoxal, a de que todo poema é inesquecível, embora sempre se esqueça, o que, em última análise, demonstra que o poema é ilegível. E, com efeito, em "A quem se dirige a poesia?", Agamben responde que sua fala sustenta-se, como diria Vallejo, "por el analfabeto a quien escribo". Mas o que significa dizer que um poema dirige-se a uma exigência? Uma exigência nunca coincide com as categorias modais com as quais estamos familiarizados. O objeto da exigência não é nem necessário nem contingente, não é possível ou impossível. No entanto, pode-se dizer que uma coisa exige ou demanda outra, quando a primeira coisa é, a outra também tem que ser, sem que necessariamente a primeira esteja implicando logicamente a segunda ou forçando-a a existir no âmbito dos fatos. Uma exigência é simplesmente algo além de toda necessidade e toda possibilidade. É similar a uma promessa que só pode ser cumprida por aquele que a recebe.

Nesse ponto, Agamben nos relembra, mais uma vez (essa seria, de fato, uma cena irradiante da sua filosofia), que Benjamin escreveu alguma vez que a vida do Príncipe Myshkin exige permanecer inesquecível, mesmo quando todos a esqueçam. Da mesma forma, o poema exige ser lido, mesmo que ninguém o leia. Isto também pode se formular dizendo que, conforme a poesia demanda ser lida, ela deve permanecer sempre ilegível. A essas alturas, Agamben associa essa exigência com aquilo que Cesar Vallejo escreveu quando, ao definir a intenção final e a dedicatória de quase toda sua poesia, não encontrou outras palavras a não ser dizer que elas existiam *pelo analfabeto a quem escrevo*. É importante nos determos na formulação aparentemente redundante "pelo analfabeto a quem escrevo", pondera Agamben, porque, nessa fórmula, "pelo" significa menos um "para" finalista ou de destinação, do que em "lugar de"; tal como Primo Levi disse que ele dava testemunho por —

[36] Giorgio Agamben, 1985, pp.30-1.
[37] Giorgio Agamben. *La comunità che viene*. Turim: Einaudi, 1990, pp. 21-2.

isto é, "no lugar de" — aqueles chamados *Muselmanner* que, na gíria de Auschwitz, nunca puderam dar testemunho.

Em suma, que o verdadeiro destinatário da poesia é aquele que não está habilitado para lê-la. Mas isso também significa que o livro, que é destinado a quem nunca o lerá — o iletrado — foi escrito por uma mão que, em certo sentido, não sabe ler e que é, portanto, uma mão iletrada. A poesia é aquilo que devolve a escritura ao lugar de ilegibilidade de onde provém, e aonde ela continua se dirigindo.[38]

Mas não é só Vallejo que conta aqui. Lezama Lima também nos fornece um outro exemplo de destinação difusa. Se verificarmos o primeiro verso de *Morte de Narciso*, "Dánae teje el tiempo dorado por el Nilo", vemos, por exemplo, que Dánae "tece o tempo" que previamente o Nilo dourou, mas isso nos simula que a deusa tece um fio negativo (*hilo, nihilo*) de ouro. Tecer manifesta a ação de um presente dilatado. Essa atividade é uma potência: o dispositivo da trama supõe o tecido, o fio da vida, o texto e a textualidade. Trata-se, de fato, de uma cena de sintaxe, que deverá reordenar, com sua capacidade barroca de somar objetos e sujeitos, o caráter do processo textual; o mecanismo artístico capaz de restituir o sentido e, certamente, a diferença cultural de uma visão do mundo capaz de incorporar o dissímil, reconciliar os opostos, e em última análise, ativar o diálogo. A sintaxe é o princípio da trama, a inteligência da incorporação e a política interpretativa de demorar na significação. Um dado da mitologia clássica (Dánae) interage (tece) a temporalidade de uma outra história antiga (Egito). Portanto, essa figura metafórica, fundacional de um discurso mitopoético, constrói-se com base nesses nomes ilustres, com base nessa trama de tempos dissímeis, que é a história cultural. Mas essa nova instância do discurso poético, por isso mesmo, só se cumpre em outra trama de articulações, a leitura. Imediatamente, cada nome abandona seu arquivo original, que é o modo de falar e de produzir novos discursos, para agora ingressar em um novo regime discursivo: o operativo do poema, onde os objetos se liberam de sua linhagem e onde são projetados em compensação em um presente incessante, que flui como outro rio, e cria assim uma nova geotextualidade para o poema. Voltaremos, mais adiante, à questão dos fluxos geográficos e temporais.

Oswald de Andrade buscava também, nos anos 40, o orfismo na poesia. Lembremos que, em *Um homem sem profissão*, o orfismo é associado inequivocamente à própria antropofagia, na medida em que Oswald podia ter o pior dos conceitos da Igreja, mas isso não abalava nele um sentimento de experiência religiosa do mundo, que ele mesmo decodificava com um "dicionário de totemismo órfico", ativo já em idade infantil:

> Durante a provação e a angústia a minha certeza órfica se robustece. A minha confiança no sobrenatural parece definitiva. Essa certeza órfica é uma alavanca presa geralmente à paróquia mais próxima de cada um. A fé que move montanhas. Daí a força das religiões que se

---

[38] Giorgio Agamben. "To Whom in Poetry Addressed?", trad. Daniel Heller-Roazen. *New Observations*, n. 130, 2015.

RAÚL ANTELO

contradizem, se bastem entre si, mas dominam o mundo humano, totemizando a seu modo o tabu imenso que é o limite adverso — Deus. Por isso, não se encontra povo primitivo ou nação civilizada sem a exploração sacerdotal desse filão encantado que tece nossa esperança imarcescível. É a transformação do tabu em totem.[39]

Como entender, portanto, o elemento órfico em um poeta como Oswald? Ele guarda alguma relação com o elemento órfico em Rilke. O próprio poeta alemão dizia que os versos não são, como muita gente acredita, sentimentos (temo-los sempre muito cedo), são experiências.[40] E, nessa linha, Furio Jesi argumentaria que "la nozione di un *rituale di vita* e soprattutto di un *rituale de poesia* ha evitato a Rilke di ridursi al silenzio anziché di praticare la poesia".[41] E lembremos que, ao abordar as *Elegias*, Jesi nunca hesitou em lê-las como simples ocasiões retóricas para evitar o silêncio. É poesia que não tem nada para dizer mas que, no entanto, *fala*, o que pode ser entendido como confirmação do núcleo assemântico da própria linguagem poética. Elas seriam, como antecipara Croce, um "poema didascálico, opera conclusiva" que, enxertando e montando uma série de *topoi*, recorrentes na poética de Rilke, nos apresentam a linguagem do poeta como um instrumento cego, puro e mudo.[42] Coincidentemente, em 1989, Jean-Christophe Bally, problematizando a questão da representação em poesia, raciocinava que, a partir do romantismo, há uma evidente substituição do hino pela prosa, ao passo que, na arquitetura, a equivalência seria o abandono da fachada em benefício da passagem, tal como teorizada por Benjamin. Nas artes plásticas, essa reviravolta adquire as feições do abstrato e do informe, ao passo que, na música, enfim, ela provoca que, abandonada a estrutura, todo acontecimento musical, como previra Adorno, se reduza a um confronto, a sós, com ele mesmo. Ora, desse processo, Bally conclui que toda a história da literatura moderna poderia ser resumida como a luta entre aquilo que busca colocar o sujeito para além de sua autoposição na linguagem e aquilo que, pelo contrário, busca reencontrar o charme da vocação oratória sublimada.[43] Nesse sentido, o fim do hino coincidiria com a emergência do díspar e do esparso. Mais recentemente, Giorgio Agamben propôs um certo paralelismo entre imagem-propaganda e hino-doxologia. Na coincidência entre ambos os polos, imagem e hino seriam linguagens sem conteúdo e, assim como as elegias de Rilke lamentam e celebram, porque só no ritual

---

[39] Oswald de Andrade. *Um homem sem profissão: sob as ordens de mamãe.* 3. ed. Rio de Janeiro: Civilização Brasileira, 1976, p. 89. (*Obras completas*, v. 9)

[40] Manuel Bandeira. "Antologia de definições de poesia". *Letras e Artes*. Rio de Janeiro, 14 jul. 1946.

[41] Furio Jesi. "Rilke e la poetica del rituale". In: *Letteratura e mito*. Con un saggio di Andrea Cavaletti. Turim: Einaudi, 2002, p. 108.

[42] "Se Orfeo è il poeta di una poesia dotata di contenuto, ammaliatrice, celebratrice, che dice e celebra la verità e perciò ammalia, la *kore* è la personificazione di una poesia che è pura occasione retorica per non tacere, perché non si può totalmente tacere, cioè perché il poeta non può divenire fino in fondo oggetto. La fanciulla morta, la *kore*, dei Sonetti, che nei Sonetti prevale su Orfeo, è la fanciulla morta, la *kore*, la Lamentazione (Klage) delle Elegie: è *l'elegia*, il lamento che non ha altro contenuto che il fatto di scegliere deliberatamente di non tacere, siccome non è possibile essere al tempo stesso poeta vivo e strumento muto, oltre che 'cieco e puro' dell'inconoscibile." Furio Jesi. *Il tempo della festa*, ed. Andrea Cavaletti. Roma: Nottetempo, 2014, pp.161-2.

[43] Jean-Christophe Bally. *La fin de l'hymne.* Paris: Christian Bourgois, 2015, pp. 130-1.

da celebração pode dar-se também a lamentação, Agamben nos diz que o hino é "la radicale disattivazione del linguaggio significante, la parola resa assolutamente inoperosa e, tuttavia, mantenuta come tale nella forma della liturgia".[44]

Mas como a liturgia, sendo originariamente, na Grécia, um serviço público, torna-se, no cristianismo, uma cisão do *opus dei*, que gera, assim, uma aporia, em que se reúne e separa tanto o mistério quanto o ministério, isto é, tanto o ato soteriológico eficiente, quanto o serviço comunitário dos clérigos, o *opus operatum* e o *opus operantis Ecclesiae*, ou ainda, em outras palavras, afastam-se o poder e o ofício, entendido este como suspensão temporária daquele,[45] o objetivo do elemento órfico na poesia é, portanto, emancipar o hiato entre os dois fenômenos[46] e, indo além deles, descobrir outros fenômenos, que emergem do intervalo entre eles mesmos, criando, na verdade, a possibilidade de ler movimentos fenomenais que se produzem graças a outros, afenomenais, situados entre o oral e o escrito, entre o passado e o futuro ou entre a semiótico e o semântico, para assim postular uma quarta dimensão da cultura, que se firma, precisamente, a partir do dado não-dimensional dela mesma.

Isto posto, caberia pensar que, tanto o "Cântico dos cânticos para flauta e violão", quanto "O Escaravelho de Ouro" ilustram esse processo órfico e circular em Oswald de Andrade. O primeiro, um hino ao himeneu, em que a palavra torna-se simplesmente inoperante, na medida em que já não há, no ato, qualquer transcendência. Quanto ao escaravelho, hermético sinal egípcio por meio do qual, invertendo o raciocínio de Sloterdijk, Oswald tornar-se-ia um desconstrutor derrideano da metafísica da presença, ele devolve ao poema a noção da dissidência, muito presente no poema homônimo de Maiakóvski, que põe distância em relação à própria ideia de comunidade ou identidade.

Essa certeza órfica totemiza, a seu modo, o tabu imenso que é o limite adverso — Deus. Daí que o esforço da poesia brasileira pós-modernista (de que os derradeiros poemas oswaldianos são mais do que ilustrativos: são a soleira indispensável para entender a poética de Haroldo de Campos) já não se reduza a uma disjunção: ser (Deus) versus não-ser (Diabo). O diabo quer não-ser, ou seja, deseja *nonada*. Sua fala, mais do que simples transformação do tabu em totem, é uma Teo(a)logia. Em outras palavras, trata-se, no órfico oswaldiano, de plasmar o que Haroldo de Campos chamou de pós-utópico: ele é a finitude da *buena dicha*, a pura *tyché*. Sua leitura esvazia, mas também abre, o apetite do *termite silencieux*, para desfazer o nó borromeano do dizer (o *bien dicho*) e *permitir* que a palavra ressoe como *buena dicha*, uma falsa moeda na palma da mão de uma vidente ou quiromante. Encerra-se então nessa cifra toda a temática do cerimonial, oscilando entre novo e velho, abjeto e sublime, irrisório e solene, isto é, a constelação e a noite. Como ainda dirá o "Canto órfico", de Drummond:

---

[44] Giorgio Agamben. *Opus Dei: archeologia dell'ufficio. Homo sacer*, II, 5. Turim: Bollati Boringhieri, 2012, p. 38.

[45] Ibid.

[46] Ver Giovanni Urbani. *Per uma archeologia del presente. Scritti sull'arte contemporanea*, ed. B. Zanardi; pref. G. Agamben e T. Montanari. Milão: Skira, 2012.

No duelo das horas tua imagem
atravessa membranas sem que a sorte
se decida a escolher. As artes pétreas
recolhem-se a seus tardos movimentos.
Em vão: elas não podem.
Amplo,
vazio
um espaço estelar espreita os signos
que se farão doçura, convivência,
espanto de existir, e mão completa
caminhando surpresa noutro corpo.[47]

Uma das linhas de fuga desse orfismo oswaldiano pode ser facilmente constatada, pouco depois, no cinema de Jean-Luc Godard. Com efeito, o método compositivo de Godard obedece, em poucas palavras, a um certo olhar de Orfeu.

> No imenso exercício de montagem que são as *Histoire(s) du cinéma*, Jean-Luc Godard então *vê* e *revê*, ele *retorna* a um número considerável de momentos *tomados* por um número considerável de cineastas. O resultado é uma gigantesca montagem de citações destinada (...) a destacar "imagens dialéticas" nas quais, enfim, certos passados ou "outroras" têm a chance de se tornar "legíveis". Legíveis de uma legibilidade que emerge tão somente por meio do evento produzido pela montagem, a saber, a colisão desses "passados citados" com o presente ou o "agora" daquele que revê, re-cita, remonta e reencontra.
> Nesse sentido, as *Histoire(s) du cinéma* assemelham-se muito a uma busca (*récherche*) do tempo perdido. Busca ou pesquisa do tempo por visões e revisões interpostas ou, mais ainda, recompostas em uma economia de citações — enquadramento de imagens ou de frases — cuidadosamente *montadas* e *remontadas*. É uma *récherche*, não somente no sentido de uma "retomada" ou de uma anamnese, mas também no sentido de uma série experimental e exploratória de "remontagens" sucessivas a partir de um corpus abrangente de planos cinematográficos, de imagens fixas, de textos e de sons recolhidos lá e cá.[48]

Nesse sentido, o cinema de Godard, como a poesia oswaldiana, pratica uma *arqueologia* do presente. Mas para melhor esmiuçá-la e avaliá-la, é bom não esquecer, contudo, que em texto de 1961, "Introdução aos vasos órficos", José Lezama Lima também elaborou uma poética coincidente com a do último Oswald, mesmo quando invoca o ovo de Eros, par do *Urutu* (1928) de Tarsila, que nasce precisamente da noite órfica para ordenar o Caos.

> O orfismo nunca se contentou com a hipóstase no reino dos sentidos, de uma essência ou figura divina derivada da presença dos deuses da natureza, estabelecia como que um círculo entre o deus que descende e o homem que ascende como deus. Impregna essas duas espirais, que se complementam num círculo, na plenitude de um *hierus logos*, ou seja, num mundo de total alcance religioso, mostrado numa teogonia em que o homem surge como um deus, coralino galo das pradarias bem-aventuradas. Desaparecem os fragmentos habitáveis do temporal, para dar passagem a uma permanente história sagrada, escrita, desde logo, em tinta invisível, mas rodeada de um coro de melodioso hieratismo. Tanto a luz como o cone de sombras, penetram

---

[47] Carlos Drummond de Andrade. *Poesia completa*. Rio de Janeiro: Nova Aguilar, 2005, pp. 412-4.
[48] Georges Didi-Huberman. *Passés cités par JLG. L'Œil de l'histoire*, 5. Paris: Minuit, 2015, pp. 70-1.

nas possibilidades do canto, até o sombrio Hades, a morada dos mortos "que vivem", sempre que o canto, que antes respondia presumidamente à luz, responde também na noite dos mortos. Os raptos, as perseguições dos familiares mais próximos e o encontro de dois deuses, continuam no mundo subterrâneo seu furor, como se a luz aquecesse os sentidos na plenitude do meio-dia estival. Nesse *hierus logos* do orfismo, a deusa que passeia do vale sombrio à luz, encontra-se com a caminhante aflita que vai do sorriso à sombra devoradora. Uma teme ser raptada, a outra se orienta até as vozes conhecidas, as eternas figuras que atravessam o pátio do costume.[49]

A deusa atravessa assim o escuro da noite órfica, que se diferencia da noite unitária e essencial. A noite de Parmênides, um contínuo que sempre afirma a existência do Uno, opõe-se assim à de Orfeu, noite inacabada, que morre mas renasce, aportando assim um novo saber. A dispersão órfica carrega então sua própria unidade, ao nos trazer o conhecimento ritual que surge com a noite. O canto iniciático de Orfeu, com sua sedutora disseminação por toda a natureza, discrimina-se assim dos rituais políticos ou cívicos, porque, tanto em seu culto quanto no mito, Orfeu aparece dissociado do grupo, da comunidade, da polis. Se a virtude fundamental da polis é a moderação, o decoro e o autocontrole (a *sophrosyne*), Orfeu ignora esses atributos e não é nem mesmo heroico, como o lutador timbrado pela *areté*, e portanto é alheio ao hino cívico e épico de seu tempo. Orfeu é uma figura complexa, um xamã, uma figura liminar que, ao reunir o dionisíaco com o apolíneo, encarna a *coincidentia oppositorum* de Nicolau de Cusa.

> Estava Orfeu do lado dos que por astúcia sabiam o não saber, ou seja, fingiam o não saber, a inocência, o calmo pascer dos animais do tempo sem tempo? Ou estava situado no período apolíneo, em que havia uma ambivalência entre o saber e o não saber? Na realidade, o período órfico traz uma solução que não é mais a do período apolíneo. Traz um novo saber, um novo descenso ao inferno.[50]

A seu modo, o sentimento órfico é também uma *meditação sobre o Tietê*, já que, segundo Lezama,

> À medida que se aprofunde o período compreendido entre esse século XV a.C. e o século XX a.C., época da mais poderosa relação entre a cultura grega e a egípcia, irá se decifrando o mistério da existência real de Orfeu, a causa da submersão de sua figura e os elementos obscuros que despertou e que foram a causa de sua ruína e de sua morte. Observe-se que a divindade com quem Calíope é infiel a Apolo, representa a divindade de um rio, e que depois de morto Orfeu, sua cabeça é arrancada do corpo e lançada a um rio, onde continua até que outras divindades hostis decidem ocultá-lo pelo fogo.[51]

É provável que uma fonte desse orfismo poético, tanto de Oswald de Andrade como do próprio Lezama Lima, provenha da obra dos novos helenistas, como Gilbert Murray ou Werner Jaeger. Com efeito, este último nos informa que, nas orgias órficas, não restritas a um só lugar, encontramos uma espécie de ritos religiosos

---

[49] José Lezama Lima. *A dignidade da poesia*, trad. Josely Vianna Baptista. São Paulo: Ática, 1996, pp. 247-8.
[50] José Lezama Lima, 1996, p. 252.
[51] José Lezama Lima, 1996, p .255.

(τελεταί), dos quais não há provas antes dessa época, apesar de que se supunha terem sido fundados por Orfeu. Como indica ironicamente Platão, profetas ambulantes e mendicantes promulgavam regras para a purificação do homem dos pecados cometidos a outra pessoas piedosas, tanto por meio da palavra oral, quanto por meio de opúsculos. Eles chamavam, também, de órficas certas regras ascéticas de abstinência. Junto com prescrições de se abster de carne e seguir uma dieta puramente vegetariana, vinha um mandamento que ordenava a justiça na conduta da vida. Assim a religiosidade órfica tomou a forma de um bem definido βίος ou forma de vida; mas, também, envolvia a observação de certos rituais de sacrifício, exorcismo e expiação, que requeriam certo grau de treinamento e, por conseguinte, tornava necessária uma classe de homens profissionalmente preparados para levá-los adiante.[52]

Mas, para além da conotação wittgensteiniana do orfismo como forma-de-vida, é um fato que essas experiências serviam para o sentimento (παθεῖν) deslocar a pedagogia (μαθεῖν), já que

> La experiencia de lo Divino en las iniciaciones se caracteriza como una verdadera pasión del alma en contraste con el simple conocimiento intelectual, que no necesita de una relación especialmente calificada con su objeto. Una afirmación como ésta nos lleva a concluir que para los iniciados era la divina naturaleza del alma misma, preservada de todo mal por su propia pureza inmaculada, una garantía de su susceptibilidad a las influencias divinas.[53]

Ora, a noção corrobora a circularidade da linguagem poética já que uma experiência sem hinos nem rituais é uma experiência sem metafísica, sem deuses e cujo único trabalho consiste no luto do desencantamento do mundo. Heinrich Heine avançara essa ideia em "Les dieux en exil" (1835), ensaio publicado na *Revue des deux mondes* em 1853. Em 1880, porém, Mallarmé retomaria a ideia, em seu ensaio sobre os deuses antigos, admitindo que a linguagem tivesse se separado absolutamente da língua das trocas, e questionando-se também acerca da sobrevivência contemporânea de mitologias tão arcaicas.

> Nous percevons donc, nous autres modernes, mieux que ne le firent les peuples classiques, combien, dans leur forme primitive, ces on-dit étaient naturels en même temps que dotés d'une beauté et d'une vérité merveilleuses.[54]

---

[52] Werner Jaegger. *La teología de los primeros filósofos griegos*, trad. J. Gaos. México: Fondo de Cultura Económica, 1952, p. 63. E, mais adiante, completa: "Gracias a una infatigable capacidad para animar el mundo panteísticamente, vuelven los viejos dioses a nacer en un nuevo sentido. El proceso evolutivo conduce desde los divinos personajes de la vieja religión popular de Grecia hasta los divinos poderes y la divina Naturaleza de los filósofos y teólogos. Las fuerzas deificadas de la naturaleza constituyen un estrato intermedio entre la vieja fe realista en particulares personajes divinos y la etapa en que lo Divino se disuelve por completo en el Universo. Aunque se las concibe como fuerzas naturales e incluso como partes de la naturaleza, siguen llevando nombres personales. En este respecto siguen representando el pluralismo hondamente arraigado de la religión griega. Pero a pesar de este punto de contacto están muy lejos de las viejas divinidades del culto. Sus nombres sólo son un transparente velo arcaizante que no oscurece en modo alguno su carácter puramente especulativo. Aunque la filosofía significa la muerte para los viejos dioses, es ella misma religión; y las simientes sembradas por ella prosperan ahora en la nueva teogonía" (p. 76).
Werner Jaegger, 1952, p. 92.
[54] Stéphane Mallarmé. *Oeuvres Complètes*, ed. H. Mondor. Paris: Gallimard, 1935, p. 1164.

A POESIA NÃO PENSA (AINDA)

Mallarmé via seu tempo como passagem à ação. Se, no passado, reis e deuses ditavam à multidão o que esta deveria fazer, agora as massas querem ver pelos próprios olhos, *ver com olhos livres*. A arte será cada vez menos intensa, gloriosa ou rica; mas em compensação os artistas serão cada vez mais anônimos e impessoais, dissolvidos no sufrágio universal.[55]

Diríamos, portanto, que, do mesmo modo que Lezama, também Oswald de Andrade reescreve a antropofagia sub a luz do orfismo. Já no final de 1946, o poeta sente-se inclinado a reescrever o manifesto de 1928, e propõe, na *Revista Acadêmica*, uma estrutura bipolar em que o artista determina a obra, mas a obra, paralelamente, determina o artista.

> O antropófago habitará a cidade de Marx. Terminados os dramas da pré-história. Socializados os meios de produção. Encontrada a síntese que procuramos desde Prometeu. Quando terminarem os últimos gritos de guerra anunciados pela era atômica. Porque "o homem transformando a natureza, transforma a sua própria natureza". Marx.[56]

Nessa lógica foi escrito um poema como o já citado

BUENA DICHA

Há quatrocentos anos
Desceste do trópico de Capricórnio
Da tábua carbunculosa
Das velas
Que conduziam pelas estrelas negras
O pálido escaravelho
Dos mares
Cada degredado insone incolor
Como o barro
Criarás o mundo
Dos risos alvares
Das colas infecundas
Dos fartos tigres
Semearás ódios insubmissos lado a lado
De ódios frustrados
Evocarás a humanidade, o orvalho e a rima
Nas lianas construirás o palácio térmita
E da terra cercada de cerros
Balida de sinceros cincerros
Na lua subirás
Como a tua esperança
O espaço é um cativeiro.[57]

---

[55] Youssef Ishaghpour. *Aux origines de l'art moderne. Le Manet de Bataille*. 2. ed. Paris: La Différence, 1995, p. 28.
[56] Oswald de Andrade. "Mensagem ao antropófago desconhecido da França antártica". In: *Estética e política*, ed. Maria Eugênia Boaventura. São Paulo: Globo, 1992, p. 286.
[57] Oswald de Andrade. *O Santeiro do Mangue e outros poemas*, fixação do texto e notas de Haroldo de Campos. São Paulo: Globo/ Secretaria de Estado da Cultura, 1991, p. 45.

RAÚL ANTELO

Nessa mesma época, pós-histórica e arquiantropofágica, Pierre Boulez levava o ideal construtivo do pensamento serial dodecafônico ao extremo. Enquanto verdade da forma musical, esse ideal não temia seguir uma tendência várias vezes presente no modernismo: a reconstrução da racionalidade da forma musical a partir de parâmetros fornecidos pela racionalização científica. "Quando se estuda o pensamento dos matemáticos ou dos físicos de nossa época sobre as estruturas (do pensamento lógico, das matemáticas, da teoria física...), percebe-se, claramente, o imenso caminho que os músicos ainda devem percorrer antes de chegar à coesão de uma síntese geral."[58] A afirmação não podia ser mais clara: o ideal da razão musical deve ser procurado no pensamento estrutural que anima as matemáticas e a ciência. Fato que não escapou a Adorno quando argumentava ser possível afirmar que os serialistas não inventaram arbitrariamente a matematização da música, mas confirmaram, entretanto, um desenvolvimento que Max Weber, em sua sociologia da música, identificou como a tendência dominante da mais recente história musical — a progressiva racionalização da música, quando ela alcança sua realização na construção integral.

O próprio objeto da poesia, para o Oswald dos anos 40, é fragmentário, tanto quanto o era para Maurice Blanchot, quem elaborava, paralelamente a essas leituras, um pensamento e uma fala por fragmentos, cujo objetivo último era dizer e pensar o objeto enquanto ele não pressupõe nenhuma totalidade prévia da qual ele derivaria, mas, ao contrário, a ideia era deixar esse fragmento derivar por si mesmo, fazendo da distância, da divergência e do descentramento, uma afirmação propositiva de uma nova relação com o Exterior, irredutível à unidade. Como mais tarde diria Deleuze, é preciso conceber cada fragmento como se fosse dotado de um mecanismo propulsor, e longe de serem simples processos psíquicos, as projeções, as introjeções, as fixações, as regressões, as sublimações são autênticos mecanismos cosmo-antropológicos. O homem reataria assim com um destino que é preciso ler nos astros e planetas e, como sabemos, o pensamento planetário não é unificador: ele implica uma profundidade extensiva do céu, com aproximações e distanciamentos sem meio-termo, números inexatos, uma abertura de nosso sistema, em suma, toda uma filosofia-ficção, acatando a premissa de Dryden de que a ficção é a essência da poesia, mas abonando também a noção de Heidegger, para quem mundo e mundo cósmico não eram sinônimos.

Como sabemos, Giorgio Agamben também se questionou, em seu livro sobre infância e história, de 1978, acerca da existência persistente de uma dupla significação na linguagem, porque é fato que o homem, ao ter uma infância, ou seja, ao se expropriar da infância, a fim de se constituir como sujeito na linguagem, rompe com o mundo autônomo do signo e transforma a pura língua em discurso humano, em outras palavras, opera a passagem do semiótico para o semântico. Na medida em que ele tem uma situação *in-fans*, de não-fala, ou seja, na medida em que ele não é naturalmente falante, o homem só pode entrar na língua, enquanto sistema de signos,

[58] Pierre Boulez. *Apontamentos de aprendiz*. São Paulo: Perspectiva, 1983, p. 244.

se a transformar radicalmente, ao constituí-la como discurso. Daniel Heller-Roazen, tradutor de Agamben para o inglês, pensa igualmente que a criança seria capaz de articular uma amplíssima variedade de sons jamais registrados em uma única língua, ou mesmo em um conjunto de línguas. No apogeu do balbucio, a criança não conhece limite para a criação, mas as crianças perdem assim toda a sua capacidade fônica na passagem do estado pré-linguístico à aquisição de suas primeiras palavras. Isso poderia ser facilmente explicado, estrutural ou funcionalmente, pela estrutura simbólica e social, mas o surpreendente é que muitos outros sons, frequentes no balbucio, desaparecem também na língua adulta, sendo reconquistados pela criança só depois de longos esforços, que podem tomar quase uma vida, como atesta o *Primeiro caderno do aluno de poesia Oswald de Andrade*, escrito aos 37 anos. A existência da língua não equivale automaticamente à existência do sujeito, porque a língua materna, ao tomar posse do novo falante, nega-se a tolerar nele a menor sombra de outra linguagem adâmica. Para Heller-Roazen, ao menos duas consequências devem emergir da voz abandonada pelos sons que habitavam a criança na origem: uma língua e um ser dotado de fala, razão pela qual ele aventa a hipótese de que as línguas adultas devem reter ainda que mais não seja um vestígio, uma sobrevivência, do balbucio infantil. Uma ecolalia, resto desse balbucio indistinto e imemorial cujo apagamento possibilitou a linguagem, é a cinza da qual se constitui a linguagem poética e o exemplo acabado disso, para Heller-Roazen, é a letra *aleph* do hebraico, som dificílimo de emitir que teria sido por isso mesmo esquecido. É também, como se sabe, o ponto, deslocado e periférico, *sulista*, a partir do qual Borges vislumbra o orbe.[59]

A desativação inoperante que Agamben nos propõe para ler um poema coincide, portanto, com esse balbucio. É uma experiência que atravessa seus escritos desde longa data. Em 1993, no ensaio sobre *Bartleby la formula della creazione*, lemos:

> Benjamin ha espresso una volta il compito di redenzione che egli affidava alla memoria nella forma di un'esperienza teologica che il ricordo fa col passato. "Ciò che la scienza ha stabilito" egli scrive "può essere modificato dal ricordo. Il ricordo può fare dell'incompiuto (la felicità) un compiuto, e del compiuto (il dolore) un incompiuto. Questo è teologia: ma, nel ricordo, noi facciamo un "esperienza che ci vieta di concepire in modo fondamentalmente ateologico la storia, così come nemmeno ci è consentito di scriverla direttamente in concetti teologici". Il ricordo restituisce possibilità al passato, rendendo incompiuto l'avvenuto e compiuto ciò che non è stato. Il ricordo non è né l'avvenuto, né l'inavvenuto, ma il loro potenziamento, il loro ridiventare possibili. È in questo senso che Bartleby revoca in questione il passato, lo richiama: non semplicemente per redimere ciò che è stato, per farlo essere nuovamente, quanto per riconsegnarlo alla potenza, all' indifferente verità della tautologia. Il "preferirei di no" è la restitutio in integrum della possibilità, che la mantiene in bilico tra l'accadere e il non accadere, tra il poter essere e il poter non essere. Esso è il ricordo di ciò che non è stato.[60]

---

[59] Daniel Heller-Roazen. *Ecolalias. Sobre o esquecimento das línguas*, trad. Fabio Akcelrud Durão. Campinas: Editora da Unicamp, 2010, passim.

[60] Giorgio Agamben. *Bartleby, la formula della creazione*. Macerata: Quodlibet, 1993, p. 79

RAÚL ANTELO

Em 1996, em *Categorias italianas*, num fragmento sobre anagogia, Agamben começa dizendo:

> Nas indagações modernas sobre as estruturas métricas, o escrúpulo da descrição raras vezes vem acompanhado de uma adequada inteligência do seu significado na economia global do texto poético. À parte alguns acenos de Hölderlin (da teoria da cesura na *Anmerkung* à tradução de Édipo), de Hegel (a rima como compensação do domínio do significado temático), de Mallarmé (a *crise de vers* que ele deixa como herança à poesia europeia do Novecentos) e de Kommerell (o significado teológico — ou melhor, ateológico — dos *Freirhythmen*), uma filosofia da métrica falta, de resto, quase que totalmente em nosso tempo. É possível extrair da anatomia especial do corpo de n'Ayna alguma ideia nesse sentido? Em todo caso, é certo que a consciência de um poeta não pode ser indagada sem que se leve em conta suas escolhas técnicas.[61]

Num ensaio sobre o poeta italiano Giorgio Caproni, o mesmo Agamben nos diz:

> Em Caproni, todas as figuras da ateologia chegam à sua despedida. A despedida é verdadeiramente a hora tópica do segundo Caproni, entendendo como segunda a estação que se anuncia com "Despedida do viajante cerimonioso", em 1965. [A coletânea com este nome tem, na edição Garzanti de 1999, a data de 1960-1964 e o poema em si, a data de 1960 — A.F.B.]. No entanto, enquanto a infidelidade hölderliniana fazia questão precisamente que "a memória dos celestes não findasse", aqui domina uma sóbria "decisão de abrir mão", típica da Ligúria, em que também o *páthos* ateológico é definitivamente posto de lado e a memória dos divinos e dos humanos se eclipsa, deixando o campo livre a uma paisagem agora já completamente vazia de figuras. Por isso Caproni conseguiu exprimir, sem sombra de nostalgia ou de niilismo, talvez mais do que qualquer outro poeta contemporâneo, o *ethos* e, quem sabe, quase a *Stimmung* da "solidão sem Deus" de que fala o *Inserto* do *Franco caçador*.[62]

Em 2007, finalmente, em *O Reino e a Glória*, escreve:

> *Oikonomia* e cristologia sono — non soltanto storicamente, ma anche geneticamente — solidali e inseparabili: come nell'economia la prassi, così nella cristologia il Logos, la parola di Dio, viene sradicato dall'essere e reso anarchico (di qui le costanti riserve di molti fautori dell'ortodossia antiariana contro il termine *homousios*, imposto da Costantino). Se non si intende questa originaria vocazione "anarchica" della cristologia, non è possibile comprendere né il successivo sviluppo storico della teologia cristiana, con la sua latente tendenza ateologica, né la storia della filosofia occidentale, con la sua cesura etica fra ontologia e prassi. Che Cristo sia "anarchico" significa che, in ultima istanza, il linguaggio e la prassi non hanno fondamento nell'essere. La "gigantomachia" intorno all'essere è, anche e prima di tutto, un conflitto fra essere e agire, fra ontologia ed economia, fra un essere in sé incapace di azione e un'azione senza essere — e fra i due, come posta in gioco, l'idea di libertà.[63]

Mas, pouco depois, em 2008, em *Signatura rerum*, retoma o que dissera em 1993, no ensaio sobre Bartleby:

---

[61] Giorgio Agamben. *Categorias italianas. Estudos de poética e literatura*, trad. Carlos E. S. Capela, Vinícius N. Honesko e Fernando Coelho. Florianópolis: Editora da UFSC, 2014, pp. 57-8.

[62] Giorgio Agamben. *A coisa perdida: Agamben comenta Caproni*, trad. e org. Aurora Fornoni Bernardini. Florianópolis: Editora da UFSC, 2011, p. 30.

[63] Giorgio Agamben. *Il regno e la gloria*. Vicenza: Neri Pozza, 2006, pp. 74-5.

A POESIA NÃO PENSA (AINDA)

Benjamin ha scritto una volta che "nel ricordo noi facciamo um'esperienza che ci vieta di concepire la storia in modo fondamentalmente ateologico", perchè il ricordo modifica, in qualche modo, il passato, trasformando l'incompiuto in compiuto e il compiuto in incompiuto (Benjamin 1, p. 589, N 8,1). Se il ricordo è, in questo senso, la forza che restituisce possibilità a ciò che è stato (e, tuttavia, lo conferma come passato), l'oblio è ciò che incessantemente gliela toglie (e, tuttavia, ne custodisce in qualche modo la presenza). Nell'archeologia si tratta invece — al di là della memoria e dell'oblio — o, piuttosto, nella loro soglia di indifferenza — di accedere per la prima volta al presente.[64]

Aceitando essa hipótese longa e fragmentariamente articulada poderíamos dizer, de um lado, que ela nos evoca uma célebre definição platônica, a de que o poeta é aquele que nomeia mas, de outro, essa mesma posição coincide, por sinal, com a tese 44, em favor de uma renovação filológica, formulada por Werner Hamacher:

El nombre no tiene nombre. Por eso es innombrable (Dionísio, Maimónides, Beckett). Dos posibilidades extremas de la filología: la filología es una vida, que se lleva a cabo como deletreo del nombre y que no puede ser acertada por ninguna denominación. Así se vuelve sagrada y un asunto de teología viva. O bien: el lenguaje es tratado como lenguaje proposicional que en ninguno de sus elementos toca el nombre porque cada uno de esos elementos se disuelve en proposiciones. La filología de las proposiciones tiene la pretensión de ser profana. Debido a que sobre la vida se puede hablar con nombres y no con denominaciones hay que callar acerca de ella. Debido a que la filología profana no conoce nombres, sino un juego infinito de proposiciones no tiene para decir nada esencial o sobreesencial. Es comun a las dos filologías que no puedan decir nada sobre su no-decir. Para *otra* filología que no transige con la oposición entre lo teológico y lo profano, sólo resta: decir justamente este no-decir. O ¿debería suceder exactamente esto ya en ambos? Entonces la teología ejercería en extremo la profanación integral, la filología profana practicaría la teologización del lenguaje y ambas lo harían en cuanto articulan en el anonimato del nombre un *atheos* y un *alogos*. A esa *otra* filología le correspondería precisamente hacer esto mas claro de lo que pueden preferir las dos primeras.[65]

Veja-se que Hamacher nos coloca o problema da teologia e da liturgia da palavra poética. A liturgia é a exteriorização de um sentimento pelas cordas do social, dizia Oswald, pouco antes de morrer, no seu texto sobre o órfico. E vimos também que Agamben, mesmo reconhecendo que a liturgia é, na Grécia, um serviço público, aponta que ela torna-se, no cristianismo, uma cisão do *opus dei*, que gera, assim, uma questão aporética, em que se reúne o mistério e o ministério, o *opus operatum* e o *opus operantis Ecclesiae*, em outras palavras, separa o poder do ofício, entendido este como suspensão temporária do poder.[66] Vejamos então como emancipar o intervalo entre o passado e o futuro ou entre o semiótico e o semântico: a ideia seria percorrer e postular uma quarta dimensão da cultura, que se firma com base no dado não-dimensional.[67]

---

[64] Giorgio Agamben. *Signatura rerum. Sul metodo*. Turim: Bollati Boringhieri, 2008, p. 106.
[65] Werner Hamacher. *95 tesis sobre la Filología*, trad. L. Carugati. Buenos Aires: Miño y Dávila, 2011, p. 19.
[66] Giorgio Agamben. *Opus Dei: archeologia dell'ufficio. Homo sacer*, II, 5. Turim: Bollati Boringhieri, 2012, p. 38.
[67] Werner Hamacher, 2011, p. 18.

3. QUARTA DIMENSÃO E ANACRONISMOS: D'ORS E LEZAMA.

"O espaço é um cativeiro", concluía o poema de Oswald. Tal como ele, Lezama Lima também discriminava, em 1945, uma poesia da fidelidade ao tempo sucessivo, em que ser e existir são equivalentes, de outra poesia da clandestinidade temporal, anacrônica, onde se separam ser e existir, dando sentido criativo de metamorfose ou *différence* à busca pelas *orígenes*:

> Si es cierto que la fidelidad de un poeta a su *eidos* no tiene que ser inflexible, es en extremo acompañante comprender el material que gusta el poeta de gozar como antecedente y antepasado. El Adjunto que ahora propone Cintio Vitier ¿se sitúa de parte del Yo o del Mismo? Prefiere estar como existir, donde no somos y donde poco importa el saco de nuestra piel. Si el Yo está cabalgado por el Mismo, pronto el ser va incorporándose al existir hasta formar el ente que viene del germen (simiente en latín ofrece los siguientes sinónimos: *origo*, *semen*, *radix*, *principium*). En la poesía el germen no deriva hacia la unión de ser y existir, sino se mantiene puro. Una fundamentación del ser de la poesía entroncaría ese problema con otros: creación, movimiento causal, causa primera. Y así se dilataría en puro absurdo de infinitud. Y después habría que reducirlo a otro absurdo de especialidad ¿la sustancia poética es el solo contenido de la poesía? O, por el contrario ¿la función fabuladora sólo puede surgir del hambre protoplasmática, esencial? De ahí la gran claridad poética del período homérico y del trágico: los rítmicos adelantos y retrocesos de la estrofa y antiestrofa; despedidas o lamentos (Ayax y Andrómaca). Estoy muerto. ¿Usted me quiere conocer como fantasma? Soy el alma de Polidoro, hijo del rey de Príamo, y ahora seguidme mirando espantados. Esa claridad se debía a que el griego no deseaba las aventuras e intensidades de un existir puro, sino que el misterio más atrayente para ellos era contemplar cómo el ser va surgiendo, apoderándose del existir hasta ocuparlo totalmente. Por eso el helenismo de Goethe acostumbraba decir: me siento muy a gusto dentro de mi piel. El estar poético, viene a decirnos Cintio Vitier, se sitúa dentro de la carencia infinita. Todo reconocimiento dentro de esa región motivará una heráldica clandestina. Aunque la conciencia vergonzante prefiere habitar sus deseos con su cumplimiento en las dosis desiguales que elabora el monstruosillo. Hay así una poesía de la fidelidad cuyo guerrear está en la ocupación permanente. Anhelará que el soplo o la embriaguez se repartan por toda la arcilla. La otra poesía, la de la clandestinidad, buscará el existir sin ser para prestarle una errancia y unas decisiones tumultuosas.[68]

E ainda:

> ¿La poesía tiene que ser discontinuidad o un ente? ¿Es lo más valioso de ella el momento en que se verifica su ruptura? ¿Es posible una adaptación al no ser y después constituirse en ente? Si acaso existiera una proliferación incesante de lo discontinuo, no sabemos si tendríamos la suficiente fuerza óptica y si ello pudiera nacer con una imantación coincidente. O tal vez pudiéramos integrar un cuerpo de semejanzas cuando uno de sus extremos se humedece en las desemejanzas más laboriosas. Por eso creemos que algún día tendrá una justificación óntica el tamaño de un poema. Es decir, el tiempo que resiste en palabras la fluencia de la poesía, puede convertirse en una sustancia establecida entre dos desemejanzas, entre dos paréntesis, que comprende a un ser sustantivo, que hace visible en estática momentánea una terrible fluencia, limitada entre el eco que se precisa y una coincidencia en el no ser, con los enemigos de nuestro cuerpo y de nuestra conciencia, que están prestos a destruirse en un ruido arenoso,

---

[68] José Lezama Lima. "Después de lo raro, la extrañeza". In: Alfredo Chacón (ed.). *Poesía y poética del Grupo Orígenes*. Caracas: Biblioteca Ayacucho, 1994, pp. 144-5.

pero que es la única nube que puede trasladar la piedra del río al espejo asustado de nuestra conciencia, despertada en el amanecer de lo desconocido incorporado como soplo.[69]

Lezama reivindica um conceito de poesia atravessado pela questão do *espaço-tempo* que é uma questão que percorre também um enorme leque artístico das vanguardas. Tanto os cubistas analíticos quanto os sintéticos, artistas como Duchamp, Picabia ou Kupka; os futuristas, tanto italianos como soviéticos; os suprematistas e construtivistas; os modernistas norte-americanos reunidos em torno de Stieglitz e Arensberg; os dadaístas, mas também os holandeses de De Stijl, e até Matisse, e mesmo a Bauhaus exibiram alguma preocupação em torno da quarta dimensão, já tratada, aliás, na Idade Média, por Ramón Llul.[70] Inserido nessa tradição, em "Introdução aos vasos órficos", Lezama Lima, não sem relembrar, aliás, que, no vaso que Rilke contemplou, no museu de Nápoles, para compor seus *Sonetos a Orfeu*, mostra-se a influência homérica no orfismo, ele sempre destaca, no entanto, a coexistência de diversos tempos no tempo.

> Todo nuevo saber, utilizando sentencias de los coros eleusinos, ha brotado siempre de la fértil oscuridad. Ya vimos cómo la noche de Parménides se aísla siempre en un *es*, de la noche órfica, que siempre se espera como *inacabada*. En medio de los inmensos procesionales eleusinos, atravesados por las canciones órficas, surge al final la consagración de la espiga de trigo: "Ha sido hecho, será hecho, es hecho". Demeter sonríe, del mundo subterráneo, de la oscuridad fértil ha brotado un nuevo saber, del grano sumergido se ha escapado lentamente la espiga visible. La dorada espiga muestra un *es*, una respuesta cabal al dios solar. Parménides, en el otro extremo, cree que lo propio del ente es. El griego de la plenitud tiene henchida afirmación, el *es* de la espiga de trigo y el *es* del ente. Considera Parménides que sus sentencias poéticas son misterios y revelaciones, que su carro tirado por yeguas sagradas avanza protegido por las Helíadas, ninfas del rayo de luz. Hasta la aparición de la dialéctica, en el siglo IV, a.C., las principales cabezas griegas se empeñan en hablar como semidioses. El *es* órfico sigue el reto de las estaciones, muere y renace. Es, está y será. El *es* de Parménides no depende de sumergimientos, su ente es como su noche, su continuo, el Uno. Se ve en Parménides el afán de lograr un *es* que se paralelice con el *es* de la espiga de trigo, y que aún se empeña en superarlo, pues la identidad en el continuo afirma siempre la existencia del Uno, independiente de los caprichos de las estaciones.[71]

E essa coexistência de diversos *espaço-tempos* no aqui e agora, possibilita a Lezama observar que

> En un cuadro de Picasso, de su período griego, aparece un efebo desnudo al lado de un caballo dórico. El equino muestra su esbeltez, totalmente domesticado, no obstante, el gesto imperioso con que el joven esgrime las riendas, parece como si su victoria sobre la bestia fuese reciente, hay una relación de la tierna dependencia en ese juego de dos formas excesivamente cumplidas.[72]

[69] José Lezama Lima. "X y XX". In: *Orígenes*, n. 5. Havana, 1945, pp. 51-3. Reproduzido em Alfredo Chacón. *Poesia y poética del grupo Orígenes*, 1994, p. 139.
[70] Francis A Yates. "O Llulismo como arte da memória". In: *A arte da memória*, trad. F. Bancher. Campinas: Editora da Unicamp, 2007, pp. 219-49; Anthony Bonner. *The Art and Logic of Ramon Llull: A User's Guide*. Leiden: Brill, 2007.
[71] José Lezama Lima. *El reino de la imagen*, ed. Julio Ortega. Caracas: Ayacucho, 1981, pp. 338-9.
[72] José Lezama Lima, 1981, p. 339.

Todavia, meio século antes disso tudo, em 1912, quando Brisset ensaiava, com relação à linguagem, uma filologia primitivista, à maneira do *douanier* Rousseau em pintura, Marcel Duchamp descobria uma obra decisiva para a elaboração de seu anartismo, a *Voyage dans la Quatrième Dimension*, de Gaston William Adam de Pawlowski (1874-1933). Essas ideias de Pawlowski, resgatadas por Duchamp, são as mesmas hipóteses de trabalho das *protoformas da arte* de Karl Bloosfeldt, *a vida das formas* de Henri Focillon ou a *escritura das pedras* de Roger Caillois. Mencionei, há pouco, dois catalães, Llul e Dalí; acrescentemos, porém, mais um, Eugenio D'Ors, que, mesmo numa obra volumosa sobre o assunto da quarta dimensão, não é sequer lembrado por Linda Dalrymple Henderson.[73] Com efeito, tão somente um ano após Pawlowski publicar esse seu livro seminal, Eugenio D'Ors defendia, em 1913, um doutorado em Filosofia, em Madri, com uma *Introdução à análise finita da continuidade*, postumamente publicada como *As aporias de Zenão de Eleia e a noção moderna de espaço-tempo*. São hipóteses que se reiterarão em seus múltiplos escritos de estética. Em uma de suas "Glosas", no jornal *ABC*, por exemplo, chega a comentar, em 1928, que introduzir o movimento significa, naturalmente, inserir o tempo, tal como em Zenão de Eleia, ou em outras palavras, consagrar-se à caducidade, renunciar à eternidade e, portanto, ao caráter fixo das representações, muito embora conquiste também a intensidade e, por assim dizer, o poder mágico da nominação.[74] E em texto posterior, onde Eugenio D'Ors ensaia uma história da cultura, lemos:

> A possessão da noção de tempo pela mente humana representa que ela se sente uma, através da sucessão dos acontecimentos; a possessão da noção de espaço, que aquela se sente uma, através da mutação de lugares. Mas tal consciência de unidade não implicaria ainda o uso cabal da razão, se a ela própria não a acompanhasse a capacidade de *distinguir* as atualidades no curso do tempo e os objetos no âmbito do espaço; organizando as primeiras, quer dizer, colocando-as em série; organizando os segundos, quer dizer, *colocando-os*. A síntese da unidade com a multiplicidade no tempo se chama *ritmo*; no espaço, *figura*. Um ser humano de mentalidade elementar, o qual chamamos de "um selvagem", vê-se impelido a fazer duas coisas: ou sai de seu canto, suponhamos uma caverna, já que estas parecem ter figurado entre os mais instintivos habitáculos humanos, e, como obediente a uma força centrífuga, projeta-se fora de si mesmo, em gritos, cantos, saltos, danças; ou, então, voltando a se concentrar, recolhe, em direção centrípeta, as aquisições de seus sentidos no mundo exterior e volta a reproduzi-las em individualizações provistas de contorno; assim chegamos a estes desenhos ou gravados proto-históricos, que, encontrados hoje no interior daquelas cavernas, tanta curiosidade despertam em todo o mundo e tão inestimáveis documentos proporcionam aos estudiosos. Por um lado, o tempo se mede, por outro, o espaço se desenha. Para o primeiro, a mente humana encontra um apoio precioso na existência de ritmos naturais, como o da sucessão normal da luz solar com a noite, base imediatamente da adquisição da ideia de *um dia*; ou o da alternativa entre os *quartos* da lua, cujo regular retorno é o fundamento da ideia do *mês*; ou o de parecida alternativa nas quatro estações, desde a primavera até o inverno, e cujo conjunto permite a ideia de *ano*. Outras medidas cronológicas, fundadas em ritmos astronômicos ou em ritmos já sociais — a da "semana", por exemplo, entre as últimas —, ou as fundadas

---

[73] Linda Dalrymple Henderson. *The Fourth Dimension and Non-Euclidean Geometry in Modern Art*. 2. ed. revisada. Cambridge: MIT Press, 2013.

[74] Eugenio d'Ors. "Glosas", in *ABC*, Madri, 13 abr. 1928.

em certas solenidades locais, e, entre as primeiras, as que deram nascimento à invenção do "zodíaco", proporcionam um conjunto de mensurações do tempo, condensadas no relógio e no calendário, por mais elementares que sejam as formas em que um e o outro se encontram. A "tradição", quer dizer, a transmissão das aquisições intelectuais dos antecessores aos sucessores, canaliza-se neste cálculo de calendas; graças a uma espécie de memória coletiva, hereditária, não é necessário que cada homem volte a propor a si mesmo indefinidamente os mesmos problemas. Parece ser que a primeira manifestação material de tal cálculo do tempo pelo homem deve ser buscada em certos seixos ou pedregulhos, que levam marcas especiais de mão humana e que se repetem em grupos simétricos. Com o mesmo uso parecem ter servido certas tranças e, posteriormente, cordas, nas quais vários nós, simetricamente separados, servem de base ao cálculo do tempo. Acredita-se que a dimensão dos anos não se encontra nunca, ainda, como elemento fixo, suscetível de cálculo, nas civilizações primeiras: substitui-a a referência concreta a *acontecimentos*, a respeito dos quais a única relação temporal expressada é a do antes e do depois.[75]

Uma das consequências da inserção temporal no percurso pode ser ilustrada por um conjunto de textos inspirados pela visita a determinados lugares de culto, como os museus, lugares onde o visitante contemporâneo, segundo Murilo Mendes, torna-se turista do tempo. Trata-se de um tópico da literatura contemporânea tornada arquivo do passado e essa tendência passa até mesmo pela literatura de mercado, como é o caso de *Una novelista en el Museo del Louvre* de Zoé Valdés ou *El pintor de batallas*, de Pérez Reverte. Se me atenho especificamente ao Museu do Prado, caberia lembrar *Noche de guerra en el Museo del Prado,* de Rafael Alberti, *Timoteo Pérez Rubio y los retratos del jardín,* de Rosa Chacel; ou mesmo de obras mais recentes, como *Un novelista en el Museo del Prado* (1983), de Mujica Láinez ou *El Maestro del Prado y las pinturas proféticas* de Javier Sierra; ou também de obras mais antigas, como *Los fantasmas del Museo del Prado* (1921), de José Maria Salaverría. Em anos recentes, temos *La infanta baila* de Manuel Hidalgo (1997), o romance de Miguel Fernández Pacheco *Siete historias para la Infanta Margarita; Corazón tan blanco* (1992), de Javier Marías ou, de Ángeles Saura, a irmã do pintor Saura, *La duda* (2001). Pois, inserido nessa mesma linha, Eugenio D´Ors desenvolve também, em *Tres horas en el Museo del Prado* (1922), a ideia de que existem dois vetores temporais da arte, o classicismo e o barroquismo.

> Si en toda forma, en cualquier obra, coexisten el elemento espacial o arquitectonico y el elemento expresivo o funcional — que podriamos llamar igualmente *musica l* —, la respectiva proporcion y dosis puede ser distinta, lo es naturalmente, en cada caso. En tales obras, en tales artistas, en tales paises o epocas tendera el arte a la gravedad arquitectonica; en tales otras, se musicalizara. En estas, se sentira la emocion predilecta de vencer las fatalidades de la caida mediante el impulso que lleva a lo alto; en aquellas, de vencerlas mediante el equilibrio. *Mundo de las formas que vuelan y mundo de las formas que se apoyan,* he llamado alguna vez a cada uno de ellos. Para entendemos mas de prisa, adelantemos que debe llamarse en arte *Clasicismo* la tendencia a la supremacia de las formas que se apoyan, y *Barroquismo,* el culto de las formas que vuelan".[76]

---

[75] Eugenio d'Ors. *La civilización en la historia*. Madri: Criterio Libros, 2003, pp. 30-2 (tradução do autor).
[76] Eugenio d'Ors. *Tres horas en el Museo del Prado*. Madri: Tecnos, 2004, pp. 35-6.

RAÚL ANTELO

Mas já em seu livro *A arte de Goya*, publicado em Paris (1928), chega a propor uma explicação tectônica do barroco, apoiado justamente nas aporias de Zenão de Eleia, em que a forma voa e não voa, ao mesmo tempo.[77] Mas é mesmo na tese de 1913 onde avançara uma ousada definição de *espaçotempo* posteriormente muito produtiva na análise cultural, ao argumentar que

> la distancia de dos acontecimientos en el espacio es inferior al camino recorrido por la luz durante su intervalo en el tiempo, o, de otra manera, el segundo acontecimiento se produce después del paso de la señal luminosa cuya emisión coincide en el espacio y en el tiempo con el primero. Esto introduce, desde el punto de vista del tiempo, una disimetría entre estos dos acontecimientos. El primero es anterior al paso de la señal luminosa cuya emisión coincide en el espacio y en el tiempo con el segundo acontecimiento, mientras que el segundo es posterior al paso de la señal luminosa cuya emisión acompaña al primero. Un lazo de causalidad puede existir, a lo menos por intermedio de la luz, entre los dos acontecimientos. El segundo ha podido ser informado por el primero, y esto exige que el orden de sucesión entre ellos tenga un sentido absoluto y no pueda ser invertido por ningún cambio del sistema de referencia. Vese inmediatamente que una tal inversión exigiría una velocidad superior a la de luz, para el segundo sistema de referencia, con relación al primero. Así, dos acontecimientos entre los cuales existe una posibilidad real de influencia, si no pueden ser llevados a coincidir en el tiempo, pueden siempre ser llevados a coincidir en el espacio por la conveniente elección de un sistema de referencia.
>
> En particular, si estos dos acontecimientos pertenecen a un mismo orden de fenómenos ligados naturalmente o se suceden con un orden absoluto, en una misma línea de materia, coinciden en el espacio para observadores ligados a esta porción de materia.
>
> Tenemos, pues dos principios, que deben compararse con los enunciados anteriores, ofreciendo una correlación con ellos: "Si el intervalo en el tiempo de dos acontecimientos no puede ser anulado, pasa por un minimum, precisamente por el sistema de referencia por relación al cual estos acontecimientos coinciden en el espacio". Segundo, y consecuentemente: "El intervalo de tiempo entre dos acontecimientos que coinciden en el espacio, que se suceden en un mismo punto para un cierto sistema de referencia, es menor para éste que para cualquiera en una traslación uniforme cualquiera en relación con el primero". Tenemos, en conjunto, la fórmula del tiempo ligada a la del espacio, por su misma definición. Y todo acontecimiento, sometido a una coincidencia de tiempo y de espacio, y definido por esta coincidencia.[78]

A mútua reversibilidade entre espaço e tempo cria, assim, na opinião de D'Ors, um fenômeno de quarta dimensão ou *espaçotempo* homogêneo:

> Considerando así el tiempo objetivamente en función del espacio, puede ser definido como el *conjunto de acontecimientos que se suceden en un mismo punto*, por ejemplo en una porción de materia, ligada a un sistema de referencia. El espacio entonces es definido como el *conjunto de los acontecimientos simultáneos*. Esta definición del espacio es la consecuencia del hecho de que un cuerpo en movimiento está definido por el conjunto de posiciones simultáneas de las diversas porciones de materia que lo componen, de sus puntos materiales, por el conjunto de

---

[77] Eugenio d'Ors. *L'arte di Goya*. Milão: Bompiani, 1948, p. 27.

[78] Eugenio d'Ors. *Las aporías de Zenón de Elea y la noción moderna de espacio-tiempo*, ed. Ricardo Parellada. Madri: Encuentro, 2009, pp. 104-5. Existe uma versão abreviada em catalão, "Les apories de Zenon d'Elea", *Quaderns d'Estudi*, a. V, v. I, n. 1, out.-nov.-dez. 1919, pp. 43-52. Ver também Trish Glazebrook. "Zeno Against Mathematical Physics". *Journal of the History of Ideas*, v. 62, n. 2, abr. 2001, pp. 193-210; e Paul Feyerabend. *Contra o método. Esboço de uma teoria anárquica da teoria do conhecimento*, trad. O. da Mota e L. Hagenberg. 2. ed. Rio de Janeiro: Francisco Alves, 1977.

acontecimientos que constituyen la presencia simultánea de esos diversos puntos materiales. El *acontecimiento*, en virtud de lo dicho, se definirá como una *coincidencia del espacio y del tiempo*. Un conjunto de acontecimientos ligados por relación de sucesión (por ejemplo, por una ley causal) será, para Minkowski, una *línea de universo*. Y la noción de *universo*, en sí misma, será una noción sintética, en que vendrán a fundirse, inseparables ya, las dos antiguas nociones de *espacio y tiempo*.[79]

Uma das consequências mais contundentes dessa compreensão do *espaçotempo* encontra-se no princípio da montagem de Serguei Eisenstein, segundo ele, inspirada pelo princípio de montagem do teatro Kabuki. Com efeito, em agosto de 1928, antes portanto de começar a montagem de *A linha geral*, Eisenstein dizia ter descoberto nessa cerimônia oriental uma sensação monística da provocação teatral.

Os japoneses consideram cada elemento teatral não uma unidade incomensurável entre as várias categorias de sensações (dos vários órgãos sensoriais), mas uma unidade única do *teatro* [...]. Dirigindo-se aos vários órgãos dos sentidos, eles constroem sua soma [de "fragmentos" individuais] em direção a uma grandiosa provocação *total* do cérebro humano, sem prestar atenção a *qual* desses vários caminhos estão seguindo.[80]

E essa profética percepção se tornaria a base para a montagem de *A linha geral* e dos filmes posteriores, *Que viva o México* incluído, teoria que o cineasta russo explicava nestes termos:

A montagem ortodoxa é a montagem *sobre a dominante*. Isto é, a combinação de planos de acordo com suas indicações dominantes. Montagem de acordo com o tempo. Montagem de acordo com a principal tendência dentro do quadro. Montagem de acordo com o comprimento (continuidade) dos planos, e assim por diante. Isto é montagem em conformidade com o que salta em primeiro plano. As indicações dominantes de dois planos lado a lado produzem uma ou outra inter-relação conflitante, resultando em um ou outro efeito expressivo (estou falando aqui de um efeito *puramente de montagem*). Esta circunstância engloba todos os níveis de intensidade da justaposição da montagem — todos os *impulsos*: a partir de uma completa oposição das dominantes, isto é, de uma construção claramente contrastante, para uma "modulação" escassamente percebida de plano a plano; *todos* os casos de conflito devem, portanto, incluir casos de uma completa *ausência* de conflito.[81]

Essas ponderações afastavam completamente uma abordagem estática ou não--dialética acerca da significação de uma imagem. A imagem cinematográfica nunca poderia ser uma inflexível letra do alfabeto, mas deveria ser sempre um *ideograma* multissignificativo. Eisenstein nos propunha um *aleph* que pode ser lido apenas em justaposição, exatamente como um ideograma adquire *significação, significado* e até *pronúncia* específicos (ocasionalmente em oposição diametral um ao outro) somente quando combinado com um indicador, em separado, de leitura, ou de mínimo significado — um indicador colocado ao lado do hieróglifo básico. A

---

[79] Eugenio d'Ors. *Las aporías de Zenón de Elea y la noción moderna de espacio-tiempo*, op. cit., p. 112.

[80] Sergei Eisenstein. "A quarta dimensão do cinema". *A forma do filme*, trad. Teresa Ottoni. Rio de Janeiro: Zahar, 2002, p. 72.

[81] Sergei Eisenstein, 2002, p. 72.

RAÚL ANTELO

significação, portanto, longe de ser unívoca, construía-se como ressonância múltipla de várias séries e, então, junto com a vibração de um tom dominante básico, vem uma série completa de vibrações semelhantes, por ele chamadas de *tons maiores* e *tons menores*. Seus impactos uns contra os outros, tanto com a tonalidade básica, quanto com outras acessórias, englobam a tonalidade fundamental em um conjunto total de vibrações secundárias. E se na acústica, raciocinava Eisenstein, essas vibrações colaterais se tornam meramente elementos "perturbadores", essas mesmas vibrações, na composição, se tornam um dos mais significativos meios de causar emoções, tal como constatava na obra de compositores experimentais, como Debussy e Scriabin.

Da mesma maneira, Eisenstein encontrava o mesmo princípio na óptica. Todos os tipos de defeitos, distorções ou aberrações, como aquelas que Jurgis Baltrusaitis, filho de um poeta simbolista muito próximo a Scriabin, utilizou para seu livro *Aberrações. Ensaios sobre a lenda das formas*, em 1957, podem ser remediados por sistemas de lentes, mas também podem ser levados em conta, do ponto de vista compositivo, proporcionando uma série completa de efeitos estruturais definidos. Em combinações que exploram essas vibrações colaterais, que são simplesmente o próprio material filmado, Eisenstein concluía então que era possível encontrar, como na música, um complexo harmônico-visual do plano e foi com base nessas ideias que construiu sua estética cinematográfica.[82]

A explanação, embora árdua, somente poderia surpreender as sensibilidades toscas, os indivíduos não-matemáticos, aqueles que, quando ouvem falar de coisas quadridimensionais, são tomados por um arrepio pelo desconhecido. Porém, o próprio Eisenstein admitia que não há maior lugar-comum do que ver o mundo no qual vivemos como um *continuum* espaço-tempo quadridimensional, razão pela qual chegava a augurar que

> Possuindo um instrumento de percepção tão excelente como o cinema — mesmo em seu nível primitivo — para se obter a sensação de movimento deveríamos aprender logo a nos orientar concretamente neste *continuum* espaço-tempo quadridimensional, e nos sentir tão à vontade como em nossos próprios chinelos. E em breve estaremos colocando a questão de uma quinta dimensão![83]

4. A IMAGEM NUMINOSA

Vimos, até agora, que a poesia não pensa (ainda), mas pode, entretanto, escandir, cortar, montar tempos dissímeis. Assim fazendo, persegue o real que definimos como o ponto do impossível de formalizar, um *point de pensée*, que revela a impossibilidade de qualquer pensamento, de toda racionalização. Por esta via, afirma-se o paradoxo de que, através de uma impossibilidade, pensar, consolida-se uma possibilidade, imaginar, e por esse caminho defrontamo-nos, ainda, com a certeza de que o im-

[82] Sergei Eisenstein, 2002, p. 74.
[83] Sergei Eisenstein, 2002, p. 76.

A POESIA NÃO PENSA (AINDA)

possível existe. Por outro lado, vimos também que o leitor de um poema não é um sujeito concreto, de carne e osso, mas uma exigência: algo que se situa para além do necessário e do possível. Disto se conclui que todo poema é inesquecível embora ele sempre se esqueça, donde concluímos, portanto, que todo poema é, a rigor, ilegível. Mas é, precisamente, porque ainda não há leitura que pode haver leitor.

Ora, sem contar a postulação de uma quinta dimensão no "Manifesto místico" de Dalí, as ideias de um *espaçotempo* potencializado, onde poderíamos encontrar o leitor futuro, não são exclusivas da poética. Elas são, de fato, desenvolvidas mais tarde por um conjunto de cientistas: Earman,[84] Friedman,[85] Sklar[86] e Stein;[87] mas convém frisar que, no caso específico de Eugenio d'Ors, ele já explorara as consequências dessa sua teoria numa obra contemporânea ao filme de Eisenstein, *Las ideas y las formas. Estudios sobre morfología de la cultura* (1928), na qual estipula, por exemplo, que a arquitetura, como prática não autonômica, já não desempenharia mais uma *função* estrutural.[88] O corolário dessas análises culturais de D'Ors é que o acontecimento torna-se um simples indício das coisas (da Coisa), que nos interpela como dispositivo do poder, algo que já não age então como matéria, porém, como simples imagem, e assim, ao reproduzir ao infinito aquilo que só teve lugar uma vez, faz com que a própria imagem repita, mecanicamente, aquilo que jamais se poderá repetir existencialmente, definindo-se, em suma, o caráter centrípeto da imagem, situada à metade do caminho entre o fenomenológico e o transcendente, o estrutural e o histórico, ou seja, no plano do anacrônico. É o tema, por sinal, que Walter Benjamin pesquisaria, justamente, ao longo dos anos 30. De fato, no ensaio sobre a obra de arte, em 1936, Benjamin define a aura como um singular cruzamento de espaço e tempo, como a aparição única, singular, de uma distância, mesmo no espaço do mais íntimo e próximo. E Roland Barthes, na sequência, veria aí um dos paradoxos do poético. Conforme se avança na leitura de uma obra, argumenta, a decepção se adia, se *difere*. "N'est-ce pas la définition même de la lecture, tant que les philologues ne s'en mêlent pas?",[89] pergunta-se Barthes, invocando as aporias de Zenão de Eleia; e, mais uma vez ainda, analisando as pranchas da *Enciclopédia*, observa algo que se conecta com o rascunho de que nos falava Bento Teixeira Pinto:

> Há outra categoria exemplar do poético (ao lado do monstruoso): uma certa *imobilidade*. Gaba-se sempre o movimento de um desenho. Contudo, devido a um paradoxo inevitável, a

---

[84] John Earman. "Why Space is Not a Substance (at Least Not to First Degree)", *Pacific Philosophical Quarterly*, n. 67, 1986, pp. 225-44; Idem, "Who's Afraid of Absolute Space?", *Australasian Journal of Philosophy*, n. 48, 1970, pp. 287-319; Idem, J. Norton. "What Price Spacetime Substantivalism: The Hole Story", *British Journal for the Philosophy of Science*, n. 38, 1987, pp. 515-25.

[85] Michael Friedman. *Foundations of Space-Time Theories: Relativistic Physics and Philosophy of Science*. Princeton: Princeton University Press, 1983.

[86] Lawrence Sklar. *Space, Time and Spacetime*. Berkeley: University of California Press, 1974.

[87] Howard Stein. "Some Philosophical Prehistory of General Relativity". In: John Earman et al. (eds.). *Minnesota Studies in the Philosophy of Science 8: Foundations of Space-Time Theories*. Minneapolis: University of Minnesota Press, 1976.

[88] Eugenio d'Ors. "Cúpula y monarquía". *La Gaceta Literaria*, a.2, n. 32, Madri, 15 abr. 1928, p. 5.

[89] Roland Barthes. *Oeuvres Complètes*, v. III. Paris: Seuil, 1995, p. 416.

RAÚL ANTELO

imagem do movimento tem de aparecer parada; para significar-se a si mesmo, o movimento deve imobilizar-se no ponto culminante de sua trajetória; é este repouso inaudito, insustentável, que Baudelaire qualificava de verdade enfática do gesto e encontrada na pintura demonstrativa, na de Gros por exemplo; a este gesto suspenso, supersignificante, poder-se-ia dar o nome de *numen*, visto ser realmente o gesto de um deus que cria silenciosamente o destino do homem, isto é, o sentido. Na *Enciclopédia* abundam os gestos numinosos pois o que o homem faz não pode ser aí insignificante. No laboratório de química, por exemplo, cada um dos personagens nos apresenta atos *ligeiramente* impossíveis pois na verdade o ato não pode ser simultaneamente eficaz e significante, um gesto não pode constituir inteiramente um ato: de maneira muito estranha, o rapaz que está lavando os pratos não olha para o que está fazendo; seu rosto voltado para nós confere à operação a que se entrega uma espécie de solidão demonstrativa; e se os dois químicos estão conversando, é imprescindível que um deles erga o dedo para nos significar com este gesto enfático o caráter douto do diálogo.

Também na aula de Desenho, os alunos são *apanhados* no momento quase improvável (à força de verdade) de sua agitação. Existe com efeito uma ordem física onde o paradoxo de Zenon de Eléia é verdadeiro, onde a flecha voa e não voa, voa por não voar: é a ordem da pintura (do desenho, no caso presente).[90]

Em última análise, essa mobilidade da imagem coincide, em Barthes, com a descoberta do barroco em um rebento lezamiano, Sarduy ("A face barroca"), conciliando a inocência do desejo no encavalgamento leibniziano das mônadas,[91] o que lhe possibilita postular, enfim, uma fórmula, ao mesmo tempo, cosmológica e arquitetônica, semiótica e semântica, a da linguagem da elipse, que é um círculo sem centro, ou antes, um círculo cujo centro se encontra deslocado e duplicado por toda parte.[92] Referida ao tempo, a figura elíptica se traduz então em anacronismo e, em muitos casos, o regime de verdade que daí se depreende é drasticamente situado na vida futura. Se acompanharam o raciocínio, é o que, pela via de Mallarmé, nos aponta um crítico como Araripe Jr.

Contudo, veja-se que se instala também aí, entretanto, um certo debate contemporâneo em torno das imagens, opondo, de um lado, Giorgio Agamben, cuja teoria da arte enfatiza a *restauração*, e de outro, Georges Didi-Huberman, para quem, pelo contrário, a arte é simples *restituição*, porém, nunca restauração do tempo perdido. São, portanto, duas políticas da memória, armadas a partir das imagens, ou seja, das posições que o sujeito adota face ao universo. Diante do simples valor fragmentário da antiguidade, que avalia o passado por si mesmo, o valor cultural dialético já mostrara a tendência a retirar do passado um momento da história evolutiva e a apresentá-lo como se fosse presente. Esse valor rememorativo intencionado, como o chamava Riegl, pretende que o momento de construção e fundação não se torne nunca passado.[93] A busca, na poesia, do elemento órfico atende a esse desejo.

---

[90] Roland Barthes. *Novos ensaios críticos*, trad. Heloysa de Lima Dantas, Anne Arnichand e Álvaro Lorencini. São Paulo: Cultrix, 1974, p. 39.

[91] Alain Badiou. "Vide, séries, clairière". In: Severo Sarduy. *Obra completa*, ed. Gustavo Guerrero e François Wahl. Madri: ALLCA XX, 1999, p. 1625.

[92] Cf. Severo Sarduy. "Barroco". In: *Obra completa*, op. cit., pp. 1197-263.

[93] "Mientras el valor de antigüedad se basa exclusivamente en la destrucción, y el valor histórico pretende detener la destrucción total a partir del momento actual (...), el valor rememorativo intencionado aspira de modo rotundo

5. POESIA DO ABERTO

Disse Amiel que uma paisagem é um estado de alma, mas a frase é uma felicidade frouxa de sonhador débil. Desde que a paisagem é paisagem, deixa de ser um estado da alma.

> Objetivar é criar, e ninguém diz que um poema feito é um estado de estar pensando em fazê-lo. Ver é talvez sonhar, mas se lhe chamamos ver em vez de lhe chamarmos sonhar, é que distinguimos sonhar de ver.
>
> De resto, de que servem estas especulações de psicologia verbal? Independentemente de mim, cresce erva, chove na erva que cresce, e o sol doura a extensão da erva que cresceu ou vai crescer; erguem-se os montes de muito antigamente, e o vento passa com o mesmo modo com que Homero, ainda que não existisse, o ouviu. Mais certo era dizer que um estado da alma é uma paisagem; haveria na frase a vantagem de *não* conter a mentira de uma teoria, mas tão somente a verdade de uma metáfora.[94]

Na abertura de *L'élargissement du poème*, Jean-Christophe Bally usa essa passagem de Fernando Pessoa para dar conta do que ele mesmo chama uma *parution*, ou seja, o processo em que o homem tem acesso às coisas, comparece ante elas. Bally considera que essa *parution* é mais do que a do *flâneur* baudelairiano teorizado por Benjamin. É o aparecimento de um sujeito distraído, voltando o olhar a sua infância e, ao mesmo tempo, subtraído aos imperativos da produção.[95] Pode-se fundar a partir dele um sistema, uma dicção?

> Peut-on fonder sur eux une politique? Je ne le crois pas, ils sont hors de la fondation, de toute fondation, et pour eux ruine et chantier sont synonymes. Mais mystérieusement, ce sont nos guides, car c'est sous leurs pas que le monde revient comme cette brillance aveugle où l'homme, presque indûment, est admis.[96]

a la inmortalidad, al eterno presente, al permanente estado de génesis. Las fuerzas destructoras de la naturaleza, que actúan en sentido contrario al cumplimiento de esta aspiración, han de ser, por tanto, combatidas celosamente y sus efectos han de paralizarse una y otra vez. Una columna conmemorativa, por ejemplo, cuya inscripción estuviera borrada, habría dejado de ser un monumento intencionado. El postulado fundamental de los monumentos intencionados es, pues, la restauración (...) Sin restauración, los monumentos empezarían rápidamente a dejar de ser intencionados; por consiguiente, el valor de antigüedad es por naturaleza enemigo mortal del valor rememorativo intencionado. Mientras el hombre no renuncie a la inmortalidad terrenal, el culto al valor de antigüedad encontrará una barrera infranqueable en el del valor rememorativo intencionado. Este conflicto irreconciliable entre ambos valores tiene, sin embargo, como consecuencia menos dificultades para la conservación de monumentos de lo que se podría suponer a primera vista, porque el número de los monumentos 'intencionados' es relativamente pequeño frente a la gran masa de los no intencionados". Aloïs Riegl. *El culto moderno a los monumentos: caracteres y origen*, trad. Ana Pérez López. Madri: A. Machado Libros, 2008, pp. 67-8.

[94] Fernando Pessoa. *Livro do desassossego*, ed. Leyla Perrone-Moisés. São Paulo: Brasiliense, 1986, p. 113.

[95] Na reedição de 2007 de um livro escrito a quatro mãos por Bally e Nancy, parte-se da hipótese de que o grande desafio contemporâneo é a partilha (*partage*), sendo que nada temos a compartilhar, nenhum dado ou substância comum ou dados, previamente, mas, todavia, a partilha é nossa condição. Partilha do sentido, tanto do ponto de vista intelectual quanto sensível, porque o sentido surge pelo simples fato de nosso comparecimento (*comparution*). Ver, Jean-Luc Nancy; Jean-Christophe Bally. *La comparution*. Paris: Christian Bourgois, 2007, pp. 8-9.

[96] Jean-Christophe Bally. *L'élargissement du poème*. Paris: Christian Bourgois Éditeur, 2015, p. 19. Não esqueçamos que canteiro é sinônimo de arquivo para Nancy. Ver Jean-Luc Nancy. *Trafic/ Déclic*. Strasbour: Le Portique/ La Phocide, 2010.

RAÚL ANTELO

Pessoa nos diz, por meio de Bernardo Soares, que um estado da alma é uma paisagem, solução que não contém a mentira de uma teoria, mas tão somente a verdade de uma metáfora.[97] E toda metáfora, acrescentaria Michel Leiris, é metáfora de uma metáfora. Mais ou menos na mesma época, em 1913, Georg Simmel interrogara-se, também, sobre a paisagem e, como Pessoa, concluiu que é em nós que a paisagem tem paisagem. Observou, por exemplo, ser essencial para a paisagem a demarcação, o ser-abarcada num horizonte, seja ele momentâneo ou duradouro. Seus fragmentos bem podem, sem mais nem menos, surgir como natureza, porém, ver uma parte do mundo como paisagem significa então considerar um fragmento da natureza como unidade, com o que nos afastamos por completo do próprio conceito de natureza, *physis*, como algo contínuo e homogêneo. Ao contrário, argumenta Simmel, paisagem é uma contemplação fechada em si mesma, percebida como unidade autossuficiente, porém, tramada e entretecida, numa extensão infinitamente ampla, com uns tantos limites que não existem para o sentimento do Uno divino e do todo da natureza, mas que dissolvem os limites autoimpostos da paisagem que, avulsa e autônoma, é sublimada por um saber obscuro acerca desse nexo infinito. Nesse sentido, a paisagem é, ambivalentemente, subjetiva e objetiva, atual e arcaica, específica e herdada e, nesse sentido, duplica a situação da subjetividade, situada, alternativamente, fora de nós e dentro de nós, uma vez que nós mesmos e a nossa obra somos simples elementos de totalidades outras, que nos reclamam como unilateralidades sujeitas à divisão do trabalho e, no entanto, queremos, mesmo assim, ser algo de específico e incomparável, algo que se apoie exclusivamente em si mesmo. Pela mesma razão, Simmel separa, totalmente, a paisagem, a imagem, da reprodução. É uma tolice, nos diz, derivar a arte do impulso mimético, do instinto lúdico ou de outras fontes psicológicas estranhas, que se mesclam certamente com a sua fonte originária e podem até sobredeterminar a sua expressão; mas a arte enquanto tal só pode provir da sua própria dinâmica. Não como se ela começasse com a obra de arte já dada; mas como algo que provém da vida, e só na medida em que a vida, tal como é pensada e vivida a cada dia, contém as energias formadoras e, portanto, seu efeito puro, tornado autônomo, determinando para si o seu objeto, é que pode ser chamado de arte.

Para Simmel, em suma, a paisagem nasce quando uma ampla dispersão de fenômenos naturais, no solo, converge para um tipo particular de unidade, diferente daquele com o qual o científico, no seu pensamento determinista; o apreciador da natureza, com o seu sentimento afetivo; o agricultor, com o seu propósito pragmáti-

---

[97] O mesmo Bally fez depender de uma metáfora, o significante azulejo, o valor de uma paisagem como a da Lisboa de Pessoa: "Les azulejos sont la matière même de cette atente, le confinement du sont luxe dans une patience minérale et ornée, et l'on éprouve dans Alfama, la ville blanche, tout ce que Lisbonne aurait été sans eux — un simple Orient méditerranéen étrangement poussé jusqu'à l'Atlantique, plus terrien et plus rude, mais privé de ce qui fait de cette ville le séjour d'une attente toujours différée, tirée vers la mer comme par des cordages, ces cordages mêmes dont le style manuélin fit autrefois l'ornement principal des ouvertures de ses palais". Jean-Christophe Bailly. *La ville a l'oeuvre*. Paris: Jacques Bertoin, 1992, p. 122.

co; ou o estrategista, em seu ânimo bélico utilitário, apreendem esse mesmo campo visual. A arte não é um saber universal, e isso não por um déficit epistemológico próprio, mas porque ela se estrutura com a linguagem e configura assim uma subjetividade. Esse sujeito, enquanto inconsciente e não teleológico, é um limite interno do saber objetivo, que se sustenta em um espaço êxtimo (ao mesmo tempo exterior e íntimo) com relação ao saber. Para existirem o saber do científico, do economista ou do estrategista, a natureza deve se manter sempre afastada do sonho ou do fantasma, ou seja, em exclusão (interna) com relação aos discursos objetivos. Para a arte, pelo contrário, argumenta Simmel, o suporte mais relevante da unidade entre espaço e linguagem é o que se rotula de disposição anímica (*Stimmung*) da paisagem, algo nem sempre fácil de determinar.[98]

A dificuldade em localizar a disposição anímica de uma paisagem prolonga-se com mais uma questão: em que medida essa disposição da paisagem se funda objetivamente nela própria, já que é um estado psíquico e, por isso mesmo, só pode habitar no reflexo afetivo do observador, e não nas coisas exteriores desprovidas de consciência. E esses problemas cruzam-se, ainda, com a questão de decidir se a disposição anímica é um fator fundamental para a captação da paisagem ou se o fator essencial que coaduna os fragmentos, na paisagem, enquanto unidade percebida, pode eventualmente gerar uma disposição anímica, uma vez que a paisagem só existe quando é enxergada como unidade, e nunca antes, como simples soma de fragmentos dessemelhantes.

Simmel coloca-se, então, a questão crucial que vincula poesia e paisagem: não será, então, nos diz, o sentimento, no poema lírico, uma realidade inquestionável, independente de toda arbitrariedade e de toda contingência subjetiva, muito embora não exista, nas palavras singulares, geradas pelo processo da linguagem, nenhum vestígio desse sentimento? E, a seguir, conclui:

> Quando a unidade da existência natural se esforça, como acontece diante da paisagem, por nos enredar em sua trama, revela-se duplamente errônea a cisão entre um eu que vê e um eu que sente. Como seres humanos integrais, estamos perante a paisagem, natural ou artística, e o ato que para nós a suscita é, de forma imediata, um ato que olha, contemplativo, e um ato que sente, afetivo, que só uma reflexão ulterior pode cindir em dois. Artista é tão somente aquele que realiza este ato de conformação do ver e do sentir com tal transparência e força que absorve integralmente em si o material fornecido pela natureza e o recria, de raiz, para si; enquanto nós, os espectadores, permanecemos mais ligados a essa matéria e, por isso mesmo, costumamos perceber este ou aquele elemento particular, onde o artista vê e configura apenas uma "paisagem".[99]

---

[98] Ver Hans-Ulrich Gumbrecht. *Lento presente. Sintomatología del nuevo tiempo histórico*, trad. Lucía Relanzón Briones, prólogo José Luis Villacañas. Madri: Escolar y Mayo, 2010; Idem. After 1945. *Latency as Origin of the Present*. Stanford: Stanford University Press, 2013.

[99] Georg Simmel. *A filosofia da paisagem*, trad. Artur Mourão. Covilhã: Editora da Universidade da Beira Interior, 2009, p. 17.

RAÚL ANTELO

Poderíamos ilustrar essa problemática com um poema de Manuel Bandeira, "O rio", de 1948.

> Ser como o rio que deflui
> Silencioso dentro da noite.
> Não temer as trevas da noite.
> Se há estrelas no céu, refleti-las.
> E se os céus se pejam de nuvens,
> Como o rio as nuvens são água,
> Refleti-las também sem mágoa
> Nas profundidades tranquilas.[100]

"O rio" foi incluído por Bandeira em *Belo belo*, mas uma década antes, contudo, Juan L. Ortiz (1896-1978), já nos oferecia uma experiência muito semelhante em *El ángel inclinado* (1937). Poucos leitores brasileiros conhecem Juanele. Leitor de Rilke, Mallarmé, Juan Ramón Jimenez, Bécquer e Machado, de Voroncka e os italianos Sapazzo e Pascoli, bem como dos belgas Dechar e Schehadé, Ortiz foi tradutor de poesia chinesa, de Éluard, Ungaretti e Ezra Pound; acompanhava, de sua cidadezinha à beira do Paraná, autores russos, japoneses, africanos. Orgulhava-se de ter descoberto, em traduções francesas, Panait Istrati e Pasternak, antes mesmo de eles serem apreciados na Europa. De Rabindranath Tagore e de poetas indianos, "tomé cosas que traduje, algunas publicadas, otras, no. También Maiakovski. Muchas traducciones hice, muchas, de Aimé Césaire, de Senghor, antes de que los conocieran tanto... Con un amigo de acá, Rubén Turi, traduje varios libritos de Louis Aragon. Y chinos, poetas chinos, porque me ayudaron unos muchachos de China que sabían castellano..."[101] Como amostra do nominalismo poético de sua escrita, lembremos, então, a vertigem desta peça, mais inquietante, talvez, que o rio de Bandeira:

> Fui al río, y lo sentía
> cerca de mí, enfrente de mí.
> Las ramas tenían voces
> que no llegaban hasta mí.
> La corriente decía
> cosas que no entendía.
> Me angustiaba casi.
> Quería comprenderlo,
> sentir qué decía el cielo vago y pálido en él
> con sus primeras sílabas alargadas,
> pero no podía.
>
> Regresaba
> — ¿Era yo el que regresaba? —

---

[100] Manuel Bandeira. *Estrela da vida inteira. Poesia reunidas*. Rio de janeiro: Livraria José Olympio Editora, 1966, p. 181.

[101] É o que ele mesmo narra em sua última entrevista. Alicia Dujovne Ortiz. "El escondido licor de la tierra". *La Opinión Cultural*, Buenos Aires, 16 abr. 1978, pp. 1-4.

en la angustia vaga
de sentirme solo entre las cosas últimas y secretas.
De pronto sentí el río en mí,
corría en mí
con sus orillas trémulas de señas,
con sus hondos reflejos apenas estrellados.
Corría el río en mí con sus ramajes.
Era yo un río en el anochecer,
y suspiraban en mí los árboles,
y el sendero y las hierbas se apagaban en mí.
Me atravesaba un río, me atravesaba un río![102]

O canto de Juanele, disseminado por toda a natureza, à qual ele mesmo torna paisagem, discrimina-se, assim, nos anos 1930, da dicotomia coercitiva entre poesia cívica e poesia hermética, materialismo e formalismo. Dissociado da comunidade, o poeta é quase um xamã, uma figura liminar que, ao reunir nele mesmo o dionisíaco e o apolíneo, assume, no próprio corpo, a *coincidentia oppositorum*. Sabe ou não sabe? Traz, em todo caso, um novo saber, que é uma descida ao arcaico e ao arcano. Lembremos que, nos ritos órficos, precisamente, a musa eloquente, Calíope, trai Apolo com Estrimião, divindade de um rio, e morto seu filho Orfeu, a cabeça dele é arrancada do corpo e lançada justamente ao rio. Aqui também, a relação êxtima entre o sujeito e a paisagem parte de uma situação fluida ("Corría el río en mí"), para produzir uma metamorfose digna de Moebius ("Era yo un río en el anochecer"), de tal sorte que o sujeito é apenas um ponto de amarração com a paisagem que nele ecoa e ressoa, como *Stimmung* ("Me atravesaba un río, me atravesaba un río").

Pouco depois, em 1942, Oliverio Girondo abordaria essa mesma experiência em um poema de *Persuasión de los días*:

VÓRTICE

Del mar, a la montaña,
por el aire,
en la tierra,
de una boca a otra boca,
dando vueltas,
girando,
entre muebles y sombras,
displicente,
gritando,
ha perdido la vida,
no sé dónde,
ni cuándo.[103]

A ideia de que um rio nos atravessa coloca o sujeito perante o vórtice, experiência que não é só espacial senão, basicamente, temporal ("no sé dónde,/ ni cuándo"),

---

[102] Juan L. Ortiz. "Fui al río...". *Antología*. Buenos Aires: Losada, 2002, p. 51.
[103] Oliverio Girondo. "Vórtice". *Obra completa*, coord. Raúl Antelo. Madri: ALLCA XX, 1999, p. 173.

ideia das maiores consequências teóricas. Com efeito, no prefácio a *Per una archeologia del presente. Scritti sull'arte contemporanea* (2012), do crítico Giovanni Urbani (1926-1994), discípulo de Cesare Brandi, para quem a arte é definida como o passado da humanidade e, por tabela, o presente passa a ser uma espécie de remoto estrato arqueológico do qual extraímos os vestígios do que somos, Giorgio Agamben argumenta que esse passado, que conserva prefigurado o presente, transforma a arte em julgamento artístico e, vice-versa, até mesmo a intervenção artística mais radical torna-se um ato existencial semelhante à própria *poiesis* primigênia.[104] Nesses casos, segundo Agamben, defrontamo-nos com a *arché* como um *a priori* histórico,[105] formulação paradoxal que sinaliza que o problema ontológico-político da atualidade não é mais a produção de uma obra mas a inoperosidade do sistema. Não se trata de buscar uma fundamentação para o discurso mas de exibir a ausência de fundamento que a máquina do mundo guarda em si mesma.

Urbani, a quem Agamben dedica *O homem sem conteúdo*, poderia muito bem ilustrar esse homem contemporâneo, esvaziado e disponível, tão artista-crítico, quanto consciência medusina e petrificada, que viaja pela infância e se recusa à produtividade. Para essa sensibilidade, enfim, que sendo de Urbani, é também de Girondo,

> Il vortice ha la sua propria ritmica, che è stata paragonata al movimento dei pianeti intorno al sole. Il suo interno si muove a una velocità piú grande del suo margine esterno, cosí come i pianeti ruotano piú o meno veloci secondo la loro distanza dal sole. Nel suo avvolgersi a spirale, esso si allunga verso il basso per poi risalire verso l'alto in una sorta di intima pulsazione. Inoltre, se si lascia cadere nel gorgo un oggetto [...] esso manterrà nel suo costante ruotare la stessa direzione, indicando un punto che è per cosí dire il nord del vortice. Il centro intorno a cui e verso cui il vortice non cessa di turbinare è, però, un sole nero, in cui agisce una forza di risucchio o di suzione infinita. Secondo gli scienziati, ciò si esprime dicendo che nel punto del vortice in cui il raggio è uguale a zero, la pressione è uguale a "meno infinito". Si rifletta sullo speciale statuto di singolarità che definisce il vortice: esso è una forma che si è separata dal flusso dell'acqua di cui faceva e fa ancora in qualche modo parte, una regione autonoma e chiusa in se stessa che obbedisce a leggi che le sono proprie; eppure, essa è strettamente conessa al tutto in cui è immersa, fatta della stessa materia che continuamente si scambia con la massa liquida che la circonda. È un esser a sé e, tuttavia, non vi è una goccia che gli appartenga in proprio, la sua identità è assolutamente immateriale.[106]

É o próprio Agamben aliás quem nos alerta que importa não colocar a origem num ponto remoto do tempo.[107] A origem, enquanto emergência, é um vórtice,

---

[104] Giovanni Urbani. *Per una archeologia del presente. Scritti sul arte contemporanea.* Milão: Skira, p. 218.

[105] "Cosi la città si fonda sulla scissione della vita in nuda vita e vita politicamente qualificata, l'umano si definisce attraverso l'esclusione-inclusione dell'animale, la legge attraverso l'*exceptio* dell'anomia, il governo attraverso l'esclusione dell'inoperosita e la sua cattura nella forma della gloria". Giorgio Agamben. *L'uso dei corpi.* Vicenza: Neri Pozza, 2014, p. 336.

[106] Giorgio Agamben. "Vortici". *Il fuoco e il racconto.* Roma: Nottetempo, 2014, pp. 61-2.

[107] "*L'arché*, l'origine vorticosa che l'indagine archeologica cerca di raggiungere, è un a priori storico, che resta immanente al divenire e continua ad agire in esso. E anche nel corso della nostra vita, il vortice dell'origine resta fino alla fine presente, accompagna in ogni istante silenziosamente la nostra esistenza. A volte si fa piú vicino, altre volte si allontana a tal punto che non riusciamo piú a scorgerlo né a percepirne il sommesso bulicame.

A POESIA NÃO PENSA (AINDA)

contudo, ao lançarmos algo em seu centro, no *gorgo*, detecta-se o sutil movimento da história. No centro do redemoinho, no *gorgoneion*, que segundo Agamben, representa "l'impossibilità della visione, è ciò che non si può non vedere",[108] e, assim sendo, poderia então ser assimilado ao Real lacaniano, "ce que ne cesse pas de ne pas s'écrire", a palavra é uma cifra e, ao mesmo tempo, uma demanda ineludível daquilo mesmo que solicita o poeta, situação a partir da qual Agamben aventa dois estados extremos da liquidez, a gota e o vórtice, sendo este o ponto em que o líquido concentra-se em si mesmo, roda e vai fundo nele próprio.[109] As palavras são vórtices no devir histórico das línguas, pontos vertiginosos em que ainda não se fala ou já não se fala mais a relação absoluta do homem com o tempo e o espaço.[110] E o poeta é aquele que explora esse abismo e, finalmente, lhe dá nome:

ARENA

Arena,
y más arena,
y nada más que arena.

De arena el horizonte.
El destino de arena.
De arena los caminos.
El cansancio de arena.
De arena las palabras.
El silencio de arena.

Arena de los ojos con pupilas de arena.
Arena de las bocas con los labios de arena.
Arena de la sangre de las venas de arena.

Ma, nei momenti decisivi, ci afferra e trascina dentro di sé e allora di colpo ci rendiamo conto di non essere anche noi nient'altro che un frammento dell'inizio che continua a mulinare in quel gorgo da cui proviene la nostra vita, a rotearvi dentro finché — a meno che il caso lo risputi fuori — non raggiunge il punto di pressione negativa infinita e scompare." Giorgio Agamben, 2014, pp. 63-4.

[108] Giorgio Agamben, 2014, p. 48.

[109] "La goccia è il punto in cui il liquido si separa da sé, va in estasi (l'acqua cadendo o schizzando si separa all'estremità in gocce). Il vortice è il punto in cui il liquido si concentra su di sé, gira e va a fondo in se stesso. Vi sono esseri-goccia ed esseri-vortice, creature che con ogni forza cercano di separarsi in un fuori e altri che ostinatamente si avvolgono su di sé, s'inoltrano sempre piú dentro. Ma è curioso che anche la goccia, ricadendo nell'acqua, produca ancora un vortice, si faccia gorgo e voluta." Giorgio Agamben, 2014, pp. 64-5.

[110] "I nomi — e ogni nome è un nome proprio o un nome divino — sono vortici nel divenire storico delle lingue, mulinelli in cui la tensione semantica e comunicativa del linguaggio s'ingorga in se stessa fino a diventare uguale a zero. Nel nome, noi non diciamo piú — o non diciamo ancora — nulla, chiamiamo soltanto.[...] Nel vortice della nominazione, il segno linguistico, girando e sprofondando in se stesso, s'intensifica ed esaspera fino all'estremo, per poi lasciarsi risucchiare nel punto di pressione infinita in cue scompare come segno per riapparire dall'altra parte come puro nome. E il poeta è colui che s'immerge in questo vortice, in cui tutto ridiventa per lui nome. Egli deve riprendere una a una le parole significanti dal flusso del discorso e gettarle nel gorgo, per ritrovarle nel volgare illustre del poema come nomi. Questi sono qualcosa che raggiungiamo — se li raggiungiamo — soltanto alla fine della discesa nel vortice dell'origine." Giorgio Agamben, 2014, pp. 65-6.

RAÚL ANTELO

Arena de la muerte…
De la muerte de arena.

¡Nada más que de arena![111]

Girondo vale-se de um significante como *arena* que, sendo não só a base do confronto e da dialética, portanto, da separação da religião com relação ao Estado, entendido como palco, arena mesmo, das lutas simbólicas, é também a postulação da representação, como metafísica da presença, em todo Ocidente, o que a torna ambivalente e infinita, como matéria impalpável e escorregadia, conformando a utopia borgiana de um livro de areia, um areal, infinito por definição. A propósito, em um de seus primeiros livros, Jean-Christophe Bally analisou a trajetória de um poeta como Benjamin Péret e sua relação, mediada pelo surrealismo, que também marcou, profundamente, Oliverio Girondo, para produzir uma *Stimmung* peculiar, a de um novo mundo, crítico da alienação e a automatização.

> La terre, l'eau, l'air, le feu, les règnes minéral, végétal et animal sont tour à tour l'objet d'un traitement particulier; contrairement à l'esprit statique des explications logiques ou religieuses auxquelles l'homme occidental — sous la forme bourgeoise achevée de "l'honnête homme" — est habitué, les récits de Péret, à l'image de ceux des indiens d'Amérique, décrivent, inventent un monde de métamorphoses et de surprises incessantes.[112]

Desse modo, Bally conclui, mais adiante, em sintonia aliás com Brandi, Urbani e Agamben, que

> Si la poésie de Benjamin Péret nous semble être la forme moderne de cette histoire que les humains doivent connaître pour jeter le manche après la cognée et en finir avec le vieux monde, il faut toutefois faire remarquer que cette parenté n'est pas absolue: Péret non seulement "ne s'excuse pas", comme le dit Breton, de trouver des images et d'employer des mots comme les siens, mais l'abondance n'est pas liée chez lui à la transgression, ou plutôt elle ne semble pas être vécue comme lui étant liée; la fête perpétuelle qu'elle instaure surgit avec le plus grand naturel, comme si elle était la manifestation du même du monde [...] Il y a dans la poésie de Péret et dans ses contes [...] quelque chose qui rappelle l'"ironisme d'affirmation" de Marcel Duchamp, c'est-à-dire une attitude qui ne s'oppose pas même directement au monde mais qui instaure d'emblée une autre dimension. Entre les ready-mades qui portent à son plus haut degré l'insolence qui émane des objets, et les images de Péret qui introduisent avec la violence de l'irruption ces mêmes objets dans le monde cloisonné du langage, il y a une parenté certaine, mais très relative, comme toutes celles qu'on peut établir avec Duchamp.[113]

Ora, a relação, portanto, de Juanele ou de Girondo com a paisagem poderia ser pensada como um ironismo de afirmação. Não é um riso bergsoniano de impugnação, mas também de superioridade. É o reconhecimento de que não pode haver entre poesia e paisagem uma relação de interpretação mas de interpenetração. Portanto, ler o poema é um exercício arqueológico, enquanto prática logológica,

---

[111] Oliverio Girondo. "Arena". *Obra completa*, 1999, p. 134.
[112] Jean-Christophe Bally. "Au-dela du langage". *Une étude sur Benjamin Péret*. Paris: Eric Losfeld, 1971, pp. 75-76.
[113] Jean-Christophe Bally, 1971, pp. 94-5.

ou seja, discurso que analisa o discurso. Gostaria então de acrescentar um terceiro exemplo a esta abordagem das relações entre o sujeito lírico e a paisagem. Arnaldo Calveyra (1929-2015), que viveu em Paris a partir de 1960, foi íntimo amigo de Cortázar, Pizarnik, Gaëtan Picon, Claude Roy, Cristina Campo e Laure Bataillon, quem traduziu aliás algum dos seus livros, muitos deles publicados antes em francês do que em espanhol. Logo no primeiro deles, *Cartas para que la alegría* (1959), surge essa preocupação, característica de um *carmen perpetuum*, que desenha, em sua obra, um périplo elíptico, tensionado entre dois extremos cujo centro é um sol negro e cuja lógica é o gravitar rodando (Girondo), o deslocamento, a superposição, a liminaridade em que, sendo nula a distância entre vórtice e extremo, a pressão sobre a linguagem chega a equiparar-se a um impossível, menos infinito, ou seja, pura areia do tempo. Copio dois fragmentos desse poema em que Calveyra evoca a saída de Mansilla, sua cidade natal, perto também do rio Paraná:

> El viaje lo trajimos lo mejor que se pudo. De todas las mariposas de alfalfa que nos siguieron desde Mansilla, la última se rezagó en Desvío Clé. Nos acompañamos ese trecho, ella con el volar y yo con la mirada. Venía con las alas de amarillo adiós, y, de tanto agitarse contra el aire, ya no alegraba una mariposa sino que una fuente ardía. Y corrió todavía con las alas de echar el resto: una mirada también ardiendo paralela al no puedo más en el costado de tren que siguió. La gallina que me diste la compartí con Rosa, ella me dio budín. En tren es casi lo que andar en mancarrón.
> Los que tocaban guitarra cuando me despedías vinieron alegres hasta Buenos Aires.
> Casi a mediodía entró el guarda con paso de "aquí van a suceder cosas", y hubo que ocultar a cuanta cotorra o pollo vivo inocente de Dios se estaba alimentando.
> En el ferry fue tan lindo mirar el agua.
> ¿Y sabes? no supe que estaba triste hasta que me pidieron que cantara.[114]

A peça 22, que encerra as cartas, diz:

> Te pido que no te intranquilices, estoy tranquilo.
> ¿Es que viste alguna vez al bien y al mal separados? ¿la escoria a muchas leguas de la rosa?
> Ni Judas oscilante de amor colgado a su árbol en el no del amor sigue colgando.
> ¿Le diremos a la maleza que no suba?
> ¿A la maleza que no miente pruebas en su favor y en su contra?
> Ayer llovió y subió el cauce del arroyo y hoy bajó y en el atardecer el álamo del frente es la luz.
> Yo te lo ruego.
> Porque nadie puede disminuir el abrazo espejo ahora en el destiempo, el velar de madre en la lomada con las rodillas prontas y el morir de dios del hijo en el calor de falda desde adentro.[115]

Que nos dizem estes poetas? No lento presente, o poema alonga-se. Juanele flui como paisagem ("Era yo un río en el anochecer"). Girondo abisma-se na linguagem-areia-arena. Calveyra identifica seu percurso com a própria *coincidentia oppositorum* ("¿Es que viste alguna vez al bien y al mal separados? ¿la escoria a muchas leguas de la rosa?"). Os exemplos destes três poetas podem nos ajudar

---

[114] Arnaldo Calveyra. *Lettres pour que la joie. Cartas para que la alegría.* Arles: Actes Sud, 1983, p. 37.
[115] Arnaldo Calveyra, 1983, p. 59.

a melhor entender aquilo que Jean-Christophe Bally chama de alargamento do poema. Com efeito, o conceito de *alargamento* provém da diferenciação que Bally estabelece entre comunidades livremente fechadas e comunidades ampliadas, sendo que esta expansão explica-se pela não coincidência entre relatos nacionais e relatos religiosos, isto é, a fronteira do ser da nação evidentemente não mais coincide com a fronteira do crer das religiões. Tentando fundamentar uma lógica da desaceleração simbólica, Bally vale-se então de um exemplo dos guayaki descritos por Pierre Clastres, que reduziriam a cornucópia do mundo a dois únicos objetos, o arco para eles, a cesta para elas. O segundo exemplo é o do artista Lothar Baumgarten, um discípulo de Joseph Beuys. Baumgarten morou um bom tempo na fronteira entre o Brasil e a Venezuela. Desse período provém suas obras *Terra incognita* (1969-84); *The Origin of the Night: Amazon Cosmos* (1973-77); *El Dorado — Gran Sabana* (1977-85); *River-Crossing: Kashorawetheri* (1978), e talvez a mais interessante para nosso raciocínio, *Fragmento Brasil. Realidade Silhueta Paradoxo* (1977-2005), projeção de um conjunto multifário de imagens que incluem detalhes de pássaros brasileiros, em idealizadas paisagens europeias de Albert Eckout (1654), fotografias do Caroni, o Uraricoera e o rio Branco e desenhos abstratos colhidos dos ianomâmi, as duas coisas entre 1977 e 1980. É que, após uma longa permanência com os indígenas, Baumgarten decidiu entregar a cada um deles uma folha de papel para eles desenharem o que bem entendessem. A aproximação destes traços, com as fotos do Uraricoera, terra natal de Macunaíma, bem como os recortes de um pintor-viajante como Eckout, inscrevem o trabalho de Baumgarten na mais rigorosa arqueologia anacrônica. Mas, no tocante às culturas indígenas, em ambos os casos, tanto o dos guayaki, quanto o dos ianomâmi, veja-se que Bally, diante de uma sociedade que passou da fadiga ao cansaço e da transformação à exaustão, opta por uma *arte povera*, mínimo de elementos, máximo de diferimentos. Encerrando esse seu ensaio "Frear", texto, a rigor, de uma conferência na China, na Universidade de Wuhan (2012), com que, por sua vez, conclui *O alargamento do poema*, Bally observa:

> Être et demeurer l'apprenti de son métier, de son art ou de son mode d'existence, cela aura été le leitmotiv de tous ceux qui ont parié sur la recherche et se sont détournés de l'exploitation des acquis. Le mot revient souvent dans les déclarations des pionniers de l'art moderne. Je ne prendrai qu'un seul exemple, qui est celui que peut-être je connais le mieux: un écrivain n'est pas quelqu'un qui, en écrivant, dit au langage comment il doit se comporter, mais quelqu'un qui chaque jour apprend du langage et qui en el creusant, le retournant, l'explorant, contribue à en propager la leçon vivante. Et il en va de même, je pense, dans tous les domaines d'activité et de création. C'est à ce prix que ce que les philosophes et les poètes ont appelé l'ouvert peut être retrouvé, maintenu et propagé. L'ouvert, certainement pas un substantif avec une majuscule, certainement pas un domaine réservé — mais ce qui s'ouvre, ce qui s'ouvre sans fin devant nous comme en nous, aussitôt que nous nous accordons au temps de sa venue.[116]

[116] Jean-Christophe Bailly. *L'élargissement du poème*. 2015, pp. 204-5. Agamben retoma o conceito de aberto, que provém da oitava elegia de Duíno, a partir da leitura de Heidegger, ressalvando, porém, que "il termine rilkiano subisce un essenziale rovesciamento, che Heidegger cerca in ogni modo di sottolineare. Nell'ottava

A POESIA NÃO PENSA (AINDA)

Em 1960, Queneau, Pérec e Calvino, entre outros, também pensaram a paisagem da literatura como um *ouvroir*, um canteiro onde se constrói e desconstrói uma literatura absolutamente potencial. Admitiam, de certo modo, a perda irreversível de qualquer noção de centro.

6. HISTÓRIA: CENTRO E MARGEM

Recapitulemos então. Partimos da ideia de que o artista cria a obra mas cabe à obra criar o autor. A seguir, nos colocamos a pergunta "a quem se dirige o poema?" e constatamos, com Agamben, que ele se destina a uma exigência, uma dimensão ética: trabalhar para que construção e fundação não sejam nunca um passado mas, como a seta de Zenão de Eleia, voe e não voe, ao mesmo tempo. O poema cria assim um *espaçotempo* próprio e singular que é o elemento órfico, entendido como conciliação entre o *daimon* e a *tyché*. A poética do aberto ilustrou essa deriva.

Quero, a seguir, abordar a questão das relações entre centro e margem, partindo do pressuposto de que, para não se integrar o poema numa formalização historicista, o centro do poema deve permanecer sempre aberto, vazio, disponível. Em outras palavras, é necessário preservar nele o elemento demoníaco, que encurta os tempos e alarga os espaços. Por isso mesmo Goethe, nas *Urworte*, as palavras primordiais, órficas, enfim, bem como no *Fausto*, é claro, nos propõe o demônio como essa ambiguidade que permite o sucesso ao preço de renunciar à ética. É uma sobrevivência impura, mascarada, metamorfoseada e até antieticamente invertida da lei. Ele empurra o homem à aventura, que é aquilo que não cessa de *ad-vir* porque, como diz Agamben, a vida poética é aquela que, em cada aventura, mantém-se obstinadamente vinculada não com o ato, porém, com uma potência ou, em suma, não com um deus mas com um semideus, o demônio.[117]

Gostaria, portanto, de trazer à baila um poema de Héctor Álvarez Murena (1923-1975), o primeiro tradutor de Benjamin ao espanhol, poema de um livro dedicado ao demônio, o demônio da harmonia.

Elegia, infatti, a vedere l'aperto 'con tutti gli occhi' è l'animale (*die Kreatur*), opposto decisamente all'uomo, i cui occhi sono stati invece 'rivoltati' e posti 'come trappole' intorno ad esso. Mentre l'uomo ha sempre davanti a sé il mondo, sta sempre e soltanto 'di fronte' (*gegenüber*) e non accede mai al 'puro spazio' del fuori, l'animale si muove invece nell'aperto, in un 'da nessuna parte senza non'. E proprio questo rovesciamento del rapporto gerarchico fra l'uomo e l'animale che Heidegger revoca in questione. Innanzi tutto, egli scrive, se si pensa all'aperto come il nome di ciò che la filosofia ha pensato come *alétheia*, cioè come l'illatenza-latenza dell'essere, il rovesciamento non è qui veramente tale, perché l'aperto evocato da Rilke e l'aperto che il pensiero di Heidegger cerca di restituire al pensiero non hanno nulla in comune, 'L'aperto di cui parla Rilke non è l'aperto nel senso dello svelato. Rilke non sa né presagisce nulla dell'*alétheia*; non ne sa e non ne presagisce nulla al pari di Nietzsche' [...]. Tanto in Nietzsche che in Rilke è all'opera quella dimenticanza dell'essere 'che sta alla base del biologismo del diciannovesimo secolo e della psicoanalisi' e la cui ultima conseguenza è 'una mostruosa antropomorfizzazione dell'animale... e una corrispondente animalizzazione dell'uomo' [...]. L'aperto che nomina la svelatezza dell'ente soltanto l'uomo, anzi solo lo sguardo essenziale del pensiero autentico, può vederlo. L'animale, al contrario, non vede mai questo aperto". Giorgio Agamben. *L'aperto: L'uomo e l'animale*. Turim, Bollati Boringhieri, 2002, pp. 60-1.

[117] Giorgio Agamben. *L'avventura*. Roma: Nottetempo, 2015, p. 71.

RAÚL ANTELO

TRABAJO CENTRAL

El instante
en que la espada
de lo posible
subitamente
se inyecta de sol,
gira,
a segar empieza
los limbos palpitantes.

Y más allá,
cuando como diluvio
de pétalos descienden
las tibias, las fuertes
y finas,
las iridiscentes palabras
recogidas
con ambas manos
antes de que se posen
sobre la realidad
Precisamente
libre de libertad,
lento vuelo
de pájaros
visto en un espejo,
rumor aciago,
fruta absoluta,
un cadalso cubierto
de polen.

Que se entienda
esta dicha terrible
que es cualquier barco
hacia todo naufragio.[118]

O poema faz parte, como dissemos, do livro *El demonio de la armonía* (1964). Um ano depois, outra poeta, Alejandra Pizarnik, chamou a atenção, em particular, para esse texto de Murena, "Trabajo central", ou seja, o trabalho do centro, onde o autor, precisamente,

poetiza un instante soberano, un instante privilegiado. Una suerte de energía primordial fundamenta ese instante en el que cesa toda oposición. Lo posible irrumpe como un sol y las palabras vuelven a ser las genuinas, aquellas "no perdidas en lo extraño". Del mismo modo, el doloroso límite de las cosas es anulado y, en consecuencia, la libertad del poeta se torna ilimitada. Por eso el poema finaliza así: *Que se entienda / esta dicha terrible/ que es cualquier barco/ hacia todo naufragio.* Estos versos dicen de la alegría más alta, la *buena dicha* oswaldiana,

[118] Héctor A. Murena. *El demonio de la armonía*. Buenos Aires: Sur, 1964.

invocan a la muerte, pero aquí la muerte ya no es más lo ajeno que produce miedo, no es más lo contrario de la vida, y se comprende que su fascinación sea irresistible.[119]

Com uma fórmula de inegável sotaque bataillano, Pizarnik intui, nessa peça de *El demonio de la armonía*, a emergência do Real que, ao dessubstancializar a matéria, propõe, em seu lugar, a subversão. A questão correlaciona-se com um longo debate na crítica sobre o lugar da história e as políticas do tempo. Sabemos que Benjamin, que não desdenhava o rigor construtivo da obra de arte, pretendia elaborar uma poética própria, através das *imagens do pensamento* que obedeceriam à preceptiva de movimento proposta por Riegl. Benjamin escreve, por exemplo, um fragmento intitulado "Após a conclusão", que cabe aqui relembrar:

> Com frequência se tem imaginado a gênese das grandes obras na imagem do nascimento. Esta imagem é dialética; abrange o processo por dois aspectos. Um tem a ver com a concepção criativa e se refere, no temperamento, ao feminino. Este fator feminino se esgota com a conclusão. Dá vida à obra e então se extingue. O que morre no mestre com a criação concluída é aquela parte nele em que a obra foi concebida. Mas eis que a conclusão da obra não é uma coisa morta — e isto nos leva ao outro aspecto do processo. Ele não é alcançável pelo exterior; o polimento e o aprimoramento não podem extraí-lo à força. Ele se consome no interior da própria obra. Aqui também se pode falar de um nascimento. Ou seja, em sua conclusão, a criação torna a parir o criador. Não segundo a sua feminilidade, na qual ela foi concebida, mas no seu elemento masculino. Bem-aventurado, o criador ultrapassa a natureza: pois esta existência que ele recebeu, pela primeira vez, das profundezas escuras do útero materno, terá de agradecê-la agora a um reino mais claro. A sua terra natal não é o lugar onde nasceu, mas, sim, ele vem ao mundo onde é a sua terra natal. É o primogênito masculino da obra, que foi por ele concebida.[120]

Retornaremos à ideia, já apontada aliás, de que, após seu esgotamento, a criação faz o criador, premissa maior de uma concepção dinâmica e inclinada à metamorfose contínua, mas frisemos por enquanto que, muito embora frequentemente Benjamin e Hans Sedlmayr sejam confrontados por posições políticas antagônicas, cabe relembrar que, em sua obra-prima, *A perda do centro*,[121] Sedlmayr também nos proporia uma série de sequências que organizariam uma história da imagem após-a-finitude. Destaca, assim, por exemplo, que Goya seria o primeiro artista ocidental a derrubar o sublime e, nesse sentido, Sedlmayr parte, para tanto, de uma ideia de Ernst Jünger, a de que os altares em ruína são habitados pelos demônios, que é uma forma de admitir que a tecnologia transformou o universo em um imenso *ready-made*, uma obra de arte total, inversão especular do gesto vanguardista de Duchamp, quem colocou *qualquer* objeto como obra de arte.[122] Sedlmayr propõe então ver, em Goya,

---

[119] Alejandra Pizarnik. "Silencios en movimiento". *Sur*, n. 294, Buenos Aires, maio-jun. 1965, pp. 103-6.

[120] Walter Benjamin. *Rua de mão única*, trad. Rubens Rodrigues Torres Filho e José Carlos Martins Barbosa. São Paulo: Brasiliense, 1987, p. 277 (*Obras escolhidas*, v. 2).

[121] Hans Sedlmayr. *Perdita del centro. Le arti figurative dei secoli diciannovesimo e ventesimo come sintomo e simbolo di un'epoca*, trad. M. Guarducci. Turim: Borla, 1967.

[122] Boris Groys vê essa mesma opção em Alexander Kojève. Ele teria tomado a *Fenomenologia do Espírito* como um *ready-made* e reservado para si a função de assinar essa obra no novo contexto, o entorno acefálico do Paris de entreguerras. Da mesma forma, o fenômeno da reprodução, para Kojève, é que passaria a ocupar agora o

RAÚL ANTELO

um êmulo de Kant, um destruidor,[123] por partir da esfera mais subjetiva, a do sonho, que transfere às suas imagens um caráter disparatado. Elas não teriam a ambição de uma escrita ideográfica; mas seriam, em compensação, uma linguagem universal, sem por isso serem alegorias, em demanda de decifração. Os sonhos tornam-se assim meros *caprichos* (solução para a qual Goya, a rigor, inspira-se em Tiepolo); mas cabe destacar também que as didascálias originais de Goya, nessas gravuras, são indecifráveis não só para nós mas, basicamente, para o próprio artista, assim como certas ações do sonho tem sentido apenas enquanto dura o sonho mas, cessada a experiência, veem-se desprovidas de qualquer valor. Ou antes, só passam a ser reconfiguradas *après-coup*. Nasce daí, segundo Sedlmayr, uma nova leitura do humano, em que o homem paulatinamente se demoniza, e não apenas exteriormente, como aliás, já detectara Baudelaire, quando observou que os rostos ocupam, em Goya, o entre-lugar entre homem e animal. Derrubada, portanto, a centralidade da razão, Sedlmayr destaca, a seguir, em Grandville, figura que também chamou a atenção de Benjamin, um passo além, mesmo que muito simples, de propor a degradação humanística. Ele consiste em contemplar o mundo humano a voo de pássaro, de tal forma que os acontecimentos mundanos apareçam desvalorizados, carentes de qualquer relevo ou dignidade. E novamente Baudelaire comparece para justificar que Grandville seria uma sensibilidade pós-humana, um cérebro literário doentio que se comprazia, por meio dessas figuras de sonho, em preanunciar o Apocalipse.

Essa ideia de um mundo fragmentado se traduziria, exemplarmente, na questão do *torso*, que remonta à escultura de Rodin, paradigma para muitos críticos da autonomização da escultura mas cujas obras são indecidíveis quanto a constituírem um todo em si mesmas ou serem apenas um esboço de algo maior. No torso, forma e matéria separam-se, tal como em *Catedral*, onde vemos apenas duas mãos alçadas ao sublime, de tal modo que podemos (ou não) ver essas mãos como fragmento de um todo, atendendo aquilo que Baudelaire dizia, em "Salão de 1859", que as esculturas são os arquivos mais importantes da vida universal. Ora, no início do século XX, o crítico de arte Carl Einstein qualificou igualmente seu revolucionário *Negerplastik*

centro que Sedlmayr julgava perdido. Na época da religião tradicional, argumenta, as operações de repetição e reprodução estavam restritas a locais sacros, ao passo que os profanos permaneciam num fluxo indeterminado de tempo. Na nova condição, exigem-se garantias de reconhecimento, duração e, eventualmente, vida póstuma, que valeriam para cada um e para todos, *omnes et singulatim*, para retomarmos a chave biopolítica de Foucault. Ver Boris Groys. *Introduction to Antuphilosophy*, trad. David Fernbach. Londres: Verso, 2012, p. 100. É o que, paralelamente, Borges exploraria por meio de Pierre Menard.

[123] Relembrar o perfil do destruidor segundo Benjamin: "O caráter destrutivo é jovial e alegre. Pois destruir remoça, já que remove os vestígios de nossa própria idade; traz alegria, já que, para o destruidor, toda remoção significa uma perfeita subtração ou mesmo uma radicalização de seu próprio estado. O que, com maior razão, nos conduz a essa imagem apolínea do destruidor é o reconhecimento de como o mundo se simplifica enormemente quando posto à prova segundo mereça ser destruído ou não. Este é um grande vínculo que enlaça harmonicamente tudo o que existe. Esta é uma visão que proporciona ao caráter destrutivo um espetáculo da mais profunda harmonia. O caráter destrutivo está sempre trabalhando de ânimo novo. É a natureza que lhe prescreve o ritmo, ao menos indiretamente; pois ele deve se antecipar a ela, senão é ela mesma que vai se encarregar da destruição." Walter Benjamin. *Rua de mão única*, 1987, p. 235.

(1915) de simples *torso*.[124] E temos, ainda, um exemplo eloquente disso em um poema de Manuel Bandeira, de *O ritmo dissoluto*, dedicado a uma escultura de gesso.

GESSO

Esta minha estatuazinha de gesso, quando nova
— O gesso muito branco, as minhas linhas muito puras —
Mal sugeria imagem da vida
(Embora a figura chorasse).
Há muitos anos tenho-a comigo.
O tempo envelheceu-a, carcomeu-a, manchou-a de pátina amarelo-suja.
Os meus olhos, de tanto a olharem,
Impregnaram-na de minha humanidade irônica de tísico.

Um dia mão estúpida
Inadvertidamente a derrubou e partiu.
Então ajoelhei com raiva, recolhi aqueles tristes fragmentos, recompus a figurinha que
[chorava.
E o tempo sobre as feridas escureceu ainda mais o sujo mordente da pátina...
Hoje este gessozinho comercial
É tocante e vive, e me fez agora refletir
Que só é verdadeiramente vivo o que já sofreu.[125]

Bandeira não ignora o *pathos*. Dosa-o, porém, com certa parcimônia. Muito refletido, o poema ou, em particular, seus três primeiros versos foram o problema de expressão mais difícil que ele disse ter encontrado em toda a sua vida de poesia: "levei mais de dez anos para achar a solução definitiva". Mesmo assim, a cena beira, de fato, o *kitsch*, como no filme de Ava Gardner, *A touch of Venus*, mas, subitamente, o poeta introduz a ironia moderna, ao exigir esse *pathos* para redefinir a vida. Porque "só é verdadeiramente vivo o que já sofreu". Alcides Villaça fala, a esse respeito, de operação restauradora e caberia perguntar se não é restauradora, em suma, toda a política temporal do modernismo.

O soneto ilustra que a arte deixou de ser a linguagem dos deuses porque, ao desaparecerem seus guias, como índices do absoluto, e advir o *des-astre*, ela passou a ser um mero princípio de saudade pela sua extinção irreversível, para, hoje em dia devir, tão somente, uma linguagem em que esse desaparecimento não cessa de aparecer. A tese, como vemos, é uma constatação da que, conforme Benjamin, a origem ou o original nada mais é do que o trânsito do informe à forma, que não se efetiva, através do *logos*, mas por meio de uma *passagem*.

Ora, Adorno dizia que a verdadeira linguagem da arte é uma arte sem palavras, e que seu momento averbal, o momento semiótico mesmo, tem prioridade sobre o momento significativo do poema, momento que não se encontra totalmente ausente

---

[124] Ezio Bassaani; Jean-Louis Paudrat. "Notas sobre un torso". In: Carl Einstein. *La escultura negra y otros escritos*. Barcelona: Gili, 2002, p. 63.
[125] Manuel Bandeira, 1966, p. 87.

RAÚL ANTELO

da música. Ilustremos essa ideia com uma tradução do próprio Bandeira, o "Torso arcaico de Apolo" (1908), um soneto de Rainer Maria Rilke:

Não sabemos como era a cabeça, que falta,
de pupilas amadurecidas, porém
o torso arde ainda como um candelabro e tem,
só que meio apagada, a luz do olhar, que salta

e brilha. Se não fosse assim a curva rara
do peito não deslumbraria, nem achar
caminho poderia um sorriso e baixar
da anca suave ao centro, onde o sexo se alteara.

Não fosse assim, seria essa estátua uma mera
pedra, um desfigurado mármore, e nem já
resplandecera mais como pele de fera.

Seus limites não transporia desmedida
como uma estrela; pois ali ponto não há
que não te mire. Força é mudares de vida.[126]

Sabemos que a arte tradicional repousava sobre os conceitos de originalidade, autenticidade e unicidade e que a arte moderna trabalha, em compensação, com a queda desses valores universais, o que implica um certo deslocamento do semântico em relação ao semiótico. Ora, a expressão de Rilke "pois ali ponto não há/ que não te mire", que, segundo Adorno aliás, era um conceito que Benjamin muito apreciava, codificou, de maneira dificilmente superada, essa linguagem não significativa das obras de arte: a expressão é o olhar das obras de arte. A sua linguagem, na relação com a linguagem significativa, é algo, porém, de mais antigo, mas nunca recuperado: como se as obras de arte, ao se modelarem pela sua estrutura sobre o sujeito, repetissem o modo do seu nascimento e da sua libertação. Elas têm expressão, mas não quando comunicam o sujeito, senão ao estremecerem com a história primigênia da subjetividade em contato com ele. A imagem subsiste (Bataille: *la poésie qui subsiste...*) porque aquela história primordial sobrevive no sujeito que, ao longo da história, recomeça sempre desde o início.

A semelhança como tal não seria, portanto, mimese do existente, porém, movimento da imagem, um movimento interminável, que vai de semelhança a semelhança: do rosto aparecendo ao rosto voltando e deste ao fascinante *quid* sem rosto fixo ou exato. A semelhança oferecida pela escultura é sempre uma passagem da pessoa ao neutro. Entre esses dois extremos estendem-se os múltiplos fios e as tramas de uma *dramática da imagem*, cujos exemplos, segundo Blanchot, denotam o poder de um paradoxo por ele mesmo apontado quando escreve, em 1951, em

---

[126] Rainer Maria Rilke. "Torso araico de Apolo". In: Manuel Bandeira. "Poemas traduzidos". *Estrela da vida inteira*. Rio de Janeiro: José Olympio, 1966, p. 342.

um ensaio de *O espaço literário*, que "les torses s'acomplissent parce que le temps a brisé les têtes".

A linguagem, dizia Walter Benjamin, determinou de forma inequívoca que a memória não é um instrumento para a exploração do passado, mas apenas um meio para tanto porque assim como a terra é um meio, em que jazem soterradas as velhas cidades, as desconhecidas Troias, a memória é também um meio do vivido. Aquele que tenta se aproximar do seu próprio passado sepulto precisa se comportar como alguém que escava. Cava e desenterra seu próprio mundo. Não deve temer voltar recorrentemente à mesma situação. Deve espalhar o que acha, como se espalha a terra, porque as situações são apenas camadas, que só depois de uma pesquisa minuciosa dão à luz o que faz com que a própria escavação valha a pena, isto é, as imagens que, arrancadas de todos seus contextos anteriores, só aparecem e brilham, como objetos de valor, muito depois, nos discretos espaços de nossa compreensão tardia, como torsos na galeria do colecionador. Jean Clair chegou mesmo a se perguntar se a escultura não é uma língua morta[127] e Didi-Huberman, dirigindo, por sua vez, um olhar ainda mais atento a esses fragmentos da estatuária grega, imagens frequentemente reproduzidas também por André Malraux em seu museu imaginário, ponderaria que, diante deles, experimentamos rapidamente que os torsos encontram-se, com efeito, intensificados em seu próprio *défaut de personne*. O artista e o tempo trabalharam em conjunto essa figura gerando, assim, uma *duplicidade da imagem*, este duplo sentido inicial que traz consigo o poder do negativo: no poema, a palavra pode se tornar pedra. Mas a leitura de um poema consiste, pelo contrário, em resgatar o caráter fragmentário dessa pedra. Não se trata, tão somente, de voltarmos ao conceito clássico, isto é, romântico de fragmento, mas de compreender que o fragmento se insere numa constelação de sentidos. Não é à toa que a palavra fragmento ressoa em franja, naufrágio, fresar, anfractuosidade, fração, brecha, *brick*, brioche, infringir, refrão...[128]

Na época do poema "Vitória", em 1964, Pier Paolo Pasolini estava filmando os doze evangelistas e, para tanto, captou alguns rostos não profissionais, entre eles, os de Rodolfo Wilcock ou Giorgio Agamben, rostos, para alguns, excessivamente mediterrâneos, no que Didi-Huberman chamaria a presença de povos expostos, povos figurantes.[129] São formas peculiares de escultura que explicam que Deleuze associasse o gesto de Pasolini, em última análise, com o que fazia simultaneamente Glauber Rocha. Giorgio Agamben, por sua vez, nos diria que se buscava assim captar um gesto do homem *qualunque*, uma passagem do comum ao específico e deste ao comum, algo que, em chave gramsciana, fora ensaiado também por Ernesto de Martino. Pasolini rearmava com esses rostos, autênticos cacos do evolucionismo histórico, e até mesmo remontava assim todo um processo, tanto o de um relato,

---

[127] Jean Clair. Malinconia. *Motivos saturninos en el arte de entreguerras*, trad. L. Vázques. Madri: Visor, 1999, pp. 133-46.

[128] Jean-Luc Nancy. *El sentido del mundo*, trad. Jorge Manuel Casas. Buenos Aires: La Marca, 2003, p. 198.

[129] Georges Didi-Huberman. *Peuples exposés, peuples figurants (L'oeil de l'histoire*, 4). Paris: Minuit, 2012.

quanto o de uma sensibilidade. Não estava sozinho. Com base em Benjamin, e com as mesmas ruínas mexicanas, aliás, da *Rua de mão única*, o filósofo argentino Luis Juan Guerrero captaria, pioneiramente, o julgamento de Benjamin de que somente completa a obra quem a quebra, "tornando-se um fragmento do mundo vindouro, o torso de um símbolo".[130] A estética operatória de Guerrero poderia ser pois mais uma resposta à necessidade de politização da arte que Benjamin propunha no ensaio sobre a obra de arte de 1936 e, nesse sentido, a questão da forma era, portanto, e tão somente, a exposição temática de uma diminuição axiológica da realidade e uma correlativa elevação do poder individual de criação de valores, o que levava Guerrero a vaticinar, já em 1949, uma mudança de estatuto da obra de arte, na época da sua reprodutibilidade técnica. Essas ideias de Guerrero, confirmadas mais adiante em *Estética Operatoria en sus tres direcciones. Revelación y acogimiento de la obra de arte* (1956),[131] apoiadas não só no filósofo das passagens, mas também em Heidegger, Blanchot e Husserl, estabeleciam que a expressão do homem somente se realiza se previamente podemos contar com uma autorrealização do homem, por meio da arte. Monumentalização do esboço e do rascunho, o torso precipitaria assim o diagnóstico de Sedlmayr: o homem perdeu seu centro.[132] Mas a despeito de diferenças mútuas, haveria, mesmo assim, e apesar dos pesares, um certo paralelismo entre a perda do centro (*Verlust der Mitte*) de Sedlmayr e a perda da aura (*Verlust der Aura*) de Benjamin. Senão, vejamos.

Guerrero, como sabemos, foi o introdutor de Walter Benjamin nos estudos universitários latino-americanos. Em seu curso de Estética, em La Plata, em 1933, inclui "O conceito de crítica de arte no Romantismo alemão" (1918, publicado em 1920) e seu próprio texto sobre o torso (1949) não deixa dúvidas quanto à leitura do ensaio benjaminiano sobre a obra de arte, explicitamente citado, na tradução de Klossowski ao francês, não só no programa universitário de 1937 como também nos volumes posteriores de Guerrero, em 1956.[133] Mas em 1967, e *volis nolisve*, na esteira de Guerrero, Murena empreende, como já disse, a primeira tradução comercial

---

[130] Walter Benjamin. "Die Wahkverwandtschaften de Goethe". In: *Sobre el programa de la filosofía futura y otros ensayos*, trad. R. Vernengo. Caracas: Monte Avila, 1970, p. 72.

[131] Luis Juan Guerrero. *Estética operatoria en sus tres direcciones. Revelación y acogimiento de la obra de arte*, ed. Ricardo Ibarlucía. Buenos Aires: Las 40/ Biblioteca Nacional, 2008.

[132] Sedlmayr argumenta que a arte também se afasta do centro e isso vale tanto para os temas artísticos quanto para a relação entre as artes, relação em que a escultura emerge como mediadora. A arte torna-se assim excêntrica, em todos os sentidos. O homem pretende sair dela, que por sua própria natureza constitui o centro entre o espírito e os sentidos, e ela mesma tenta abandonar essa arte em que, como o homem, já não encontra resposta nem sentido. Tende, portanto, a uma "super-arte" que, simultaneamente, a projeta no "sub-artístico". Com essa descrição, Sedlmayr alude à saída surrealista das vanguardas, último avatar da inteligência europeia, segundo Benjamin, e seu consequente receio de queda na diluição e no *Kitsch*. Como, para Sedlmayr, a arte afasta-se do homem e da justa medida, esses sintomas se correspondem, a seu ver, com tendências verificáveis no próprio homem. Mas não é só na arte que o homem busca afastar-se do "centro" e do próprio homem, muito embora seja na arte, para Sedlmayr, que melhor se ilustram essas ocorrências.

[133] Graciela Wamba Gaviña. "La recepción de Walter Benjamin en la Argentina". In: Vários autores. *Sobre Walter Benjamin. Vanguardias, historia, estética y literatura. Una visión latinoamericana*. Buenos Aires: Alianza/ Goethe Institut, 1993; Luis Ignacio Garcia. "Entretelones de una estética operatoria. Luis Juan Guerrero y Walter Benjamin". *Prismas. Revista de historia intelectual*. Quilmes (Argentina), n. 13, 2009, pp. 89-113.

A POESIA NÃO PENSA (AINDA)

dos ensaios de Benjamin.[134] Quase simultaneamente, em outubro de 1968, Murena também intervém, em Roma, em um colóquio, *Eternidade e História. Valores permanentes no devir histórico*,[135] convocado por Luigi Pareyson, e do qual participam, entre outros, Michelle Sciacca, Eric Voegelin, Wladimir Weidlé e o próprio Hans Sedlmayr. Em sua comunicação, Murena parece conhecer as restrições que Cesare Brandi fizera às ideias de Sedlmayr, notadamente a *A revolução da arte moderna* (1959). Em sua resenha, Brandi apontara o aspecto negativo da autonomia literária que seria produzir *O homem sem conteúdo* (o livro de Agamben é a ele dedicado precisamente) e propôs, no entanto, que o verdadeiro futuro pertenceria aquele que, segundo Schelling, combinasse potência destrutiva com potência conservadora.[136] Não sabemos se Murena, só podendo concordar com Brandi, teve conhecimento dessa resenha radiofônica. Mas ele certamente se apropria de uma observação, a primeira vista, extravagante de Sedlmayr, colhida na tradução italiana de *A perda do centro*, que saíra um ano antes do congresso de Roma. Murena nos diz, então, que por volta do fim do século XVIII, início do XIX,

---

[134] Walter Benjamin. *Escritos escogidos*, trad. H. A. Murena. Buenos Aires: Sur, 1967. Sobre o autor, ver "Murena, el anacrónico", de Juan Liscano (In: *Descripciones*. Caracas: Monte Avila Editores, 1983); "Murena un crítico en soledad", de Américo Cristófalo (In: Noé Jitrik. *Historia crítica de la literatura argentina. La irrupción de la crítica*, v. 10. Buenos Aires: Emecé, 1999; "Murena en busca de una dialéctica trascendental", de Silvio Mattoni (In: *Confines*, n. 7, Buenos Aires, 1999); *Visiones de Babel*, uma antologia preparada e prologada por Guillermo Piro (México: Fondo de Cultura Económica, 2002) e "El arte y el lugar", de Silvio Mattoni, prefacio à reedição de *La metáfora y lo sagrado* (Buenos Aires: Cuenco de Plata, 2011). Houve, além do mais, antologias de seus poemas em *El jabalí*, revista ilustrada de poesia, n. 10, Buenos Aires, 1999 e no *Diario de Poesía*, n. 60, Buenos Aires, jan. 2002.

[135] Abriu o colóquio Luigi Pareyson ("Valori permanenti nel divenire storico"), a quem Guerrero incluíra no congresso filosófico de 1949, uma vez que, à época, Pareyson era professor em Mendoza e, a seguir, falaram o filósofo da integralidade, Michele Federico Sciacca ("Storicismo o storicità dei valori?"); o estudioso dos ameríndios Joseph Epes Brown ("The persistence of essential values among North American Plains Indians"); o jurista Sergio Cotta ("L'esperienza giuridica e i valori permanente"); o politólogo Augusto Del Noce ("Contestazione e valori"); o filósofo húngaro Thomas Molnar ("Religion et utopie"); o psiquiatra Henri Baruk ("Le Tsedek, science de l'homme et religion de l'avenir"); Cyrill von Korvin-Krasinski ("La crise de l'homme occidental du point de vue de l'anthropologie indo- thibétaine"); o historiador Paolo Brezzi ("I valori religiosi nel divenire storico"); Germaine Dieterlen ("Les valeurs permanentes des Bambara et la société initiatique du Komo"); o sinólogo Carl Philip Hentze ("Le culte des ancetres et l'idée de permanence dans la Chine la plus ancienne"); Marie E. P. Konig ("A propos de l'évolution continuelle de la civilisation pendant les périodes préhistoriques"); o etnólogo argelino Jean Servier ("Valeurs permanentes des civilisations traditionnelles et devenir du tiers-monde"); Giorgio Diaz de Santillana e Herta von Dechend ("Syrius as a permanent center in the archaic universe"); Seyyed Hossein Nasr ("Man in the universe"); o biológo Giuseppe Moruzzi ("Visual perception and symbology"); Marius Schneider ("La notion du temps dans la philosophie et la mythologie védiques"); o cientista político Eric Voegelin ("Equivalences of experience and symbolization in history"); o etnólogo Dominique Zahan ("Mythes d'origine de la mort: le message manqué"); o crítico de arte Hans Sedlmayr ("Il legame fra visibile e invisibile nell'opera d'arte"); o escritor Carlo Cassola ("Cultura e poesia"); um discípulo de Barchelard, o etnólogo Gilbert Durand ("Le système des images divines et sa pérennité"); o teatrólogo Diego Fabbri ("Spirito creativo e simboli"); o já citado Héctor Alvarez Murena ("El arte como mediador entre este mundo y el outro"); o arquiteto noruegês Christian Norberg Schulz ("Il concetto del luogo"); o suiço Théophile Spoerri ("La permanence des valeurs dans l'éclatement des structures (Mallarmé, Pascal, Dante)") e o crítico polonês Wladimir Weidlé ("L'image: deuxième langage de l'homme"). Vários Autores. *Eternità e storia. I valori permanenti nel divenire storico*, ed. Istituto Accademico di Roma. Roma: Valecchi, 1970.

[136] Cesare Brandi. "La rivoluzione dell'arte moderna di Hans Sedlmayr". In: *Per una archeologia del presente. Scritti sull'arte contemporanea*, ed. Bruno Zanardi; pref. Giorgio Agamben e T. Montanari. Milão: Skira, 2012, p. 234.

el arquitecto Lequeu[137] concibe un monumento que será la 'Entrada a la morada de Plutón'. Pues cuando el hombre cree autonomizarse y borrar el Cielo, es la Tierra la que se autonomiza a costa del hombre y, trasformada en imagen invertida del Cielo, resulta ser el *inferus* privador, emblema de las potencias plutónicas, infernales, a las que el mediador queda sometido. Así la moral autónoma fundada en la libertad interior de Kant encuentra su reducción a la absurda verdad en que se sustentaba a través de la libertad moral absoluta para el crimen de la filosofía de Sade. Así la revolución industrial que venía a liberar al hombre de la maldición originaria del trabajo elimina el elemento humano del trabajo y convierte al hombre en una máquina para trabajar. Así la economía, de ser la administración (*nomos*) de la casa (*oikos*), mediante la cual el hombre apacentaba sus bienes, se desencadena y se transforma en un sistema global gracias al que el poder abstracto del dinero se coloca asfixiantemente por encima del hombre. Así la Revolución Francesa cuyo fin era lograr la igualdad de todos los hombres encuentra su portavoz en Napoleón, quien es el primero en decidir que todos los hombres de la comunidad deben servir igualmente a la guerra, con lo que inaugura las guerras de movilización total que se prolongan hasta hoy e insinúan que la guerra ha dejado de ser una de las tantas funciones de la comunidad para convertirse en característica primordial de tiempos de metódica guerra de todos contra todos. La aspiración a lo total por cualquier aspecto de lo humano — guerra, economía, libertad, arte, técnicas etc. —, dice que la parte del Cielo, de Dios, ha sido liquidada sobre la Tierra: dice que la Tierra se ha vuelto totalitaria. El totalitarismo como fenómeno constituye la caricatura material terrestre, que busca abarcar y dominar, del absolutismo espiritual celeste, que penetra y sustenta. Tal totalitarismo puede concretarse incidentalmente en sistemas políticos autocráticos, aunque esto no es indispensable: hoy el totalitarismo es puesto en práctica en todos los órdenes con la mayor eficacia por una tecnocracia que usa políticamente una máscara benévola.[138]

Quase em simultâneo com a aposta de Auerbach pela irrestrita continuidade do realismo em Ocidente, Hans Sedlmayer nos propunha, em 1948, a perda do centro, tese que repercutiria aqui em Osman Lins; Murena, porém, recebe essa tese, em 68, em chave guerrero-benjaminiana, como perda da aura, mais ou menos na linha também explorada por um gramsciano como Ernesto de Martino, em *O fim do mundo*.[139] E, em consequência, dirá finalmente na sua comunicação romana de 1968:

> Con mayor firmeza a partir del siglo XVIII, empieza a observarse en la historia del arte occidental la deformación de tal imagen mediante lo demoníaco y lo caótico (Goya), mediante el humor (Daumier), mediante lo onírico mecanizado (Grandville), mediante la conversión del hombre en un objeto intercambiable con cualquier otro para la mirada artificialmente pura (Impresionismo), hasta llegar a presentar a los humanos como muñecos, autómatas, monstruos, espectros, esqueletos, animales, máquinas (Surrealismo, Picasso, Ensor, Dalí, Seurat, Kokoschka, Grosz etc.). El desenlace de este proceso es el llamado arte abstracto y sus sucesores hasta el presente (Kandinsky, Klee, *et al.*, incluyendo el "tachismo", la *action painting*, etc.), que constituye el punto cero en el que la imagen humana desaparece por completo: lo que se media a este mundo — ausente como paisaje o contorno natural de cualquier índole

---

[137] Jean-Jacques Lequeu foi um arquiteto e desenhista contemporâneo da Revolução, de cujos projetos nenhum deles chegou a se materializar. É famoso por seus retratos em travesti ou pelos estudos sobre os órgãos sexuais. Marcel Duchamp e, de modo geral, a linha sadeana do surrealismo muito apreciaram sua obra utopista e inoperante.

[138] H. A. Murena. *La metáfora y lo sagrado*. Buenos Aires: El Cuenco de Plata, 2012, pp. .52-3.

[139] Ernesto de Martino. *La fine del mondo. Contributo all'analisi delle apocalissi culturali*. Turim: Einaudi, 1977.

A POESIA NÃO PENSA (AINDA)

en su transformación en mero espacio pictórico puro — es el Otro Mundo, el Cielo o Dios, reducido a nada. Este arte media la nada a la nada, queda reducido a la pura función de mediar que ejecuta sus movimientos en el vacío: de esta suerte el arte denominado abstracto pone de manifiesto la naturaleza del arte "puro".[140]

O julgamento de Murena embute a avaliação dura de Sedlmayr, próxima da condenação à arte degenerada. Mas, assim fazendo, Murena está também percorrendo o caminho cheio de percalços do filósofo das passagens porque, se o totalitarismo pervive na tecnocracia democrática, bem pode o cinema, que Benjamin considerava a saída para a obra de arte na época da reprodutibilidade técnica, se transformar em algoz da sensibilidade e da memória. A recente edição de Giorgio Agamben, Barbara Chitussi e Clemens-Carl Härle do ensaio benjaminiano sobre Baudelaire recupera e repõe um *torso* textual, um esboço manuscrito de Benjamin, que assim o documenta. Ao contrário do ensaio sobre a obra de arte, de 1936, que enfatizava a potencialidade revolucionária do cinema, o pequeno "Was ist Aura?", redigido dois anos mais tarde, mostra, porém, seu aspecto regressivo, quando pondera que, sem o cinema, talvez a decadência da aura se sentiria de um modo insuportável, isto é, a imagem cinematográfica amenizaria ou até mesmo impediria o impacto da queda do centro e, consequentemente, toda saída emancipatória.[141]

Ora, independentemente de Sedlmayr, Murena já desenvolvera uma leitura muito semelhante em 1950. Em um ensaio em homenagem a Nietzsche, certamente influenciado pelo livro de seu precursor, um warburguiano como Ezequiel Martinez Estrada,[142] Murena afirma que "no hay impulsos para vivir cuando la vida es lo único que se nos ofrece" e, nesse sentido, diante dessa *vida nua*[143] ou *precária*,[144] como as massas são cegas e arrastam consigo os Estados à sua própria destruição, o homem não pode pensar que não deve pensar, ideia que se alimenta da simples impossibilidade "de traslladar lo absoluto a la tierra, de tomar a la tierra centro de si misma". E acompanhando o *Mit-sein* heideggeriano, Murena completa que, quando derrubou a ideia de o homem ser um ente racional, Nietzsche não deixou de mostrar, entretanto, que ele é um ser com razão e que essa razão se polariza fatalmente sobre dois centros, um que pertence à verdade e outro ao erro. Em outras palavras, Murena, que a essas alturas, 1950, ainda não lera Sedlmayr, nos diz que o centro se perdeu mas que o homem (o ser-com ou *Mit-sein*), mesmo querendo salvar a razão, obedece, na verdade, a dois centros, verdade e erro ou, como dirá Lacan, Kant com Sade. Essa bipolaridade aventa, portanto, a hipótese por ele mesmo desenvolvida,

---

[140] H. A. Murena. *La metáfora y lo sagrado*, 2012, pp. 54-5.
[141] Walter Benjamin. "Che cos'è il aura?". In: Charles Baudelaire. *Un poeta lirico nell'età del capitalismo avanzato*, ed. Giorgio Agamben, Barbara Chitussi e Clemens-Carl Härle. Vicenza: Neri Pozza, 2013.
[142] Ezequiel Martinez Estrada. *Nietzsche*. Buenos Aires: Emecé, 1947.
[143] Giorgio Agamben. *Homo Sacer: o poder soberano e a vida nua*, trad. Henrique Burigo. Belo Horizonte: Editora da UFMG, 2002.
[144] Judith Butler. "Vida precária", *Contemporânea*, Revista de Sociologia da UFSCar. São Carlos, Departamento e Programa de Pós-Graduação em Sociologia da UFSCar, 2011, n. 1, pp. 13-33; Idem. *Precarious Life: The Powers of Mourning and Violence*. Londres: Verso, 2004.

RAÚL ANTELO

em 1954, em *El pecado original de América Latina*, e que poderia resumir-se em que a filosofia contemporânea desdiviniza e desuniversaliza, mas cumpre em última instância a virada copernicana de introduzir a razão no mundo:

> Este mundo crudo, en descubierto, libre de teorías, es la situación que Nietzsche pedía para que la razón hiciera frente a su verdadera prueba, para fundar una filosofía viva.[145]

Ora, Murena coloca, no lugar de uma substância, o americano, uma subversão. Não fala, nesse ensaio pioneiro, em *identidade* americana mas alude, porém, a uma posição do sujeito, ou como diria Lacan, pratica uma subversão do sujeito e resgata uma dialética do desejo. Avança, assim, a noção do singular que se singulariza a si próprio, algo que já não é uma unidade indivisível ou uma essência, mas uma unicidade entendida como existência sem par (América como o mundo desuniversalizado). Não age, portanto, em seu raciocínio, o *particular* da tradição hegeliana, uma vez que este, sendo parcial, uma simples parte do Todo, está imerso na dialética entre o particular e o universal. O singular é a diferença absoluta que se vincula com outros *singuli*, outros sujeitos.

Mas foi justamente na introdução a *Ensaios sobre subversão* (1962), em que Murena começou a elaborar uma teoria do contemporâneo que muito deve à sua leitura do instante-já benjaminiano e até mesmo preanuncia o percurso de Agamben ou ainda Didi-Huberman no tocante a uma temporalidade pós-histórica ou simplesmente pós-aurática:

> En general, las falsas subversiones — de las que está hecha casi el total de la cultura presente — se dirigen al hombre de letras para reclamarle solidaridad con sus contemporáneos, contemporaneidad. Y, en efecto, el hombre de letras debe ser contemporáneo. Pero lo que la falsa subversión exige es adhesión a una de las facciones, inmediatez absoluta, liquidación de la distancia, que es justamente lo que la cultura debe instaurar y preservar en forma viva, para impedir la violencia inhuman o ahumana. Así, el hombre de letras, si desea ser contemporáneo, debe comenzar por ser anacrónico. Anacrónico en el sentido originario de la palabra que designa el estar contra el tiempo. La entrega total al presente es una entrega parcial; la contemporaneidad inmediata es una atemporaneidad. Sólo se vive con plenitud el presente cuando se lo percibe en su totalidad desde la perspectiva del pasado. Sólo se es con profundidad contemporáneo al sumergirse en la contemporaneidad con la distancia del anacronismo. Ese anacronismo contemporáneo puede encenderse en el mundo de las obras que el hombre de letras forja cuando vive su fe y no se ve forzado a proclamarla.[146]

7. EM SUA CONCLUSÃO, A OBRA TORNA A PARIR O CRIADOR

Osvaldo Lamborghini (1940-1985) radicaliza essa alternativa de Murena. E, novamente, a despeito das posições ideológicas enfrentadas. Lamborghini começa a escrever crente de que um significante nada representa, salvo um sujeito, uma

[145] H. A. Murena. "Nietzsche y la desuniversalización del mundo", *Sur*, n. 192-94, Buenos Aires, out.-dez. 1950, pp. 75-85.
[146] Héctor A. Murena. *Ensayos sobre subversión*. Buenos Aires: Sur, 1962, p. 12.

singularidade, para outro significante. Enuncia o que Murena ou Pizarnik, pudicos, calam,[147] mas que Girondo, muito antes deles todos, arriscara a nomear: "El Falo es nuestro dios".[148] Ou seja, não há relação sexual.

Também em sua filosofia cucurbitácea, Macedonio Fernández nos disse que para o *establishment* é necessário sempre manter o centro.[149] Porém, como puro disparate. Sonhar com a restituição de uma Ordem perdida que continua operando nas palavras como referência mítica — confessam, anônimos, Lamborghini e um macedoniano como Germán García — significa reprimir o possível em nome do real.[150] Desta sorte, Osvaldo Lamborghini encarna assim uma política local, anal, pós-colonial. Sua escritura não cria segundo a sua feminilidade, mas conforme o seu elemento masculino e, tal como dizia Benjamin, "após-a conclusão", sua terra natal não é o lugar onde nasceu, mas, sim, ali onde essa escrita veio ao mundo é que se torna sua terra natal. Não seria essa, precisamente, a via que o modernismo brasileiro não chegou a percorrer? A política que, em *Macunaíma*, demandava o *puito*, o ânus, menos a gênese do que a emergência, algo que não tem gênero e que escapa à diferença e que, mais tarde, em "O carro da miséria", pedia "um grito não um gruto", ou seja não uma gruta, uma cavidade, não algo grotesco, mas um valor devidamente sublimado pela máquina antropológica. Lamborghini busca esse ponto zero de desterritorialização da política e dos corpos; não busca fazer do ânus o centro perdido de Sedlmayr, mas deslanchar um amplo processo de desierarquização e descentralização dos fluxos. Nele o jogo está claro:

> Si en ese centro está la justicia (por social que sea) ¿cómo encontrarla en el pasado sin evocar el paraíso, que sólo es tal al precio de estar perdido?[151]

Josefina Ludmer, autora de um texto em parceria com Lamborghini, e tão anônima quanto seus outros colegas da revista *Literal*, os quais, ao rasurarem a assinatura, como bons discípulos, ecoavam o *Scilicet* de Lacan, traça a fronteira que separa Lamborghini da literatura culta, de Borges a Murena, que lhe antecede:

> O discurso crítico, que fala do fato de que a escrita diz "outra coisa" e de como ela diz, vê-se obrigado, assim, a escrever o fato de gozar esse excedente para salvar "o resto". Mas então já não falará do chamado texto-objeto, já não poderá praticar a denominada metalinguagem, posto que deverá se referir somente a seu próprio gozo. Assim, uma vez que ele "não é necessário" para a formalização, não é instrumental e útil, o resíduo torna-se o ponto de partida do desvanecimento do trabalho crítico. A possibilidade do gozo do resto-excedente (do

---

[147] Delfina Muschietti. "Ni siquiera la llanura llana". In: Juan Pablo Dabove; Natalia Brizuela (eds.). *Y todo el resto es literatura. Ensayos sobre Osvaldo Lamborghini*. Buenos Aires: Interzona, 2008, pp. 107-18. Muschietti sugere a linhagem Girondo (explicitamente citado várias vezes por Lamborghini, embora a crítica insista em não vê-lo) — Pizarnik (a dos textos inéditos, póstumos), à qual se acrescentam Susana Thénon e dois poetas desaparecidos em 1976, Miguel Ángel Bustos e Roberto J. Santoro.

[148] Oliverio Girondo. Membretes. *Aforismos y otros textos*, ed. Martín Greco. Buenos Aires: Losada, 2014, p. 156.

[149] Macedonio Fernández. "A abóbora que se tornou cosmo", trad. Davi Pessoa. *Gratuita*, Belo Horizonte, v. 1, n. 2, 2015, pp. 194-6.

[150] "El matrimonio entre la utopía y el poder". *Literal*, n. 1, Buenos Aires, nov. 1973, p. 41.

[151] "El matrimonio entre la utopía y el poder", op. cit., p. 41.

desperdício-perda) anula a possibilidade da metalinguagem constitutiva do discurso crítico; se este pudesse escrever, seu gozo deixaria de falar do texto objeto e se constituiria, errático, em mera escrita. Não uma tonalidade englobante das partes do texto objeto, senão uma parte a mais que se soma a elas: como outro resto. O efeito do resto seria, portanto, a anulação da heteronomia do discurso crítico e a constituição deste em outro texto.

O problema do desperdício do texto é correlato e análogo ao da multivocidade e polivalência do significante, de sua dispersão. O discurso crítico deve confessar seu limite: impossível seguir a viagem infinita da conotação (e é evidente que o reconhecimento desse limite o denuncia como um discurso repressor: todo corte da cadeia conotativa equivale a sua institucionalização, assim como toda interrupção da viagem esquizofrênica instaura um "louco"). E os efeitos da dispersão do significante e do resto como gozo são idênticos: quando o significante, depois de atravessar o signo, depois de receber todas as suas significações e associações, apaga-se como tal e se converte em pura materialidade, quando se deixa "entender" mas não é suscetível de "saber", a linguagem anula seus níveis, hierarquias e representações que constituem a base do discurso crítico como metalinguagem.

Pode-se pensar em textos nos quais o desperdício se agiganta, nos quais ele emerge como o único constitutivo; textos feitos meramente de restos, que não só negam todas as posturas críticas, mas toda a metalinguagem, esmagando qualquer discurso crítico enquanto dependente e dominante de "outra" escrita, enquanto justificado pela existência de "outro" texto mas justificando-o ao mesmo tempo; textos-restos, dos quais e de cujo gozo só se pode falar depois de um trabalho árduo, o de Pierre Menard, não novelista, não autor, mas leitor do *Quixote*: a transcrição.[152]

Ao lidar com materiais de dejeto, vidas infames, Lamborghini potencializa a sintaxe em detrimento da harmonia. Nesse sentido, opta pela transformação mínima, a transcrição e a colagem, ou, em suma, a montagem, fazendo do texto canônico um simples *ready-made*, algo que já não deveria estar circunscrito a acólitos, mas aberto à mais absoluta profanação coletiva.

Tomemos então, para concluir, um poema de Osvaldo Lamborghini, "História". Ele nos fará um complemento com o poema de Pasolini em que esse percurso começou. Vou citar o início dele, tão somente. Relembremos que o poeta, exilado, encontra-se em Barcelona:

> Una eficácia anticipada — su estética: la miniatura tradicional, exclusión de las grandilocuentes "rupturas" imaginarias — para promover la *relativa* construcción de un futuro *revolucionario*. El término miniatura se abre aquí a varios sentidos. Los preferibles: grafo, algoritmo, matema. Exclusiones: código, modelo: la reproducción de lo que existe adopta una máscara — la lucha, el progreso — cuyo nombre (paleonímico) es *ideología*. Hay maneras mejores de decirlo: homeostasis del principio del placer, seducción, *Verneinung*.
> —Liturgia del síntoma, identificación con el agresor.
>
> La paz: pseudoproblema. El pacifismo: formación reactiva, cuyo capital fijo es la censura. En cuanto a la *interpretación*: cambio de tema no es la peor de sus formas — *Lo inefable para los codos.*

---

[152] Josefina Ludmer. "El resto del texto", *Literal*, n. 1, 1973. Para a tradução, ver seu volume *Intervenções críticas*, comp. Teresa Arijón e Bárbara Belloc; trad. Ariadne Costa e Renato Rezende. Rio de Janeiro: Azougue/ Circuito, 2014, pp. 23-4.

A POESIA NÃO PENSA (AINDA)

* * *

POLIS ARIOS
Cuando una intelectual de la *cata'la'nada* procede, desde la infatuación del yo, a una fuga al desierto. Ya lo hizo Franco, el africano. Allí encontró la pureza (que le faltaría, seguramente), el convento: fuerza sublimada para el asalto definitivo de la metrópolis corrupta. El mismo fantasma, hoy, insiste. Lo que le falta es lo simbólico — simplificando: una *verdad* que para serlo debe aceptarse previamente como sobredeterminada — suple por una servidumbre perpetua a lo *verosímil*. Cuenta con medios — la gran prensa, voluntaria o involuntariamente, representante de la derecha económica. El resto no le importa. La difusión macro de los medios los inviste con la trascendencia de los tipos. Les paga para eso. El periódico se quiere eterno día por día, en cada tirada de la rotativa.

* * *

José Aumente conservó su nombre, incólume, inatacable, hasta que abandonó toda coincidencia con una práctica socialista y revolucionaria y se afilió al ulceroso PAGODAI (*Partido Godo del Arte de Injuriar*). El hecho, en su manifestación pública, ocurrió en las cinco columnas falsas de EL PAÍS — *Falsas*, en este contexto, califica un estilo moderno de diagramación que terminó hace muchos años, y en todo el mundo, con la monotonía de las seis columnas clásicas: verdadero plomazo.
En efecto, el 7 de setiembre de 1985, José Aumente publicó en EL PAÍS (editorial PRISA) un artículo titulado *Apuntes para una teoría del felipismo*, donde apunta y dispara contra el presidente González. Esto es normal, claro está, en un país como España, que ha gozado durante toda su historia del pluralismo de los gobiernos (y gobernantes) anticarismáticos. Felipe González, en esto lleva razón el apuntador, inaugura cierta tradición acaudillista que puede degenerar — ¿acaso no existen los degenerados? — en culto a la personalidad, cuya consecuencia lógica es la dictadura

* * *

Los orígenes sociales de la muerte. —
esta frase la escribió Videla
en su carpeta
mientras leía novelas
–mejor dicho: historietas
para opas y novicios —:
Pensaba en Dios, en los Santos y en la Suerte
según los astros. *Los orígenes sociales de la...*
así desatendía el Juicio.
¿Para qué escuchar, lo convenció en Piscis,
si a tiro de escopeta
se cernía el inmediato Apocalipsis
y cortaba, el propio Dios, la mortadela?

* * *

Arriaron con los borrachos del Acueducto
con perras y perros en pleno mediodía.
"Tristes productos
de leyes más tristes, todavía".

153

RAÚL ANTELO

* * *

Impaciencia no tengo
ni tampoco miedo.
Aquí estoy, y me quedo.
Hago lo que debo:
Contraer deudas,
Así me vengo.
La literaturgia castellana,
Lo que Tú enfeudas
Oh lengua

* * *

Eufórico y desesperado
Me columpio en mi fracaso
Más bien con enojo.
Nunca el límite se ha borrado,
Paso del esplendor —Literatura —
Al loco fulgor del ojo,
A ese balazo
De odio encariñado
    La cari-catura
Sólo hay un paso.
Y yo lo he dado.[153]

O poema de Lamborghini elabora um luto simbólico. "Primero fue mi odio a Argentina", diz um outro poema da época do exílio em Barcelona, meados dos anos 1980:

Después, ya viento en popa,
Como un intoxicado de gomina,
Me cargué también a Europa

Mas dessa embriaguez iconoclasta salvaram-se duas coisas, a França e a Itália, *Tel quel* e Pasolini, as mesmas, como no tango de Gardel,

Que todo, todo lo iluminan.[154]

Nessa liturgia do sintoma, Lamborghini coloca a operação de leitura como desconstrução do verossímil trivializado pela mídia, a mesma que se arroga a representação do Todo (EL PAIS), dela retirando a máquina mitológica usada para conformar antropologicamente a ausência de soberania, através do PAGODAI. Não se trata, portanto, de resgatar a vida sem fissuras, mas de compreender que a biopolítica se tornou tanatopolítica:

---

[153] Osvaldo Lamborghini. "Historia". In: *Poemas 1969-1985*, ed. César Aira. Buenos Aires: Sudamericana, 2004, pp. 550-8.

[154] Osvaldo Lamborghini. "Primero fue mi odio a la Argentina". In: *Poemas 1969-1985*, 2004, p. 478.

> Los orígenes sociales de la muerte —
> esta frase la escribió Videla

O imperativo categórico da ética ("hago lo que debo") torna-se uma servidão voluntária à *oikonomia* ("contraer deudas") e, nessa reversibilidade entre Kant e Sade, emerge finalmente a "literaturgia castelhana".

> Lo que tu enfeudas
> Oh lengua

Ludmer dizia que não há limite para os restos do texto:

> Nunca el límite se ha borrado

Resta, portanto, catar, provar aquilo que é desejado, querido: a caricatura. Sabemos que há um *pas au delà*, mas, mesmo assim, damos esse passo que nos revela, como dizia Badiou, um *point de pensée*. É a esse lugar inexistente, que não se dirige a ninguém mas volta-se, no entanto, a uma necessidade, a uma exigência ética, que em última análise nos conduz a "História" de Lamborghini:

> Sólo hay un paso
> Y yo lo he dado.

Dizíamos, no início deste percurso, e apoiados em Agamben, que havia dois tipos de criadores, os que acreditam que o homem pensa e que o pensamento define, assim, a sua natureza e, por outro lado, o dos que julgam que os homens não pensam ou, com maior benevolência, que *ainda* não pensam. A leitura arquifilológica aqui desenvolvida, uma leitura feita a partir da expansão dos arquivos e pautada pela preocupação por detectar os pontos de impasse da formalização, movimenta-se num mundo de associações e correspondências. Na basculação entre os dois irmãos, Prometeu e Atlas, ou seja, nessas intermitências do pensamento, constatamos, com efeito, que é possível resgatar aquilo que, precisamente, é próprio do homem: a imaginação. Com ela recriamos a leitura e, portanto, a própria poesia.

SOBRE OS AUTORES

ALBERTO PUCHEU é poeta, professor de Teoria Literária da Faculdade de Letras e do Programa de Pós-graduação em Ciência da Literatura da Universidade Federal do Rio de Janeiro, pesquisador do CNPq e Cientista do Nosso Estado da Faperj. Publicou, entre outros, *Giorgio Agamben: poesia, filosofia, crítica* (Azougue/ Faperj, 2010) e *O amante da literatura* (Oficina Raquel, 2010).

EDUARDO STERZI é professor de teoria literária na Universidade Estadual de Campinas. Publicou os livros *Por que ler Dante* e *A prova dos nove: alguma poesia moderna e a tarefa da alegria*, de estudos literários, *Prosa* e *Aleijão*, de poesia, e *Cavalo sopa martelo*, com três textos para teatro. O ensaio aqui publicado resulta de pesquisa que contou com apoio da Fapesp e da Capes.

JORGE HOFFMANN WOLFF é professor de literatura brasileira e teoria literária na Universidade Federal de Santa Catarina. Autor de *Julio Cortázar. A viagem como metáfora produtiva* (1998) e *Telquelismos latinoamericanos. La teoría crítica francesa en el entre-lugar de los trópicos* (2009). Traduziu o livro dobrável *Momento de simetria* (2005) e uma antologia de poesia de Arturo Carrera, *Máscara âmbar* (Lumme, 2008), ambos com Ricardo Corona. Traduziu ainda *Nouvelles impressions du Petit Maroc*, de César Aira (Cultura e Barbárie, 2011), *Cães heróis*, de Mario Bellatin (CosacNaify, 2012), *Um homem morto a pontapés/ Débora* (Rocco, 2014) de Pablo Palacio, entre outros. É co-editor das revistas *Landa* e *outra travessia*.

LUCIANA DI LEONE é professora de Teoria Literária na Universidade Federal do Rio de Janeiro. É bacharel em Letras pela Universidade de Buenos Aires, Mestre em Literatura Brasileira pela Universidade Estadual do Rio de Janeiro, Doutora em Literatura Comparada pela Universidade Federal Fluminense e fez pós-doutorado na Universidade Federal de Santa Catarina. É autora de *Ana C.: as tramas da consagração* (7letras, 2008), *Poesia e escolhas afetivas* (Rocco, 2014) e, entre outros, organizou com Florencia Garramuño e Gonzalo Aguilar, *Experiencia, cuerpo y subjetividades. Literatura brasileña contemporânea* (Beatriz Viterbo Editora, 2007).

MARCOS SISCAR é professor do Departamento de Teoria Literária da Unicamp e pesquisador 1D do CNPq. É autor, entre outros, dos livros *Poesia e crise* (Unicamp, 2010), *A soberba da poesia* (Lumme, 2012) e *Jacques Derrida: literatura, política e tradução* (Autores Associados, 2013). É, também, poeta e tradutor.

MARIA LUCIA DE BARROS CAMARGO é professora titular de Teoria Literária da Universidade Federal de Santa Catarina. Doutora em Teoria Literária e Literatura Comparada pela Universidade de São Paulo (1990). Criou, em 1996, o Núcleo de Estudos Literários e

Culturais — NELIC, na UFSC. Foi vice-presidente da ABRALIC. Foi professora visitante, em 2008, na Universidade de Leiden, Holanda. É autora de *Atrás dos olhos pardos: uma leitura da poesia de Ana Cristina Cesar* (2003). Organizou com Raúl Antelo *Pós-crítica* (2007) e com Celia Pedrosa *Poéticas do olhar e outras leituras de poesia* (2006).

RÁUL ANTELO é professor Titular de Literatura Brasileira na Universidade Federal de Santa Catarina. Pesquisador 1A do CNPq, foi Guggenheim Fellow e professor visitante em universidades, tais como Yale, Duke, Texas at Austin, Autónoma de Barcelona e Leiden. É autor de vários livros, entre os mais recentes, *Crítica acéfala*; *Ausências*; *Maria com Marcel. Duchamp nos trópicos*; *Alfred Metraux: antropologia y cultura*; *Imágenes de América Latina*.

SUSANA SCRAMIM é professora de Teoria Literária da Universidade Federal de Santa Catarina, bolsista de Produtividade 1D do CNPq. É doutora em Teoria Literária e Literatura Comparada pela USP. Foi professora visitante na Leiden Universiteit, na Holanda, e na Universidad del Litoral, na Argentina. É autora de *Literatura do presente* (Argos, 2007); *Carlito Azevedo* (Ed. da Uerj, 2010). Organizou *O contemporâneo na crítica* (Iluminuras, 2012) e com Daniel Link e Italo Moriconi *Teoria, poesia, crítica* (7Letras, 2012).

CADASTRO
ILUMI//URAS

Para receber informações
sobre nossos lançamentos e
promoções envie e-mail para:

cadastro@iluminuras.com.br

Este livro foi composto em Garamond pela *Iluminuras*
foi impresso nas oficinas da *Paym gráfica*, em São
Paulo, SP, sobre papel off-white 80 gramas.